"海岸线"美文典藏

素履之往

楚楚 著

海峡出版发行集团 | 海峡文艺出版社

图书在版编目(CIP)数据

素履之往/楚楚著. —福州：海峡文艺出版社，2025.6
("海岸线"美文典藏)
ISBN 978-7-5550-3817-7

Ⅰ.I267

中国国家版本馆 CIP 数据核字第 2024DQ3234 号

素履之往

楚 楚 著	
出 版 人	林 滨
责任编辑	余明建
出版发行	海峡文艺出版社
经 销	福建新华发行(集团)有限责任公司
社 址	福州市东水路 76 号 14 层
发 行 部	0591—87536797
印 刷	福建东南彩色印刷有限公司
厂 址	福州市金山浦上工业区冠浦路 144 号
开 本	787 毫米×1092 毫米 1/16
字 数	265 千字
印 张	18.5
版 次	2025 年 6 月第 1 版
印 次	2025 年 6 月第 1 次印刷
书 号	ISBN 978-7-5550-3817-7
定 价	68.00 元

如发现印装质量问题,请寄承印厂调换

序

杨雪帆

在时间的黑暗中沉睡着一些词，一些行将消失的词，它曾经在古代的竹简、绢布、牌匾或碑石上反复地出现过。可是，由于汉语本身的原因（汉语活着并不断变化），在几十年乃至几个世纪的光阴里，它完全从人类常见的各类文本上被抹去，变成了一个几乎不存在的词，一个最暗的词——它失去了它存在的时代。

今天的作家已找不到属于这些词语的年代，但却可以唤醒这些词语，从无法探测的时间深处，去摸索、寻找一个被遗忘了很久的词，把它带到21世纪的洒满阳光的纸页上。这时候，作家就像置身于一种古老的奥秘境界，就像受了一种神秘的委托，小心翼翼地挑选每一个沉睡的词，因为这个词也许仍藏着艺术的活力。

楚楚是黑暗之词的挖掘者之一。她文风华丽、用词典雅，作品自始至终充满了文学传统的气息。在几千万吨的文字方阵中，没有哪两个词是一模一样的，词有轻重善恶之分，有雅俗是非之别，发现沉睡之词是一种能力，如何运用它则是另一种能力，楚楚在传统语言的优美与朴素之间、轻灵与厚重之间做了选择。有的词在历史中显得太重，不是那么容易搬动，有的词则恰恰相反。后者更符合楚楚内省和细腻的性格，符合她的美学倾向：使作品充满诗意和自然、高尚的品位。她对于诗意的偏爱几乎达到了极致，有时，我们通过她的某篇散文可以读到一系列的雅词，比如桃源、花荫、红袖、绿腰、罗裙、丝缎、鸟语、落花、画眉、绛唇以及线香、排箫、砚墨、瑶琴……即使在一篇古代的作品中，我们也不会看到这么多优美的词汇。

楚楚喜欢8世纪和11世纪，喜欢穿唐装、弹古乐。这种对唐宋的感情今天已十分罕见。谁会和历史的追溯者同照一面古镜？除非在某个特殊的场合，谁会偶然提及这两个遥远的字眼？但楚楚常作"出尘之想"，言外之意就是想"活在唐宋"，活在一个现代的中国式的大传统中，用香蒲和胭脂代替女性睫毛油和唇线笔，用叮当作响的环佩代替手机，在竹木打造的屋子里摆上老苏杭的纺织品和陶瓷器皿，头上戴着一片不知何年何月的穹苍。而出门时不得不坐汽车，从个人的理想空间驶入一个大技术时代。

楚楚据此而写作，精神与肉体的矛盾对于她，就像一枚铜板的两面：其中一面是另一面的反映、对立和解释。为了使精神与肉体和谐相处，她在写作中试图减少沉重，减少现代人的沉重感、现代生活的沉重感、现代环境的沉重感。她牺牲了作品的现代性，创造出她的"古典"，一种迷人的单向度；她主动寻求限制，把艺术的行踪从芜杂广阔的时空缩小到自我的周边；她知道如何放弃并放弃了一些东西，包括被誊抄者写错的文牍，包括樟脑丸的日常气息，以及对自己所扮演的社会角色的清除。她竭力坚持的东西是诗意与优雅。她写作似乎是为了和历史上最优雅的心灵同坐。她想让语言彻底摆脱世俗的、日常和呆板的套式，从而进入了另一种套式。保尔·瓦雷理认为：作家靠"软弱"进行创作。道元禅师则说，"闻竹声而悟道，赏桃花以明心"。二者在这位现代女作家、女诗人身上都得到了体现。

中国的山水、花木是有情感的，它是大自然中软弱的部分，也是传统写作的本源之一。楚楚的作品自觉或不自觉地保存了其中世代相传的若干元素的不朽性。她的某些作品是智慧的、解悟的，为个人的遐想押了韵，让古典的灵魂响亮地坠落纸上。她不为艺术消灭自己的个性，却能对艺术的变化作出回应。她有她的等待、她的旅途。她在作品中的形象仿佛身穿绣着幽兰的长袍，一只手里拿着精致的扇子，听着风声，坐在月下。某处传来呓语或疲惫的旁白，那是哀婉的人、缅想的人、洞明世事的人，正在向谁口授什么。杜撰、悬拟的夜空中有鸟飞向木星……这是何等透明、深沉的古典。不知道作家能否弄到足够的止痛药，因为古典是一道伤口。

表面上看，楚氏散文常常流露出自然主义的痕迹，以菊为伴、吟出"心远地自偏"的陶渊明，和举一柄木斧逃离尘嚣，在宁静的瓦尔登湖畔伐木垦荒种瓜点豆的梭罗，都是楚楚喜爱的作家。她的绝大多数作品中都回响着自然万物的声音。大自然既是她作品的背景也是其前景。然而，自然主义往往引诱他人离开日常生活，去进入一个"更高的境界"，使他人迷失于词语中。

所以，在更本质的意义上，是古典倾向赋予了楚楚散文特别的内涵，使她最优秀的作品有一种丝绸般的质感。古典并非保守主义，有时它是先锋的一种。对楚楚而言，重要的不是现代性，而是站在什么立场，用什么姿态、什么语调说话，她使用了大量前代语言，她也许已意识到，某些词本身有它的毒性，她必须尽量减轻它可能带来的负面影响，她无须经常生活在这些词语当中，没有谁规定，一位作家应该整个儿待在词语里头，直到他被自己的词语打败。作为我们时代的一个人，一个创作的人，楚楚既不依赖真实的生活，也不非难真实的生活；既不受当下文化所左右，也不排斥当下文化；她致力于发现传统艺术中经久不变的东西，又不以传统的方式看待这些事物——很显然，她的方式是直觉的、主观的，她并不需要一条唐宋的绳索。她笔下的唐宋并不意味着凭窗读一卷古诗，并不意味着衣着华丽但已过时的旧式词人，也不意味着千古存在的那一席风致。

在楚楚的心目中，唐宋是伟大的起点而非终点，是一种逃避古代的方式而非回到古代的方式，是以前出现的最好的词和以后将写的最好的词，处于永不企及的绝对将来时。

目 录

第一辑 花乱开

花看半开，酒饮微醺 / 3

青花瓷 / 5

洞箫 / 10

松花酿酒，春水煎茶 / 14

古调虽自爱，今人多不弹 / 17

穿过骨头抚摸你 / 22

雾下面是雾，梅身后还是梅 / 26

第二辑 景乱看

不远的远行 / 31

草原自己的事 / 34

为桃源洞宽衣 / 48

周庄梦蝶 / 53

岛是眉峰聚，湖是眼波横 / 60

空山不空 / 63

湖约黄昏后 / 73

寂寞也有一张脸 / 76

穿过宁静的边缘 / 80

乡间何处 / 83

在路上 / 86

第三辑　心乱飞

尘缘不舍 / 91

蓝色情绪 / 103

落花犹似坠楼人 / 105

梦魂纵有也成虚 / 108

心远地也偏 / 110

昨天的面孔 / 115

小轩窗，正梳妆 / 117

长亭外，古道边 / 119

语言的尽头 / 121

草言草语，一生寒瘦 / 125

拈花惹草 / 126

买不得天样纸 / 130

爱你所爱的人间 / 133

淡墨轻衫染趁时 / 139

第四辑　风乱吹

四月的锋刃，刀刀见血 / 149

我友老王和周周 / 152

跨界蔡老头 / 155

舌尖锅气 / 157

花季花絮 / 161

跑掉的童年 / 165

亲"蜜""战"友。/ 169

这之后，没有什么不能失去 / 172

蹲下来，听花开的声音 / 178

无书不如厕 / 180

三千三千烦恼丝 / 183

千里怀人月在峰 / 187

一半在红尘，一半在仙界 / 192

第五辑　人乱想

出尘之想 / 201

自此归去，素履之往 / 219

把自己还给自己 / 220

给灵魂开一扇天窗 / 222

小憾何妨 / 225

君子和而不同 / 227

柔软心 / 229

至情只可酬知己 / 231

坐望春山，人间欢喜 / 234

大味必淡，真水无香 / 238

为大自然请命 / 242

这座城，那些人 / 245

挽断罗衣留不住 / 249

第六辑　书乱翻

一路走一路爱一路欢喜 / 253

此中有真意，欲辩已忘言 / 258

砚边碎墨 / 262

我不能不知道的康桥 / 273

偶尔，在词语的空间里伸个懒腰 / 282

第一辑

花乱开

○○○

花看半开， 酒饮微醺

果然是"老去情疏"，日光朗照下的苗寨，山水怡然，我却意兴阑珊。一路行去，人和行李箱不断磕绊在人、石板、偶尔的狗身上，更加让人生出重浊之心。

贵州西江千户苗寨，现今世界上最大的苗寨，我误读出词牌"西江——月"的期待。它的前尘往事，往事中的乡风民俗，乡风民俗中的风花雪月，风花雪月中的传说与曾经，在满街商铺拥挤的叫卖声和风雨桥上苗族老人挥汗如雨的民俗表演中变得模糊，它用它勉为其难的"原生态"，一下子把我推远了。包装成正方形礼盒的歌舞和无处不在的烤肉油烟里，没有我要的苗寨。

午后。黄昏。入夜。我心茫然。

总算夜深了，总算在撑完"千户灯夜景"最后一个节日后，寨子吹灭月亮，疲惫地躺下来了，靠着它爱的山和爱它的山，合上眼睛。洗净脂粉的寨子瞬间回归原籍，豁然便有了古意。原来，人与事物的韵味，非得那一"静"沉淀下来，温水泡白茶，薄云微雨慵懒散淡地浸润出味道来；而另一些事物却非要被那一"动"带出乾坤朗朗，就像"风乍起，吹皱一池春水"。而今夜，这个千年古寨，一如他们传承久远的苗绣和手工蜡染一样，纯棉的、简朴的，却沉淀着太多的言语。一座村寨，也许比人更懂得在无声中说话。那么，我此刻拥揽入怀的山野的草花之香，便是苗寨的梦中呓语。

莫名地想起张爱玲《倾城之恋》中，范柳原对白流苏说："有的人善于说话，有的人善于管家，你是善于低头的。"夜里低下头来的苗寨有了"最是那一低头的温柔"，千户苗寨便是徐志摩的那朵水莲花，半开的花，这花心满意足地含着一整个寨子的人禽狗树。树不想动，水不想流，人不想语。敛息低眉间，意外地让人生出许多陌生的喜悦。西江千户苗寨的美，原来都藏在夜里，当夜黑到人和寨子谁也看不见谁的时候，它开始默默地发出莲香。夜里的人，最远只能走到夜的尽头，而苗寨却能一直走回自己的根部。

难怪古人说"心静乾坤大"，眼看着寨子大起来了，眼看着寨子松开来了，终于可以放心地走路了，我从它身体的外部走进内部，想找个地方静静地坐下来。心中惦着白天路过的那家小小的即便三五人坐下也会碰到膝盖的鲜花饼屋和"文艺范"的女店主，以为蹭一杯茶。寻了去，也打烊了，店门虚掩，她居然就着鲜花饼也能小酌。我这不速之客也分得"一杯羹"，浅尝之下，蕴藉绵糯，温神暖胃，滴滴入心；再饮，人就蓬松起来。鲜花饼，得自己做，亲手烤，我不计成本地用玫瑰花瓣把饼胚塞爆了，又烤焦了，依然爱得无法停嘴。

可见这世上本没有没意思的地方，只有没意思的人。一花一世界，一叶一菩提。一个村寨，自然是白日有白日的市井温暖，夜晚有夜晚的清透出尘，只是看的人有心无心。人没意思，人心寒凉，再有意思的地方，也读不出什么意思来。庄子说："愚人除境不忘心，圣人忘心不除境。"能够"应物顺事而哀乐不入"才是高人大境，而这种境与心除庄子外，又有几人？对于我这样一个心浮气躁的人，一撮小喧哗便能推倒，一块小山水又能满心欢喜，是为俗人。

这才知道，很多时候，我们离一个地方一个人一件东西太近，反而什么都看不见了。

青花瓷

我能说出许多青花瓷器的名称,却记住很少一些人的名字。

只要在书上看到"青花瓷"三个字,就觉得胸中一宽,心间一暖,神情也闲下来。

那是多年以前,在花鸟古董市场上,本意是去拈花惹草的,但眼角余光处:一绺乍暖还寒时候温暾的风,突然撩起一个青花梅瓶的蓝色薄衫,风经过她浑圆的唐人丰仪的脖颈、臂膀、腰、臀,抵达脚踝的时候,风已经完全凉下来了。这时,我突然看见它身体一拔,打了个寒噤——青花瓷竟然是醒着的?它恍若猛地从一出绝美的悲剧里含泪出来,这猝不及防的惊喜使我晕眩,一时不知所措。

以至于多年以来一些琐琐碎碎莫名的情绪,"咔嚓"一声,就折断在这里。

我不知怎么就想起芥川龙之介《月光》中那段很感性的描写:"他在楼梯上偶然碰见她,她的脸在白天也像在月光下似的,他目送着她,感到从没有过的寂寞。"——此时此刻,我的世界真的就在这样一尊瓷器里,寂寞了。

从此对青花瓷器有着说不清的沉迷和期待。

隔三岔五地给自己一个奔古董市场的理由。只为探访青花瓷,忘乎所以地盯着它们猛看。尽管心里也明白,爱的东西,不必放得太近。只要能爱能感动，就是一种满足。但回眸再回首之间，它们魄单魂孤的蓝色背影，很难让人不惦着。仿佛暴风雪的夜晚，家里还有一个人没回来。而它们也屏住呼吸，与我静静地对视，像一群正在"努力走回亲人的狗"，促使我一次又一次倾囊。至于是古是今、是真是赝，价值几何并不重要。一心只想立刻带它们回家，如宠妾一般日日厮守。到家后，它们立即三三两两地分坐在我筑梦屋的博古架之上之下，之前之后之左右，仿佛早就生了根，也早已入了户籍。神闲气定、主客倒置到让我有些惶惑。

最爱青花瓷的纯古浑厚、明净素雅。

明明落笔素净、敷色单纯，但素净中却透着华美，单纯里又显出繁复，有着说不尽的韵致。它们大都以中国水墨勾染皴擦的特殊晕染，画着奇禽异兽、游龙浮云、怪石山林、人物故事。栖鹤游凤的仙境、牡丹松竹梅的纹饰、吉祥喜庆的图案，仿佛所有的好日子都在那上头过着。老僧读经、仙翁采药、高人对弈、骚客吟咏、美人抚琴、樵夫试斧、村妇桑蚕、牧童弄笛，叶石相依，花草相亲，人兽相和……当时的阳光照着（落魄文人正在晒书，脱谷后的稻草在夕阳下慵懒，没有什么比书和稻草更了解阳光的气味），隔着千千万万个夜晚的堆积了丈把厚的虫声躲躲藏藏，不均匀地敷在原野上，清晨碎碎的露珠还粘在草和蜘蛛网上，嫩白的光如清亮的眼眸含泪。一滴露水，带着远年的空气，几乎要溅到我脸上。玉米将要收获，叶子在腰间欲落还垂，似美人"宽褪素罗衣"？

尽管上面也偶有错笔的勾勒和淡淡涂改的痕迹：朝代不详，季节不清。这里的气候粘在冬天与春天的衔接处，但我仍然认得出这些地方我梦里是去过的，有着——陌生的熟悉。人和狗都眼熟，我和它们曾经都是街坊。人的声音有点干涩，狗的叫声湿淋淋的，好像含着满嘴雨水。我踏着熟悉的长长短短的石拱桥，抵达镇上，沿路还遇到几个旧邻。推开自己的家门，舒一口气，"哎，回来了"。而此刻：桃花正在回廊九曲中落下，蜜蜂在庭院的天井中闪了细腰，衣裳散发着北方冬天特有的僵冷或南方刚刚经过梅雨季节的潮湿；火塘里的火还有点烫手，那年煨着的红薯，八分熟；款款推开一扇雕花窗：一群白鹅正懒散地在晚霞里，远远近近相互关照着吃草，芭蕉树的阴影下几个骑马人的背影渐行渐远，淡出在柿色的黄昏中……千山外，一轮斜月孤明，唐人绝句中的小径刚被流萤流满。正是：该回家的回家，该流浪的流浪。至于空白的部分，那不是留白，可能是一场正下着的雪？开得正好的梨花？一片空气？或是谁心中最轻的部分？这使我想起一个女孩的名字——含烟。

青花瓷里当属瓶类最为温婉、阴柔。梅瓶提气于胸、仪容高贵，是丰腴的豪门贵妇。玉壶春瓶体态圆润、肚腹凸显，似身怀六甲的妖娆少妇。而柳叶瓶纤细沉静，是尚且待字闺中的少女。直颈瓶纹饰淡雅清扬、秀拙相蕴，恰恰是纯粹的文人气质，自是吃墨看茶听香读画、餐花卧琴吟月担风的墨色；我从不用它们插花插梅，它们自己已是一个完整的宇宙，不需要任何烦琐的帮衬。恢宏大气的盖罐、坛罐是老者的宽厚从容，一派世事洞明、尘埃落定、乾坤朗朗的气度。尊的器型是中庸的，介于罐和瓶之间，那是人到中年，坚致沉实、胖瘦适中、浓淡相宜；花觚修长儒雅，一袭青衫，亭亭玉立，是玉树临风的翩翩公子；至于精巧玲珑的小盏，还是青葱少年，着色活泼顽皮，憨态可掬，格外招人疼爱；高足碗、高足杯胎骨轻薄、釉汁纯净，那样经不起的美，颇得世外高人的幽玄之趣，清逸孤高、梅妻鹤子；与之相比，盘的风格就要入世许多，朴拙、实在、有亲和力，柴米油盐引车卖浆者是也；青花瓷中的另类是壶，无论扁壶、执壶都清瘦灵动、轻功了得的样子，不知在江湖上别号"西门吹雪""剑走偏锋"还是"独孤求败"；粉彩器皿，总觉得是薄云小雨天气，是雾里看花水中望月梦，是粉妆优伶幕后台前，水袖掩面的羞涩，对镜画眉的妩媚。淡如蔷薇、浓如胭脂，欲说还休、半推半就……

还有一些什么，我是说不出的，只有千百年前那双铺釉敷花画梅拂尘的手知道。反正"典雅""古朴""莹润""脱俗""静谧"，青花瓷不会使喜欢这些词语的人失望。但要想翻阅它，自己先得有点底子。

天空一如既往地空着，而我的书房已有了瓷气和人气。当雨一次再次地把房间搬得更空，我也空出我自己。有青花瓷在的日子，人是不想出门的。我干脆关世界于门外，揽青花瓷于怀中。天天坐在窗前对它们讲薄脆的瓷话，永远都讲不够。话到词穷处，不见词不见穷，却有一片幽蓝，冷冷在目在耳在衣在心。它殷实的底气使我沉溺其间，并以此拒绝一个浮躁而喧哗的世界。

许多个午后，惬意地挨着青花瓷蓝色的衣襟坐下，想象自己也胎纯釉净、肤如细瓷，是名字中带花的人。焚香小坐，静心品瓷。我将它们中的某一个举到眼前，逆着阳光，细细地凝视。看着看着就痴了过去。青花瓷与生俱来的抑郁的气质。内敛、沉潜而温润的眼神里是令人心痛的美，一种很深的难过。每转动一次，光线就有新的折射，同样的光泽也变换出不同的光线强度，那闪闪烁烁的光始终是个谜，一眼不能望尽。这样媚惑又这样推拒。在它面前我只剩下发呆和失语。

有月亮的夜晚，它们会显得丰腴一些，无月则消瘦而骨感得像个幽灵，它居然能把自己美得只剩下美。其实无论有月或无月，书房总显得比别处亮些，果真是"寻常一样窗前夜，才有青瓷便不同"。月光照在瓷器上，我怕它们笑颜老去，它的体香回泛在空气中对我实在有着说不尽的蛊惑，使我迟迟舍不得去睡。道过晚安后切记将书房门密密关严，怕它们像宫女趁着夜色溜出宫去。或者不小心走丢，像黑夜一样消失了，剩下一个大白天。有时，午夜梦回，披衣而起，蹑手蹑脚溜到书房，虚一条门缝，偷窥它们是否和人有着一样的梦呓和鼾声。清晨醒来一想到隔壁的它们，以往遥遥眺望的"古代"就像过从甚密的隔壁邻居一样，离我这么近，心中就跃跃然窃喜不已。

一向怀疑自己生错了朝代，甚至一厢情愿地断定曾经历过唐朝或宋代。《可兰经》里说：呼山不来，我去就山。此刻是我过不去古代，青花瓷却使

"古代"过来了。

我终于能安排自己活在青花瓷的时间里了。枕雨高卧，坐拥爱瓷，真是受用得紧。

青花瓷的确很旧，其实我们自己每天又何尝不是在新的一天中成为旧的人。据说人最远只能走到自己的尽头，青花瓷却可以几千年扔掉好几辈人，才轮到人抛弃它，但人最终还是诚惶诚恐地挽留它们。

以至于我至今都不知道还有什么比青花瓷更——瓷实。

洞　箫

　　爱的东西，不要放得太近
　　　　——题记

　　箫，是一个幻觉。
　　我至今怀疑它的存在。

梦　箫

　　那时住在山中。夜。毫无预感毫无缘由地突然箫声就起，远远飘了来。音色很钝，却一下就刺穿我，令我战栗不已。
　　这才知道真的箫声与录音棚制作出来的竟如此不同。
　　箫在音碟中的圆润，那叫音乐。而在这样的山中，又是这样的夜晚，它怎么会是一种乐器呢？它的声音由于山岭起伏的坡度，显得有些滞涩；由于露水与风，它有些潮湿与断续；由于树枝与鸟兽的撕扯，它磨起一道毛边；由于荒冢与夜色，它还沾上几丝诡异之气。等经历这么多周折辗转到我身边，它已不成曲调。
　　离音乐远，离人却近了。
　　我找不到这箫声确切的缘起，弄箫何人。但我认定是个男人。甚至是个心灵受过重创，在情感上有着深刻隐痛的男人，因为那的确是一种受伤的声音。花的伤痛从蕊开始，箫的伤痛从唇开始，不，从心开始。我从未听过舌尖都含着泪的箫声。这是绝望而感伤的气质，这是宋词的气质。在李清照、秦观、周邦彦的词里就能辨认出这样的气质。

那些夜晚，那些铺满松针的夜晚，我一直被这管箫折磨着、吞噬着。那是痛苦的愉悦，那是无心无欲、旷绝千古的禅境。没有什么奢侈能超过一人独对一管箫声。我几乎相信这世上只剩下我和箫两个人，连吹箫人都不存在。箫看着我，看着我身里和身外其余的我；我看着箫，透过箫的眼睛对红尘视而不见。箫于我，是忧郁中的忧郁，如冰在雪中，如紫在蓝中。

人，总有几处不流血的伤口，在手够不着的地方，是箫替我触摸到它。我相信我是与箫有缘的人，我恣情恣性、淋漓尽致地挥霍我的忧郁。我没有想过来年的这个时候，我的这些心事会在哪里。

失去箫，是在秋凉过后。仍是猝不及防。它的来与去，都如一道宿命。也许真有其人其箫，他在暗夜里舔干了伤口又回到阳光下去了？也许原本就是我的一个幻觉。弄箫者是人是鬼是仙成了悬疑。而我失去箫的同时也把自己弄丢了。

夜真的凉下来，心真的空出来。

箫声拂过的那些日子永远不可能再回来……

品　　箫

"箫"。我轻轻读它的音，倒像叹一口气。

它的名字天生就是低音的，你无法大声喊它。它是朴素的，淡、雅，一点都不张扬。就像磨砂过的棉布和洗旧的丝绸的质感。但它又是深邃的、不可捉摸的。我甚至觉着应该在焚香沐浴之后，用心而不是用嘴来感觉它。

我所见过的箫大多是紫色的，尤其它沉默的时候要紫得更深一些。这种紫没什么城府，但很沉实。面上泛着一层幽冷而虚浮的光，并不炫目。

它让我想起"禅房花木深"的那种"深"和墨在宣纸上晕染开来的那种"晕"。因此它耐看。只是看久了，心里不免有点发虚。在其他事物身上，我没能找到相同的色调。箫是唯一的。

我从未摸过箫。心里有点怵，总觉得那是摸在一个相约了千年，却未见过面的熟稔而又陌生的人身上。我暗自揣测：手感一定有点凉、有点湿、有点浮。奇怪的是，每次听箫，都闻到一丝苦意，说不清是哪种苦。既像苦丁茶在舌尖的清苦，又像割草机刀刃之下青草汁液在鼻端的生苦，更多的时候它离眼睑近，是盈睫泪意的涩苦。

箫的音韵永远是低调的，甚至有些压抑、喑哑。

适合独语细吟，即便与古琴琴箫合鸣，也越发显得孤寂与清瘦。我一向认为低调的乐器才最能与人的心音相和，如箫、如埙、如古琴。记得小时大声呼口号，其实不知喊的什么意思，初恋时一个男孩用几乎听不见的声音说出那几个字，我却如遭雷击。才知道什么叫轻声说重话。当我们必须维持高调时，不得不放弃许多精微的东西。而静夜里的低语却能听到整个世界的回应，因为我们用心。看来一管箫比人更懂得在无声中说话，在低语中撼人。

我一直有个心愿，就是自己来吹箫。可是我的身体这样重浊，我如何接近箫？爱看它，爱听它，但我不堪忍受正在被吹奏着的它。我不能想象一个尘埃披挂的人把嘴唇迫近箫时的情景。那简直是亵渎。箫圣洁的音孔就只适合留给餐风饮露的世外高人韵士。

也曾到街上的乐器行探视过它，与其他乐器相比，它显得有些消瘦和寂寥。就想：它怎么会挂在这里呢？它怎么能挂在这里呢？偶尔也有人问津，拂去积尘、挑三拣四，好像是专为贬斥它而来的。而且这手也许刚刚点过钞票、搔过头皮屑，有点黏。偶尔也有人试它，比画几下，吹几声，在车水马龙的背景下，无论姿态还是音调都显得轻慢。而且这嘴也许刚刚经过酒肉鱼虾，有着油腥味。当然，据说一年半载也能卖出一支两支，幸亏，若不是为了表演，这个世界真肯静下心来为自己吹箫的人，不会太多。

箫，我不堪忍受它真实的存在。

别　　箫

这面墙上挂着一把二胡和一管箫。

它们的主人是个爱穿黑衣的人，有一双黑黑的眼睛，眼睛周围永远围着黑晕。他似乎对这个世界始终不经心，心神永远坐在影子的边缘。日常的事便是"闲裁蕉叶题唐句，细嚼梅花读汉书"。否则飘袂之间、襟袍过处，怎会厚薄远近地阵阵墨香？那是芭蕉窗前，歙砚边，经史子集、诗书画篆里经年浸润才可能养出的书卷气息。蕴藉但有些病态和说不尽的缺憾。他是郁郁寡欢、落落寡合的，即使不穿黑衣，也能感受到他的悒郁、脆弱与清寂，一直从骨头里渗出来。你即使在白天遇到他，也错觉是在夜里。话很少，低音，但音质很瓷实。反正冷暖浓淡都是自知的，他似乎有理由沉默。至多用那把二胡说话。也是悒郁的、幽怨的，把金属的弦一直嵌到人心尖上的那种痛。但他从不去碰那管箫，这很合我的心意。我总觉得他与多年前山中的故事有着某种意外的关联，这使我暗暗心惊。即使他就是那弄箫人，也不该再去碰昨天的箫，就让它挂在今天的墙上，像个暗语，一个用心交换的——默契。

箫。我无法拒绝它真实的存在。

我心中的那管箫，要隔着岁月编织的篱笆，隔着空山幽谷，隔着夜、隔着梦听才好。

也曾溺爱一只青花瓷小盏，时常放在手边把玩，一日竟失了手，瞬间化为虚无。这才知道，爱的东西，原是不能放得太近的。

这管箫，我不能再失手。

松花酿酒，春水煎茶

> 兴亡千古繁华梦，诗眼倦天涯。
> 孔林乔木，吴宫蔓草，楚庙寒鸦。
> 数间茅舍，藏书万卷，投老村家。
> 山中何事，松花酿酒，春水煎茶。
> ——《人月圆·山中书事》（元·张可久）

折一身瘦骨，踩雨后的虹桥，进山。

在山山与树树的夹缝间，辟半亩薄地，起一间柴屋，只栽松柏。男松站远些，刚劲孔武，护塞戍边；女松倚近些，端茶递水，红袖添香。老松可对弈，小松可共舞。酒醉茶酣也可"以手推松曰'去'"。山认樵夫给树，水识渔翁给鱼，我非樵非渔，便拥有一切。

山中何事？闲闲地餐风饮露，忙忙地耕云种月。

写几行骈文俪句，用松针钉在篱笆上，花朵来读有花香，蝴蝶来读有蝶味，萤火虫来读有萤光，山鬼来读有鬼意，仙人来读有仙气……诗越读越厚，日子越读越薄，生命越读越轻。

明天有明天的飞花，后天有后天的落叶。

反正这山中没个忙人，反正这山中没个闲人。

蓄了一春的露，檐前的小瓴也该满个七八分了。日头下端进新垒的红泥小炉。用去岁晒干的花尸燃火，才不会把水煎老。宠自己一回，今年就用那把不曾舍得用的养得釉亮的晚唐小壶。一盏香茗。一瓣檀香，一人独对一山，一心静面一世。往日的尘缘都记不起来了，就喝眼前的茶吧。

茶要独品，酒需共酌。这好山只归我一人所有。让我如何能信？可不，山中无甲子，大约在三个秋天之前就有山背后住着的白髯飘胸的老翁来访，用一串铜钱要换我的松花酒。我说如今通用银子，他不懂。好说歹说，用三双草鞋换去我两竹筒的酒。并向我打探山外的世道，我故意很使劲地想，然后说是元。他诡诡地一笑，笑得我心里发虚。再问我出山的道，我指了东西南北，他丢下两句没头没脑的话，径自去了。此后也就是隔山说些阴晴圆缺的话，也没什么大来往。年前找他对酌，只见两间茅屋，一间紧闭，草绳紧紧拴了门环；另一间住人，极其简陋。奇的是窗上糊纸竟是三尺棉宣，依稀可辨三五字句："兴亡千古繁华梦，诗眼倦天涯。孔林乔木，吴宫蔓草，楚庙寒鸦。"倒是好句，只是意未尽而气未结，加上无奈的沧桑像一件短衣，终究遮挡不住曾经的少年血气，不知那双倦了的诗眼在后句中将望向何处，无从寻觅。更奇的是宣纸已泛黄，浮着一层虚幻的锈色，再觑那间紧闭的屋，门缝里逼来一股霉味，欲近还难，老翁面有愠色，连忙知趣告退，疑惑便自此悬于心头。

眼看秋叶落尽，陈酿也快见底。日日忙着拾掇松花酿新酒，我叫它花雕它就是花雕。想着借开春送酒话个暖，再去一探究竟。孰料，面对的竟是一堆废墟，老翁已绝了踪迹。捡出一残破条幅，却是新纸鲜墨写着："数间茅舍，藏书万卷，投老村家。山中何事……"紧接着是一枝减笔墨梅。想来或是一时无句，信笔点梅；或是墨未尽而笔已秃，扔之不舍，意犹未尽，想想，也罢也罢，秃笔余墨画梅正好。点点梅瓣，拙得很有逸气。我心中悬石轰然而落，方知是我眼拙，那紧闭茅屋乃藏万卷诗书，山中潮气重，书霉得也重，而这布衣老者便是隔世的骚人墨客。隔世，隔几世？唉，千古繁华原只是一道薄风，他在山中避过这道风。于世间的缺漏与错过，究竟是遗憾还是那幅墨梅枝丫间的最好留白？

老翁与书此去何往？山更远的山……天以外的天……

若下一世能相遇，在红尘便罢了。若还在山中，我必送他一壶花雕，外加两句诗："松花酿酒，春水煎茶。"他自当会心一笑。

一盏淡茶，一壶薄酒。

山是空了的山，老翁是空了的人。

古调虽自爱， 今人多不弹

因为你，我把这个秋季往前推
因为你，我把这个秋季往后推
　　　　　——题记

探　琴

古琴是一个人的音乐。像静脉，很静。

在秋天的左侧、黄昏的右侧，古琴家李禹贤老先生孤独地抚琴，让我身临古代的深处。

先生的劲草琴堂，是古琴的老厝。这里收藏着十余张很有些年头和来头的老琴，梅雨季节会起一层水汽，也许是汗，也许是泪，先生以绸巾或衣袖柔柔拭之；秋季干燥，它们的弦在墙壁上或你或他，你松我紧地"噼啪"作响，有了些许玄虚和鬼魅的意象，竹帘外影影绰绰的几盆瘦兰也相跟着蛊惑。

琴要人气滋养，尤其名家手指。清癯的先生在书画、品茗之余，便需时常调弦，把它们一一取下弹之，一如宠幸后宫。无论哪张琴，在他手下，便成妙音。

先生弄琴七十余载，爱琴如命却从不以重金购之，得失随缘。历时十余年探询于乡村城镇，搜集整理散失民间的琴谱，怕它们在岁月里死去。曾在一户农家通往茅厕的路上，疑惑于一块铺垫泥泞的踏板，断定之际，先生一把抱起它，就像抱着自己失散多年的孩子，心都痛碎了。谁能想到多少双肮脏的鞋底下竟是一具名琴的身体……

有着三千年历史的古琴，是我国最古老的弹拨乐器，也是地位最崇高的乐器。为"琴棋书画"四艺之首，也是古代每个文人的必修之器，即便不擅也必悬一二张于书斋，历史上的著名琴家有伯牙、孔子、司马相如、蔡文姬、阮籍、嵇康、李白、杜甫、宋徽宗赵佶……

古琴自一出世便中年已过，一派尘埃落定的沉稳，那是儒家的气质。其音域宽广，音色深沉，余音悠远。别的乐器是声，而古琴是——韵。它是一种主语状态的情绪，向内的，在最僻静处完成它的寂寞。"中正平和""清微淡远"的琴道便是它的在野情怀。古琴的声形气韵清高纯古：泛音的轻灵清越，散音的沉着浑厚，按音的舒缓凝重，绰注吟猱的指法，真正是蕴藉典雅、润匀透静。

我有幸见过一张唐琴。不知是出土还是家传。靠近它我恍惚感到一股来自地底深处的阴气——逼人。在它面前容易产生幻觉。那是一个神秘的人抱来一把无弦琴，请先生修复鉴赏。琴名曰"空谷流泉"，仲尼式，形制峭拔，兼具浑厚之态，气韵高古。漆色绛紫，温润沉雅，里面依稀积淀着一些苍白的气息。蛇腹冰裂状的断纹（琴需五百年以上才能出现断纹），有如玉多次入土又出土后的沁色。先生净手后正襟危坐，依次续上一根根弦，又调试许久，琴渐渐有了些气血，温热起来，似乎正渴望着一种抚摸。

先生肃然端坐，沉吟半晌才试音轻弹，音色厚重中透着清婉，苍古里渗着甜润。很大声，但感觉还是很静——静远中有高风。果真是破空而来，绝尘而去，使人神骨俱清。

一曲终了，先生离座示意我试抚。这张唐琴就这样在远古的气息里横卧在我面前，古人层层叠叠的指纹在琴身上堆积如落叶，我迟疑着不敢落指。我似乎一下子能够看见千年前的那个秋天……想想我的心跳和他或她的心跳仅仅隔着——七根新弦的距离，我将触摸到他们从远古伸过来的手，接住他们从地底下喘上来的气。而每一落指都是曾经，感觉不是弹在弦上，而是摸在前人的指尖上，前人手指的余温或许尚存，让人惊心。不知琴是否也想念着久别的手指？不知谁又是它梦中的手指？正是"挽断罗衣留不住"，人已去，而他或她生前用过的琴却坚持着。被岁月还回来，但终于还是又拿走了。

我终是未敢落指。从此便时常惦着它，再也放不下来——

而我不过是一个路过古代的人。

我只能把古琴的古归还古琴。

又　琴

偶然的秋季。浮华的场景。

树叶已开始做三言两语的飘零。

不经意间蓦然回眸，心中轰然一声——从未见过如此有穿透力的眼睛。精光灼灼，穿透我心。斯人独自向隅，一身玄衣，落落寡合，一襟都是山野的清透。我突然觉得在人丛中，我是古筝，响亮却浅薄；你是古琴，低调而蕴藉。

独自面对你时霜降已至。玄衣黑眸依旧，郁郁寡欢依然。才知我灵魂深处向往的仍是安静与暗夜啊。

一直那样迷恋纳兰容若的儒雅博学和贵族气息的孤独，与生俱来的忧郁，你便是了。也曾暗下决心要以我的明朗为刃，将你身边的阴影像删芭蕉叶一般——删去，终是败下阵来。

你那"闲裁蕉叶题唐句，细嚼梅花读汉书"的高旷与寥廓让我如此踮足。

那时，我怀揣大把的时间，傻傻地坐在游泳池、足球场边看你，等你时不时回眸一笑；在你运笔弄墨作画时傻傻地看你，等你抬起头来迷茫地一笑；傻傻地在你拉二胡时看你，单等一曲终了你我的会心一笑；傻傻地听你唱我最爱的《一剪梅》，傻傻地听你用洞箫吹《化蝶》神痴到泪湿。然后有一天我就傻傻地抱着一张古琴站在你小屋门口，说要去拜师学琴，只为与你琴箫合鸣。你还是浅笑。笑起来一如古琴的泛音，流光溢彩，笑意全盈在眼睛里，盈不住又溢出来。我只见过笑沾在唇上，别在嘴角上，浸在酒窝里，却没见过笑意能像一泓刚刚经过青草的山泉流淌在眼睛里，灵动得夺魂摄魄。

那种心灵行经旷野的感觉只有你能替我一一展开！

可是我忘了无论之前还是之后我们都走不远，事实上我们永远都不可能彼此抵达。像古琴曲，一个片段之后，总要折身回来。

五个秋季转瞬而过，我的日子清逸娴雅。

我知道我在肆无忌惮地挥霍你——

那天，那一天，离去多少回的我又回头。你沉着脸，一如那张出土的唐琴黯然神伤却不动声色，你的沉静使我的离去更加慌乱。我知道你是死也不肯说出生生死死。要生就生一池莲藕，要死就死一地落叶。把琴留下，你说。鼻音里都是雨水。我又留下了……

某年某月某一天某个午后，我又说要离开。我痛恨自己总是走不出你，慌不择路间撞翻了桌角你最钟爱的仿古青花笔洗，瓷片、水和我的心碎了一地，飞溅的碎片划破你的脚。

你默默地蹲下，把碎片一片片拾起，然后把那个惊呆的人轻轻拥入怀中。终是拥不住——我的一生一世。

我落荒而逃，心知此次此去，再也无头可回，无岸可望——

我也只是一个路过你的人。一如我路过那张唐琴。

断　琴

第六个秋天如约而至，我感觉自己已经一贫如洗，生命中只剩下一张古琴了。

低眉拨弦，琴声如水，贴紧我的皮肤。而徽位是琴身上最敏感的部分，让我无法回避。贝壳质地，凉透我心。弦一下一下割在指尖，痛得我酣畅淋漓。原来有时，疼痛也是一种好啊。

在琴声面前，我像一个四面透风的草筐，支离破碎。

我抚琴的手，成了一截截断藕，僵硬而笨拙，而琴弦就是扯不断的藕丝。琴声也断续嘶哑，如拆旧衣散落一地的线头。老师拍案痛斥，差点拍断我的手指，反正已是断藕，三截五截一样。

沉溺于禅和古琴，只为疗伤。一日午后在寺中，与三五琴友雅集品茗弄琴，寺庙住持取出名琴一张，大家轮番感受。我选《流水》，刚弹了半阕，想到伯牙摔琴谢知音，突然心中大痛。只想此生就此削发了断尘缘。心念一动，琴弦乍断，一室黯然……

自此将家中两张古琴高悬于壁，不再染指。

弦外无音。而琴只剩下——两具白骨！

你的电话号码为什么全是单数，七位，像古琴的七根弦，我曾经摸上去千百次，依然意乱情迷，只有古琴和你能够给我如此巨大的蛊惑。

一个不寻常的世纪就此背过身去……

冷雨敲窗、敲瓦、敲庭前落叶，也敲心。我此刻在电脑前给你也给曾经，敲下一封不打算投递的长信。每每重读这封长信，展开以往的时光，不免有人琴俱焚之痛！

让琴声厚实，让我单薄。

让琴瘦在古代，让人瘦在衣里。

古代的尽头是案边的瑶琴，我的尽头是——你。

穿过骨头抚摸你

"书香为众香之首",此言不虚。

书,的确是好东西。古人说:"才华外现形成气质,才华内敛形成气韵。"这种气质、气韵,绝非一朝一夕可得,也无法"做"出来,是丝丝缕缕从毛孔里渗出来的。我身边就有一些这样的人:不用靠近就能闻到他们衣袂之间、襟袍过处,厚厚薄薄远远近近的阵阵墨香,那是芭蕉窗前歙砚边,经史子集、琴棋画篆里经年浸润才可能养出的书卷气息。"腹有诗书气自华"便是。

阅读也是我生活无可取代的修持之道,已如顽疾,缠绵不去,每日非煮字疗饥不可。看来看去,能留住人最久的,依然是书籍和大自然。

书,听到这个字都觉得心中一宽又一宽——

从读到梭罗的《瓦尔登湖》(徐迟译本)那天起,就再没把它放下,非不忍释卷,是无法释怀。那是一种灵魂深处的契合。书不是太厚,却山深水寒的,一如好玉挂怀,摸一遍有一遍的温润。它是我现在直到很久以后必定也是一生中最爱的书。

丰子恺、沈从文、钱钟书、余秋雨、贾平凹、余光中、郑愁予、洛夫、王鼎钧、周梦蝶、董桥、张晓风、余华、朱以撒的书,我喜欢得只剩叹气的分儿,读他们的作品,真是一种生命中的大奢侈。有段时间沉溺佛经禅道把林清玄读得死去活来,差点出不来;也曾把琼瑶40多部小说都读过一遍，每天凄凄惨惨戚戚，理想中的爱情她替我都实现了；孤傲如鹤的张爱玲，无论写什么，就一个透彻入骨，一眼万年，用她《对照记》里的话纪念她："我没赶得上看见他们，他们静静地睡在我的血液里，等我死去的时候再死一次。"阅读，是与这位天才作家最近的距离。我是她的"脑残粉"。金庸、古龙、梁羽生的武侠书非得一口气读完，即便天塌下来也顾不了那许多了。古龙嗜酒如命，终死于酒。金古梁，依我排是金梁古，而金庸又甩出梁羽生和古龙三条街。后又有温瑞安，号称"新武侠派"，与前三者更是相去甚远。

读书日久，染有诸多痼疾：

其一，爱书随身带。一段时日之后再归入书橱"楚楚爱书"格中。曾写过"爱的东西，不要放得太近"，纯属谬论，爱的东西就要带在身上、揣在怀里、含在嘴里、时刻相伴、耳鬓厮磨。幸好有阶段性，每次一两本，用情甚专，遇到好书又难免移情。

此病源自20世纪80年代初，彼时正在读中文系，正在风花雪月地发骚，舒婷的《双桅船》迎头撞来，爱得不行，放宿舍怕被同学顺走，总是不离左右；《唐诗三百首》《宋词小札》随后；读庞培的《低语》心里老是湿湿的，给自己找了一个可以软弱、可以疼痛的借口；到刘亮程的《一个人的村庄》，正是大巧若拙，心里"咯噔"一下，文章原来可以质朴到透明；及至原野的《掌心化雪》才发现真正的好书是有温度的，可以用来取暖；至于简媜的书初看之下，便惊为"天书"，够我挚爱一生。

《海子的诗》曾随身多年，可谓独宠。反复读，几乎可背下来。浓烈的孤独、明亮的纯净，这是一个太纯粹的诗人，一段温柔而暴烈的青春！他竟然将所有的一切都指向终极，穷尽所有，无人可及。每一次重读心中都是地动山摇……

这几本书都不薄，用草篮子参差着提来提去，心中真正有了海阔天空的喜悦。提重若轻啊。

其二，强烈要求分享。好书也会让人生出贪婪之心，余秋雨的《千年一叹》和刘亮程的《风中的院门》出版后，因为是朋友，分别强力索取十余本，还要求题赠不同人不同的赠语。恨不得所有的朋友都比我更爱他们的文字。能和挚友分享美文，大乐，莫过于此。我是赠人玫瑰，手有余香。

其三，读书写作严重需要黑暗。恨不得找个黑色U盘钻进去，再把写保护打开。即便大白天也要关紧门窗，拉严带遮光布的窗帘，一盏台灯只聚光在书上，书是舞台上唯一的主角。书这时肯定有灵魂，离人最近。还需正襟危坐，方可入境。这就大大制约了我的阅读量和创作量。要知道这种世界末日的场景并非随处可得。

其四，必须愉快地阅读。逢好诗集必读，诗歌是额头，我只能虔诚仰视，由不得我嫌寒憎暑；小说选择读；好散文反复读；外国文学挑剔地读（译者文采所限，嚼烂吐出，觉得隔了层东西，吃起来满口沙子，硌牙）；周边学科如书画、哲学、历史、美学、宗教等尽可能多读；八卦无聊低俗琐碎的杂志闲书坚决不读，耗费精神疲劳眼球损坏品位。总之，晦涩艰深、毫无阅读快感的文字，即便是惊世名著也不读。厚积薄发如果单单为"发"而"积"，功利性太强，玷污阅读之纯粹。阅读不是圈养动物，应该自由放牧。阅读只是阅读，不为什么，漫无目的、随心所欲。阅读是大享受，是精神盛宴，不是受罪。干吗非要让自己痛苦，跟自个儿较劲。这不是存心给自己添堵吗？

说来惭愧，我是比较少买书的（即便买也只在网上书店买。况且可以读电子书，环保省钱。我可不想我那几锭银子在实体书店缩水成铜钱）。我的原则：书，非读不买。"人为写诗死，家因买书贫"这句话不好，太刻意酸腐。购书成癖也是一种病，从来不想跟谁PK藏书量。

传说中有个梗，某名家曾应邀参观一豪宅中的书房，藏书不计其数，堪称书斋观止，满室书香足以把人浮起，一时有些犯晕，依稀记得此人识字寥寥，遂疑惑地问可是常常在此阅读？"从不，只摆着看。"主人说罢潇洒拂去书桌上厚可盈寸的积尘，盛请题写斋名，名家颇觉为难，雅俗两难落笔，沉吟半晌，搔破头皮，捻断数须，遂题："不读堂。"实话实说，宾主两欢。不过藏书的人怎么看也比藏别的东西的人有品位。

可惜我没有许多闲钱买书做摆设，就是有，也不。喜欢的书藏它读它爱它宠它；不想读的书，即便再盛名，也坚决不要（当然朋友赠书另当别论）。既然料定了有可能长久甚至永远冷落它，何不留给真正爱它的人。三日不读书固然"面目可憎，语言乏味"，但阅读毕竟只是我生活的一部分。"瑶琴不理抛书卧"的慵懒也合情合理。我不是"书虫"，我是女人，我还要买化妆品和好看的衣服，我还要泡网淘宝。总之我很贪婪地还要读书之外的许多乐趣。正因为我尊重生命，我才更加热爱生命，以便细细地享受生命。

对，享——受——生——命！就是隐藏在我内心深处的最大的虚荣。因为我老想着：一个人没有两辈子。

书到读时方恨多，有太多好书趁着白天，从我身边悄悄溜走。但我坚信有缘绝不会擦肩而过，漏过的是好书，未必是——爱书。有一张音乐碟叫《穿过骨头抚摸你》，除了音乐，我相信书也同样可以做到，甚至做得更有声色。

有多少爱可以重来？没有！

但的确有太多的好书可以重来。有些书值得发发狠，读到骨头里去。

雾下面是雾， 梅身后还是梅

空。白。

相传此庵曾经有很好的磬声。如今只生长——白雾和白梅。

雾下面是雾，梅身后还是梅。庵是：几道断壁残垣。空旷、幽远。曾经以为止止庵适合白描，临到面前已是无庵可描。它像一枚空白的蝉蜕——淡淡地死了。

1

庵去后，梅最先来到。

山谷几乎在一夜间住满梅树。这里的梅既无疏影，也无暗香。只一式的：素白、小瓣、清瘦、无香味。当开则开，背阴的总是意外地早开，面阳的反而在后，倒有些不情愿。因为山谷的寂静，很容易就能听到：花瓣迟迟疑疑次第拆开的声音。古书上关于"花拆"的记载，想必就是这样子的。又因为冷傲，倒像开了一树一树的薄冰。该谢，呼啦一下全没了，总算能把自己藏起来了。也看不见花尸，神仙一样、魂魄一样地让人特别不放心。花后也长些该长的叶，结些可结可不结的梅子。蘸着雾嚼梅读帖该是世外高人的事，凡人连伸出折枝的手都不敢，更没有以梅调羹的道理。反正无端地，就是叫人有说不出的心虚和胆怯。

与梅同居的白雾也只能抹去梅的褐色枝干，对花无能为力，顶多白上加白，梅苍白的粉颈，依然能从白雾后面梗出来。远远望过去，无根无茎的花在半空中影影绰绰、飘飘忽忽地白着，直让人犯疑：那究竟是一尺一尺的云宣呢，还是一袭一袭的白衣，或是一个一个的比丘尼正在坐禅？梅居然用它惊心的白浮起了整个山谷。

这种白令人心灰意冷、万念俱灰。

难怪诗人会说："梅的日子，我只想到梅中去死。"

2

这面石壁上，一方突兀的绿苔割伤了我。隐痛使我折返前尘。

指尖抚过，仍有我身体的余温。它是我斜襟盘纽的葱绿小衣。我将它藏匿在僧衣里层，曾穿着它在侧厢偷偷画眉？画梅？画一个玉树临风的书生手中折扇上的白梅。那时，人，总嫌太窄；衣，总嫌太宽；那种布袍——没有腰身。风来会有些凉，偶染小小风寒。"月色一样冷的女子／荻花一样白的女子／在河边默默地捶打／无言的衣裳在水湄。"那个女子就是我？我该叫静空，抑或了尘？还是带发修行的栖梅居士？直到一场大火，把这里的一切焚去。果然应了"止止"的宿命。唯余那书生临去刻石："有缘。"我魂魄不去，植梅盈谷。单等那人踏雪而来，眼睛 热，凭白梅相认。

3

禅师说：却来观世间，犹如梦中事。

梅仍在雾上睡，我曾在庵上睡；雾和梅是这个梦的正面，庵和我是这个梦的反面。而今生，此刻，我那唯一的人，在身旁？在远方？诗人却说：远方就是这样的／就是我站立的地方。

我就这样独坐此庵的原籍，在某个午后，梅的身边。

海子说："我身在这荒芜的山冈/怀念我空空的房间/落满灰尘。"我果真来自落满灰尘的房间，写了已不存在的此庵，也许有人会读到它，也许今后有更多沾着灰尘的人会来看它，我们会不会弄脏它？

其实，此庵"本来无一物，何处惹尘埃"？无形、无色、无香、无味，正所谓：好花无色，真水无香。它是武夷山窄窄的、不被人注意的书脊；也许，它原本就是这方山水的一处——留白。

不知哪位大师能空出这样的留白：用眼睛看着，都感到自己干净起来。

这样的留白，是让人住三辈子还想的地方。

第二辑

景乱看

○○○

不远的远行

一座种下我的山

武夷山，是我所遇众山中，最有灵气的山，没有之一。

村上春树说"每个人都有属于自己的一片森林"，我与武夷就是彼此牵挂的那片林，是我三生三世修来的缘。我想狠狠地爱他，我就狠狠地写他，写了《空山不空》又写《雾上面是雾，梅身后还是梅》，仍有笔尖够不着的地方。于是，某个温暖春日，我把名字里姓楚的"楚"化作一粒种子，偷偷种在云窝，让一半的我和云结伴生根笑着开花，自此入了山籍。此去经年，山上花开将落，我便是山道上匆匆而归的那个人——我不是过客，我是归人。

在武夷，我很难维持站立的姿势，只能全须全尾松松垮垮地坐着或躺着，坐望春山、卧看云雾。一壶茶、一张琴、每一幕月升与日落，都是自在随缘，都是人间欢喜，都是真空生妙有。因为空，所以有；因为爱，所以爱……

"心灵鸡汤"里说，"如果你不出去走走，会以为这里就是全世界"，也因为我去过远山远水，才确认武夷就是我心灵的全世界。

在武夷山种下自己至今的四十年，将是我此生一百年中，最难忘的一千年。

一座会发光的岛

在岚岛,必须是沉浸式体验。以为此行将是一篇游记,得到的却是一首长诗。

或许这座岛打定主意要做个"有缘人",好与另外一些探访此地的"有缘人"相遇,结一段人间欢喜缘。跨海大桥展臂,如庭院门口的相邀;错落排列的发电风轮轻摆,则似入户小径上的施施然侧身相伴。将游客暖暖迎入,妥帖安放。随即,开启视觉盛宴,一一端出壳丘头文化遗址、古村红砖厝、半坡龙船、西柯半亩园、北部湾生态廊道、全国最大的海滨公园龙凤头、猴研岛"网红打卡地"……几乎每一道都是硬菜,让人心生欢喜。

平潭没有平躺,它另辟蹊径,走上了一条立体发展的国际旅游岛之路。天遂人愿,生态点睛之笔"蓝眼泪"又把这座岛变成一个发光体,使它即便用了最朴拙的名字,依然站在了这片海域的 C 位。

其实,一座岛亦如一个人,从来没有什么横空出世,每一个花开春暖、岁月静好的小岛身后,必有一群人在奋力托举和负重托底。有句话说:"幸福是养自己的心,不是养别人的眼。"而这座会发光的岛偏要既养自己的心,还要让来到这里的人养眼暖心。唯愿它历尽岁月千帆,依然光风霁月、尘埃不到。

一个有温度的词

晋江,是个有温度的词。

他总是这么热气蒸腾,青春着、澎湃着、敢为天下先着,他的生命中似乎始终蕴藏着汪洋恣肆的力量!

经验的身前是步履蹒跚,成绩单之后是负重前行,这个"前行"不仅是一次次出发的足迹之远,更是眼光之远。那一年,草木蔓发,春江水暖,晋江人先知先觉先试,正是这种"虽千万人吾往矣"的爱拼敢赢的气魄和胆识,开创了改革先河,也使晋江更有能力去感知和把握自己的小时代,并与改革开放的大时代同频共振。

"重剑无锋,大巧不工",踏踏实实地传家业,心无旁骛地做实业,凝心聚力地兴文化。这座城以一种金刀大马、倾身向前的姿态,始终在路上,一直在领跑……

晋江也是个热情爽利的人,真心想跟来到这里的人交朋友,把家藏的古城、古街、古村、古遗址,乃至古早小食……全端出来给你看,他们绵绵传承这些"从前慢",镇守本心,温润性情,熨帖心灵。

晋江,是一个不容易被忘记的地方,是你去过多次还想再去的地方。

草原自己的事

胖　草

草是群居的族类。

草是草原世袭的土著居民。

要是不以草为灵魂,草原还成什么"草"原呢?

天空在草面前是屏息低眉的。草原上天有多大,草就有多广。天空只像是草原的一件总不合体的蓝绸衣,草的长大在与天空赛跑,天空总是输。绸衣接了又接,还是捉襟见肘。草们愿意穿风和日丽,天就晴;草们愿意穿雨雪风霜,天就阴;草愿意什么也不穿,天就只好走开,那是夜里。反正得由着草的性子来,没有什么商量的余地。

草才不把天看在眼里,它们讨好的是牛羊。

每株草都是牛羊家族的童养媳,早有婚约在的。牛羊不论相貌年龄,一律有权采摘草们的初夜直至一生。牛羊随兴所至的嘴唇吻到谁就是谁了,那里就有一场闪电式的婚礼在举行。这时候,每个在场的人都能真切地感受到草的性感与快感。它们是欢欣的,一点都没有痛苦的表情。反正几天之后又是一株好草,又可再嫁一只好羊儿。没有被牛羊青睐的草,就有了女孩子过了婚嫁年龄还待字闺中的焦虑与惶惑。草原上草的生长就只为了这"一世情缘"。

肉眼可见，草原上的草是肉乎乎、胖嘟嘟的。

让人以为误入唐代的宫廷，这里的草都叫杨玉环，丰腴、嫩泽，充满肉感的诱惑。因为牛羊可不"好细腰"，它们有着百千万亿的选择。叫赵飞燕的草它们连闻都懒得闻一下。

草原上的草才是真正的草绿色。

不是都市工业污染的灰绿；不是乡村农业污染的土绿；不是园林移来植去的生绿；也不是尘埃与人眼中疲惫不堪，下过一千次水，褪过一百次色的旧绿。

那是一种灵醒的绿，一种每个毛孔都会出油的绿，一种恣情率性、肆无忌惮的绿，一种看一眼就会让人心旌摇荡的绿，一种整个生命都跃跃欲试地要从绿色中挣脱出来的绿。

还有什么地方的草会比草原上的草更像草呢？

草原是草的天堂。

草原是爱草人心灵的故乡。

浓　花

草原上的花并不比草少多少。

有些季节，有些地方，花比草还多。

草原上的花从来不用"朵"或"片"做量词，它们没有量词，因为它们多得就像夜空里的繁星，无法用量词来限定。

草原上的花从来没有名字，就像海洋里的水滴，谁会在乎它们分别叫什么名字呢？

草原上的花不论形状，因为它们实在有太多的形状，许多形状怪到让人几乎要怀疑它们是别的什么生灵，借了花的名字来投生。

草原上的花有太多颜色，比画家、比人类，甚至比神仙所能想象到的色彩还要多得多。

草原上的花不香，因为对它们来说，这是可以忽略不计的，香味对它们来说是俗气的、附加上去的，它们有自己的体香与心香。它们就要花着自己的花，叶着自己的叶，美着自己的美。

草原上的花也会死去？美人要迟暮，花要凋零，反而使她们的美更加庄严。只是看花们咄咄逼人的气势、野性十足的生命力，总觉得即使是最残酷的摧花大盗也奈何它们不得，即使是牛羊也舍不得放它们走的。花是牛羊的精神食粮，牛羊对花只使用视觉和嗅觉，对草才用牙。原来牛羊也会务虚的。

我忍不住这样想：一年里大多数的时候，花们是开着的。进入冬季，也冬眠，只是先把花衣裳脱下来睡一会儿，花魂是醒的。来年一开春，披上衣裳开着的还是它。因为它们是大自然自己的花，是大自然亲自生下来的，属"哺乳植物"，而不是人工用种子栽培出来的"卵生植物"，更不是移植、嫁接出来的"试管植物"。它们与土地息息相通，连花茎下的泥土，连花瓣上的微尘，也是花的一部分。

草原上就没有"野花"这个词。一个个蒙古包就卧在草原上，已不仅仅是"后花园"，而是就在花园中，谁还用得着在自家养花呢？花盆里养花侍草是难得见到花草的"穷人"家的事，牧民就是"花园主"，或者说不是大自然种了花草，而是花草栽种了蒙古包。反正只要牧人高兴，花草又没有异议，牧人完全可以衣花食花住花行花，成为花翁花姑花仙花神。

作家写道："我一回头，身后的草全开花了，一大片，好像谁说了一个笑话，把一滩草全惹笑了。"的确，草原上的花长得小鼻小眼小朵朵的小模样，成堆成片地簇拥在一起，让人错觉他们总是在眯眯笑着，羞涩淑女的抿着嘴笑不露齿；阳刚豪爽的朗声大笑，有风的时候更是笑得前仰后合、花枝乱颤。也许心里藏着几百件快乐的事。

草原上的花究竟有多美，人类只能词穷。因为任何形容词都有可能弄脏它们。但有一点可以确定，那就是：它的美总是与纯洁、善良、真诚、欢乐以及一切美好的事物站在一起的。

草原上的花，即使把它们直接移植到天堂上去，也——毫无愧色。

瘦　菇

菇老是踮着脚尖，像芭蕾演员。

细致苍白的肢体有着一种妩媚的"瘦"。

特别是在雨后，或是晨露未去的时候，它们都有着湿湿、嫩嫩的光，那种圣洁的稀世之美，使人怀疑它们究竟是蘑菇呢还是仙界的灵芝，或是"沼泽诸神的圆桌"，再或者就让人想起前世与某人共伞的日子里那一柄听雨的油纸伞？

其实它们即使踮起脚，也还是比草矮，但它们即使比草矮，也还是藏不住的。这世界，谁也藏不住，据说藏着菇的草丛有一圈偏暗的草色，叫"蘑菇圈"，指引着人们找到并采摘它们。菇宁愿中自己的圈套？采下来的菇像一片一片的嘴唇，失血的、苍白的、还有余温的嘴唇。

在草原上我只能闪闪跌跌地走，生怕踩在菇们身上。它的弹性的身体，它的一点菇腥味都没有的体香，使我错觉它们好像与人类有着某种血缘关系。摸摸它都感到它的战栗，让人心中一惊又一痛，早就心怯手软，谁还忍心去采它呢？

某些时刻，最富于人性的有可能是一朵菌子。采下它，就像是亲手杀死了一个人。

梭罗说得好：只管欣赏大地，可不要想去占有。

其实，牛羊吃草，是草原自己的事。

牧人采菇，也是草原自己的事。

没有我们外人什么事。

远　虹

虹是雨后出门最早的人。

虹是松松别在天空浴后长发上的一枚七彩发夹。

虹为天空画了一道柳叶眉，霓画了另一道，稍淡些。

是虹的出现，把天空搬到我和它的中间。虹在的时候天显得很高。

虹是大地和天空之间的软桥，云和草地是桥下的流水，人和牛羊是水中的石头水草。只有一些更精细的精灵，才能在"桥"上来去。

似乎有好多年没见过虹了。

孩子们见得多些，因为虹是他们梦中的滑梯。虹会尽量弯下腰来与孩子们对话。大人看不见，是因为楼太高人太忙情太浊，忙乱于冷暖温饱喜怒哀乐，忘了去看日月星辰鸟语花香。只能隔着窗玻璃去摸索四季。何况虹呢？

虹，真的已经是与我们的眼和心相疏远的一件事了。

在草原是骑在飞奔的马上看虹。

虹的浮力、地的浮力、马的浮力，让人也浮起来。虹便出没左右前后，虚虚实实，捉摸不定，一会儿如缰绳牵在手中，一会儿如已练到"绕指柔"的利剑斜挂胯边，一会儿如丝巾缠绕颈上，一会儿又如裙带系在腰间。渐渐地，虹头虹尾淡作无色，直到淡成一截空白，真是惊"虹"一瞥，比昙花长，比爱情短。一如打淡的水墨花颜，令人回味不尽。

雨走后，虹走来。

没有雨的日子它在哪里？莫非虹便是天界的隐士，只在篱前采菊时才偶尔现身？那么霓就是虹的孪生姐妹吗？

梭罗称瓦尔登湖为"神的一滴"。

我看草原上的虹为"神的一瞥"。

诗人却说：我们只是偶尔出现在/我们终将消失的地方……

矮　云

草原上云的个头要比别处矮一些。

因为"野旷"显得"天树低"，云也如此。草原上看云完全不必仰视，可以平视，甚至俯瞰，那是人站在山顶，而云枕在山的腰部。

草原上的云像收了爪子、蹲在膝前撒娇的猫，谁见了都想揽它入怀。

这里的云不能久看，看着看着总让人头晕。因为云的裁剪方式，即使最高明的裁缝也无能为力。它们以最自由的姿态在人的身前身后缠绕。适合想象与幻觉——每个人此刻都以为自己姓云，以为自己穿着云，以为自己就是云，洁白、柔软而温情。

云的可读性，就在它那半推半就、半掩半露。

蓝天瘦的时候，云就多些，是白底蓝花的青花瓷器，是明代官窑的极品；蓝天胖的时候，云就少些，是蓝底白花布，那是黔贵山区民间的手工蜡染粗布。

稍稍望远一些，就是地平线了。草地上升起稀薄的雾气。诗人断定："这是一些体重超常了的笨旧的云，被天空开除，掉到了地面。"但雾却能把绿色的草和蓝色的天连接起来，把现实与寓言连接起来，把自然与人心连接起来。

在云雾之间有一条缝隙。

有一个人从中间穿过，像是趁着大雾出走的人，径直走到天上去。衣裙蹭到云时是干，蹭到雾时是湿。有一群肥羊，温驯地从中间小跑过去，好像急着去与天界的神羊会合。有一群瘦马，愣头愣脑地从中间踱过去，马太重云太虚，难免"马失前蹄"，铸成一个个美丽的错误。骆驼个头太高，但低低脖颈，也还勉强过得去。毕竟比"穿针眼"要容易得多。

当然，只要牧人愿意，他们完全可以住在云上，而不是蒙古包……

云矮，也给了风错觉。

风也模仿牧人的姿势，赶一群云在低空放牧，但云可不如牛羊听话。它们不嚼草、不喘气、不繁衍，它们忙着到南方去看海。它们深刻得就像思想一样，东奔西跑，变化无常。

草原上云层沾地，但不化为尘泥。

草原上云很矮，可是尘埃够不着它。

小　水

与天堂相比，牧人似乎更向往大海。

他们把草原上一汪一汪由雨水或雪水储蓄而成的湖取名"海子"。我私下叫它们——小水。

小水虽小，但明净如眸，周遭绿草则如睫，正是民歌里"毛眼眼"的眼波盈盈流转。小水喜欢卧着，薄薄的，但并不浅薄，蕴含一种说不尽的韵致。

我一直怀疑小水是虹的远房表亲，虹喜站，而小水喜欢躺着。虹七彩，小水也至少有五种以上的颜色。

匆匆路过，从远处草草一瞥，它是银色的，反射阳光，像是一个年代久远但被擦得锃亮的银制器皿。站在水边看，它中间是蓝，倒映蓝天，有如龙泉宝剑的锋芒。四周是绿，受草的濡染，像是从厚玻璃侧面凝视进去的那种绿。黄昏来看，它被夕阳替换成柠檬色，有着人到中年的倦怠与镇定。夜晚，有月或无月的夜晚，它都是珍珠灰色的，低调的、阴润的，似乎与心事有关，与苍白的艺术家有关。风经过，水面有了纹理。雨来时，湖面动了动。只是不能确定冬季结冰的时候，它会是一块什么颜色的宝石？我相信世间还没有发现过这种色泽的宝石。它肯定是唯一的。

在小水身边站久一些，就会被一种渐次递进的气味笼罩，初调是夏季在井水里浸过整整一下午的西瓜刚刚剖开的气味，你能从骨头里感到它的甘洌与沁凉；中调是一种淡苦的气味，那是初初采回来还没经过日光凋萎的茶青的气息；后调就没有什么可以说得出来的味道了。前二者用鼻子闻，后者要用心来闻。

可惜，不管站多久，你都带不走任何东西。

草原上的小水的确没有什么可以失去的东西，除了生命——短暂的生命。它从生下来那天起就准备死亡，它患着与生俱来的绝症——干旱。干旱可以随时轻而易举地杀死它，而谁也帮不了它。如果说黑夜是神的伤口，单恋是爱情的伤口，那么小水就是草原的伤口，一处不时发作的疼痛。

小水生前站着的地方，曾经是牛羊口渴时的惊喜。它们曾在这水泊上照亮了自己，小水是多么温柔地捧着牛羊粉红色的嘴唇。

如今，小水不在了，多少年后，那些个牛羊举家迁徙，又经过这里，它们会不会想：这儿怎么有些眼熟？小时候好像见过？这儿有些潮湿？这儿的草似乎格外滋润可口……

小水活着时，有一种不疾不徐的冷冷静静的淡然。

小水死去了，如秋走后的一枚惨白的蝉蜕，也是淡淡地死。

在一首俄罗斯民歌里唱着：

茫茫大草原，路途多遥远，
有个马车夫，将死在草原……

每次听来，它都是一支歌。因为那时草原和马车夫离我多么遥远。如今听来，它成了一种痛。一想到"有些美丽的水，将死在草原"，心里立刻就忧伤起来。

人们说：一个与你无关的人死去，其实也就像一个陌生人调走了，出远门了一样。可是，草原上的海子，曾经陌生的小水，现在仍不甚熟稔的小水，当知道它也许就要在眼前消失，竟无法像"调走"或"出远门"这样轻松。你认识的一个人，你喜欢的一个朋友，突然要从这个世界消失掉，要从你心中连根拔走，而且你见到他的那一刻已经预见到了他即刻的死亡，你此刻见到的人也许永远再见不到，你此刻在的地方也许永远不复存在，这是怎样的一种痛？这种痛总让我想起《西厢记》里的那句话："怎当她临去秋波那一转！便是铁石人儿也意惹情牵！"

"所有的你都是同一个你/我难以分辨/谁是你，谁是真正的你/谁又再一次是你/绝望的只是你/永不离开的你/不在天地间消失/所有的你都默默包扎着死去的你……"诗人的心在滴血。

草原上的小水，它本是抽象的艺术。

它最终将变成一段回忆，让爱它的人只能隔着记忆的木窗，拓一幅小池烟雨。

然后，空白——

软　夜

总嫌许多黑色的事物不够黑，或者说是黑得不够美。包括黑色颜料本身。它们或者太浓稠，少了通透；或者太浅薄，缺了厚实；或者太枯涩，欠了滋润。总让人想起劣质染发剂和死亡的气息——死黑。

直到见过草原之夜，才知道我想象中的黑色就是它了。

草原的这个夜晚使我脚软，想要全身心都停下来歇歇。

听过太多草原之夜的传说，那是关于人的爱情与狼的恐怖，那么草原自己呢？

黑色是内敛的颜色，也是冶艳的颜色，因为在黑色的鼓励下几乎没有什么不能发生的事情，草原的夜又这样黑、这样玄虚、这样暧昧，牧人和生灵都睡了，连尘埃都落定了。但我确信草原是醒着的，它给我骚动的感觉和色情的触觉。

我仿佛是梦游者,夜半潜入邻居的卧室——草原的卧室。我不小心偷窥了人家的隐私:只见天推开夜虚掩的门,闪身而入——原来草原是天空的情人。

当人们正忙着枕边一本一本冷硬而读不完的书时,天空与草原正在幽会。他们卿卿我我,女草原贪婪地把天空给她的月光、星光这些凝视、抚摸、吻以及所有的一切完完全全地吸纳,一点都不反射光。其实只要凝神,还能听到天在微微地喘息,那是一个人所能听到的最摄人魂魄的喘息;还能依稀辨识出阜叶尖端细微的闪闪小光,那是草原面若桃花。潮湿的夜……青草气味的夜……"小小死亡"的夜……一切重归宁静。我相信,只有筋疲力尽、心满意足、死而无憾的人才会有这样的宁静。"我是夕阳/夕阳是我读完的书/我是月光/月光是/必然是,我做爱后悲凉的裸体。"这句诗难道是诗人专为草原之夜而写的吗?这一对情人它们会生下些什么?一块云?一片草?一群羊?

原来草原夜色的黑是一段风流史的黑,这种黑之所以美,就因为它赋予了万物——生命的感觉。

黑色是美的。夜晚是美的。生命是美的。

何必非要用一盏灯把白昼拉长。

许多东西,只有在没有灯、没有月亮、没有眼睛的夜晚,才能看得更清楚。

长　歌

长歌当哭,短歌当泣。

但草原上的长调牧歌,是欢乐的歌。

与大自然结邻的人不可能有阴郁的感伤。每个牧人都不知道自己是歌唱家。

他们从小就习惯高声说话、吆喝牲口。从小就会大声唱歌，因为放牧的时候可能整天整月地无人搭讪。

他们唱给天空和大地听，天那么高，调子爱扯多高就扯多高，没人会笑他们扯不上去；他们唱给牛羊和花草听，牛羊爱听不听，只顾悠闲地吃草，绵延数里，歌的尾音就可以爱拖多远就拖多远，没人会笑他们荒腔走板；何况人群又离得那样远，声音就爱唱多响就唱多响，没人会怪他们五音不全、叨扰四邻。

也因此，成就了蒙古民族的长调牧歌。

蒙——古——长——调——

它的每句歌词后面都该是破折号，而且破折号不限只占两格，可以无限延长，就像一个草色青青的斜坡，尽可能地点着羊、数着草、触摸着大地……

它是朴素的、不修饰的，只是发自肺腑的一种声音：关于爱情、母爱、家园，质朴得犹如土里刚刚拔起的青草，根上还带着泥土。

它是游牧民族身上独特的釉彩，他们创造浓郁民风的长调牧歌，是为了给自己心爱的田园押上韵脚。我相信，每个流浪异乡的牧人听到这种声音，定会有鼻酸的感觉。

只有听过蒙古长调牧歌的人才能理解"引吭高歌"的真正含义。

一个人在房间里大声呼喊，那是无论怎样辗转周折，天地都仿佛要碰到头；而当一个人在宇宙里放歌，却永远是天高地远。当牧人喝完几碗烈酒，骑上马，奔驰在草原上，唱起牧歌的时候，那种原始的、天然的、野性的美真的会撼动人心。

我不喜欢腾格尔，太用劲，好不容易从牙缝里挤出来点声音还发抖发颤，让人听着直打寒噤，冷！老的有德德玛，年轻的有被誉为"天下最美的女中音"的降央卓玛，声音里就是一片宽厚的草原，令人拍案叫绝！尽管她并不是蒙古人。

蒙古长调太长、太自由，没有什么容纳得下它，只能交给天空和草原。

美的趣味最好在露天里培育。

暖　屋

草原不需要建筑师或艺术家。

蒙古包不是建筑，也不是艺术，它是独特的生命。

蒙古包是从内部向外部逐渐生长出来的。是依照住在里面的人的需要生长出来的，是从牧人粗犷而淳朴的性格中生长出来的。像牧人脸上、身上的肌肉一样结实而紧凑。连它的容量都是变化的，有客来，蒙古包就显得瘦些；客去了，它又胖回来。总之，它就像花草、像牛羊，都是草原必不可少的一部分。只不过花草是凝固的，而牛羊人和蒙古包是流动的。

这里无论是房屋还是人心都不需要篱笆、围墙、防盗网。

不设防的心灵最适合居住不设防的空间。

心空蔚蓝的人，最适合以苍穹为屋宇。

蒙古包果然自成一番格局。它是浅的，几乎一眼就能望尽屋中的一切财富；它又是深的，冰雪的日子，盘膝而坐，一碗滚烫的奶茶在手，就这么简朴而实在的慰藉，生命突然有了深度；它是朴拙而圆柔的，一点都不雍容华贵，使人易于亲近，不会令人心虚；它是热的，牧人的热情使酒成了有灵魂的水，即使滴酒不沾的人，来到这里也愿意喝得燃烧起来。

美有时就来自不知不觉的真实，不知不觉中也就有了生命之美。

牧人自己就是艺术家。

牧人创造了蒙古包。创造了一种把生命贴近自然的艺术，把人心安置在近处的艺术，让虚伪与丑恶无处遁形的艺术。

蒙古包，那是在暴风雪之夜你渴望抵达的地方。

那是任何季节你都愿意进去坐一会儿的地方。

那是不仅给躯体温暖，而且给感情温暖的地方。

牧　人

牧人过简单的生活。

牧人过简单而美好的生活。

牧人用他们可能有的一生的时间，做真正的人，只为了在大自然面前真实地站稳脚跟。

在草原上，没有一样东西不是自由生长的，包括人。游牧民族是健康、明朗、剽悍的民族，它们有着以善以美以真对待万物的朴实的胸怀。草原的广袤与单纯使人的天性得到充分的舒展。

牧人的内心就是一片无垠的草原。

牧人与草原之间不再有任何隐秘，因为他们世世代代在草原上生长、蔓延，像草。他们与大自然有着最亲密的往返。没有人比牧人更专注地把心灵面向大自然本身。

牧人是有福的。

因为在任何音乐和图画中看不到这样的花和草、这样的云和月、这样的空气和水土。

牧人是富有的。

他们与牛羊马驼组成庞大的家族，草原是自家巨大的园林和一望无际的心灵空间。

蓝色与绿色在色谱中交融之后也许成为墨绿色。但在草原上，只能产生古铜色。因为在蓝天和绿草之间的牧人是古铜色的，如骏马的肤色。是一种不可侵犯的从肌体到心灵的健康的展现。

草原上万物是平等的。

没有牧场主、庄园主。牧人和长脸的马、窄颊的羊、笨腿的牛、驼背的骆驼,以及鹰,以及百灵,以及花草,以及草原上所有的生灵共同成为这片大自然的主人。

人在放牧牛羊,草原在放牧人。

宇宙在放牧生灵,自然在放牧心灵。

为桃源洞宽衣

题记:"一些事物消失了,会从另外一些事物中出现。"

醉花阴

一个朝代远了,一个人没了,但桃花源还在。

陶渊明弄丢了自己的东西,丢在他永远不可能再回来的地方——永安。

我是趁着大雾离家出走的人。我空出我自己,就是为了在桃源洞与春天相遇;我选择有雾的凌晨,是想借助雾的幻觉,为桃源洞宽衣。

桃源洞本无洞,只是高削的悬崖裂开巨大的缝隙,给人"洞"的错觉。诚如《桃花源记》记载:"林近水源,便得一山,山有小口,仿佛若有光,便舍船,从口入。初极狭,才通人;复行数十步,豁然开朗。"穿过"洞口",果然豁然开朗。

整个山谷都被桃花浮起来了。有艳福的我坠入花丛。春天在这里是——红肥绿瘦。但桃花还是被雾磨损了,像一个个被氧化的银器皿,没有《诗经》里"桃之夭夭"的妖艳,只粉粉地红。雾还压抑桃花的香,只让它偶尔浅浅地香一下,但浅香偏偏最缠人,好像刚刚触到衣袖想要问个明白,她又闪身而去,媚惑又推拒。早醒的鸟声是这银器皿擦亮的部分,我的探访便是它的第一道裂缝。

我如此幸运地获得了另外一段时间：曾经属于武陵渔人，而与我不太相干的时间。这个意外使我得以：掬一捧雾洗脸，拾几粒鸟声润喉，在桃源洞半梦半醒的身体上采摘桃花果腹。有侵略性的粉红色就把雾、鸟声和我的心事一并归纳进去。使我有些恍惚：我与陶渊明也就隔着——一场大雾的距离。

雾是桃源洞的梦，桃源洞是我的梦。

绿　腰

雨季的桃花涧——一段绿腰，有着湿湿的裙摆。

不知什么样的丝缎，才配得上这腰肢。那种罗裙的裁剪样式，想必早在"不知有汉，无论魏晋"的汉代以前就已失传。

涧两岸峭壁夹峙，逼仄的水道忽宽忽窄、时缓时急。二十余处河曲、迂回，二十余处跌水、急滩，动若刚刚舞罢《霓裳羽衣舞》的翩翩宫女，香汗淋漓，娇喘可闻，使桃花涧的曲线分外撩人。那是"楚腰纤细掌中轻"的轻，是"已闻环响知腰细"的细，是"一搦腰围，宽褪素罗衣"的素。这些诗句，仿佛专为桃花涧写的。还有多少美妙细节，我是不能说的，那是"动人情处不堪描"……

"桃源定在深处，涧水浮来落花"，雨季来的时候，花事已残。桃花流成了水，满涧流水香。雨珠漫不经心地点数着涧里的鱼和落花，鱼懵懵懂懂，落花却是敏感的，每一枚花瓣落水，都抽搐一下，"哑"的一声，就不动了。没有谁比桃花涧的水质更了解落花的疼痛。这种伤痛，值得人百转千回地去疼惜。

常常这样忍不住——为水心动。

常常这样忍不住——弃岸登舟。

乘船的人，并不想要去哪里，只是要——贴近美。

单衣试水，果然是"昔时人已没，今日水犹寒"。那"缘溪行，忘路之远近"的人，好像前天刚刚离去，不知后天依旧划着船来，还是悠然漫步，折返故里？

——人在船上，船在桃花涧上，桃花涧在无尽上。

眉　妩

阳光脆响的夏季正午，在——一线天。

一线天也是桃源洞最响亮的部分。

绝壁断裂处，如刀砍斧劈，形成平直狭窄的深沟。连很见过些山水的徐霞客都惊叹不已"大而逼、远而整"。绝壁高 90 米，就把我的呼吸也抬高了 90 米；裂隙长 120 米，我的心每分钟自然就要跳 120 下；至于"宽不能容肩"地侧身探索 206 级平平仄仄的台阶，腿倒有 216 个颤抖。在微弱的光线里战战兢兢地理解了哲学家语："我发现照进自己理解力中的光是非常微弱的。"

惊魂甫定之后回眸的刹那，顿生成就感和难以言状的欣快感。连岩壁挤压过的阳光也有了柠檬的气味，一点点酸涩在舌尖，回味是清甜。假如能回头重走一次，我将仰望：薄脆的阳光照进石隙中，立刻变得柔媚无比。晴空丽日，金光一线，起伏有致，恰如一弯长眉入鬓。

一线天为桃源洞画了一条令人心跳的眉。

何须"妆罢低声问夫婿，画眉深浅入时无"，这是我所见过的画的最好的眉形和颜色最亮丽的眉粉。我敢肯定，宋词里"小山重叠金明灭"用的就是这种眉粉。其实，在我们生命的流程中，有过多少精彩的片段和章节，当时只道是寻常，未加品味便从指缝间挥洒一空，多年后蓦然回首，这才怅然若失。

有惊无险，是这样磨人的一种美。美，有时并不轻松，它让我手心湿润、惶惑、患得患失、手足无措，甚至狼狈不堪。

就像生命中也有难以承受之——轻。

洞仙歌

差点擦肩而过的是——风洞。

它对于有人来访，仿佛缺乏准备。发丝零乱，玉臂轻寒。

风洞无疑是整个桃源洞的阴影部分，桃源洞的低音区，桃源洞隐约着暗香的内衣，最容易被人忽略又最不该错过的角落。相当于一个隐喻：郁郁寡欢、欲言又止的情绪。

壁上刻有"环玉"二字。

环玉——玉环，这个名字我无法不把它肥想成杨玉环。看着，洞石也如羊脂白玉般温润；闻着，暖烘烘湿漉漉的石头特有的体味；想着，却是玉环的浑圆丰腴、肤如凝脂……这使我一再走神，心虚胆怯，竟然不敢伸手触摸。

也许"环玉"是风洞的小名或者昵称，是风这样叫它吗？风有着太多的空间：天空、河流、草原、岁月，怎么会选择这么不起眼的小洞穴呢？缘于一次意外的邂逅？一见钟情？

此后，风给洞带来花香和炊烟，洞给风温存和宁静。

风吹着风洞，不吹着我；风吹着过去，也吹着未来。

入秋。黄昏，风渐渐大起来了，风的声音里有了某种感伤的音调。也许缠绕着一个凄艳的、会让人鼻酸的故事？我信手打开故事的门窗，风又把它重新关上——"不足为外人道"？

谁能在洞中久留？谁能在风中久留？谁又能在故事中久留？

该忘记的就忘记，该留下的将永远留下。

点绛唇

初冬的第一场寒霜抢先落在——跨虹桥。

"人迹板桥霜"就成了人迹"石"桥霜。

桥长四米宽两米,精致玲珑,恰恰是——唐人绝句的尺寸;丹霞地质,崖壁刻"跨虹桥"色亦绛紫,显然是——宋词豪放派的色泽;桥形如虹,飞跨两崖,便又有了——元曲小令的婉转;跨虹桥建于明朝,也一如明代的青花瓷器,古老、精美、易碎。这是一座古典文学的桥,是古代技术精湛却又观念唯美的工匠从容而镇定的手艺。

它的弧度竟如此优雅,真的像虹一样,把人的心,抛起一个陡陡的弧度。以为自己也可以如虹般清虚出尘;又因为它的戛然而止,才记起依然是烟火人间饮食男女,如桥石般粗粝而实在。

桥上有霜,桥下又是万丈深渊,望着都有脚软的感觉。潜意识里不自觉地在轻身提气,恨不得重量像神仙那样轻少;恨不得自己是"西门吹雪"或"剑走偏锋"之类的轻功了得的武林高手。幸好所有的想象和担心都是多余的。这只是一座纯粹美学意义上的桥,只用于审美。但今人似乎更喜欢有着实用价值的事物。这样一座当不得桥用的桥,远远瞥它一眼,也就足够了。它显然被忽略。没有谁想去亲近它,也更没有上去走一走的愿望。况且,通向桥的路被乱石截断,我也只能放弃。

或者古人并不希望我涉足。它本来就是要有情人用眼,有缘人用心。因此,我和它有了距离,不仅仅是时间和空间的距离。也正因为这段距离,它更美。

跨虹桥是桃花源唯一不可以走近的人。

并不是做什么事,都要有一个说得出的理由。

我眼中的跨虹桥:比虹更像虹,比桥还要桥。

周庄梦蝶

在周庄，我会不会遇到庄周？

庄周梦过的蝶里，有周庄吗？

在江南，姑苏城外寒山寺的钟声——更外，下了张继的枫桥，穿过唐诗宋词元曲，明代，长出一个湿润的小镇——周庄。

这是个离土地最近，离村落又不远的名字。读着是平声的、中调的，适合嘴大的女子相亲时，微卷着舌尖说出樱桃的口型；听着是温暖的，是村边地头向日葵富态的大黄脸和油菜田里千万张油菜花可爱的小黄脸的暖意。

若说苏州是"中国文化宁谧的后院"，周庄就是后院里小小的天井：宁静而闲适、拙朴而古雅、内敛而本分的，有自己的乡俗伦理和生存原则。有时候闲适心，不是一种心情或态度，而是一个地方，如果那个地方有名字，它就叫"周庄"。

人说：上有天堂，下有苏杭，中间有个周庄。

那么我与明朝之间，也只隔着，一个周庄的距离？

　　　　自锄河水种明月

再没有比周庄更近的"近水楼台"了。

四条河流使周庄呈"井"字形分割，只有沿着水的痕迹，才能找到通往周庄的村道，"咫尺往来，皆须舟楫"。"舟楫"是周庄人的"水鞋"。人们把河水像家禽一样圈养，像牛羊一样牵在房前屋后。又水、又水，周庄的尽头还是水。如果说三百首唐诗有一半浸在水中，那么周庄就是整个儿。周庄与《水经注》，原是一首词的上阕与下阕。

　　古人是"无力买田聊种水"。周庄人很会盘算，他们既买田，又置水。在庄外种地，在庄内种水。让水长出桥、长出船、长出鱼虾，摇船的水灵灵的吴娘是会移动的白藕，她们哼的民谣小调是浮在水面的红莲。

　　张家人干脆把河水引入张厅院内，取名——箬泾，就有了"轿从前门进，船从家中过"的景观。不用篱笆就圈了一块"自留地"，拥挤的鱼虾蚌蟹像是葱姜椒蒜，烧饭炒菜急用了就到"地"里捞一网、掐一把。更有一户人家与轿桥相连，干脆就让河水"登堂入室"，从家中的地板下流过。鱼虾倒像是养在自家厨房的水缸里。

　　有月亮的夜晚，风吹在周庄的风上，人坐在周庄的船上，如坐在周庄的水上。水反射着月光，错觉中竟是坐在月亮柔软的芒上。想来今日当是芒种节气，适合种植任何有芒的植物。

　　长橹作耙，短桨为犁。我不能"自锄明月种梅花"，也许可以"自锄河水种明月"。

今宵"茶"醒何处

　　喝茶，在周庄是家常事，也是久远的习俗。它有着很民间的名字——阿婆茶。似乎要告诉人们：品茶不只是文人雅士的事？

　　水乡人对水可是挑剔的。饮茶？当然不能用河里的水。那哪是水，那是种植鱼虾的"土"；更不能用自来水，那是死掉的水。天上的水才叫水，才是"活水"。周庄人几乎家家天井都放置一只大水缸，积蓄雨水和露水，叫

"天落水"，专门用来沏茶。

烧茶又有讲究，叫——炖茶。即将"活水"舀入陶瓦罐中，搁在风炉上，用树枝燃煮，火候把握正好，以免把水烧老。沏茶得用上品的紫砂壶。先用少量沸水点"茶酿"，只见片片茶叶直立漂浮，真像活了过来。清香四溢，喝得人忍不住长舒一口气。茶点也是周庄自己的：熏青豆、腌菜苋、草汁糍、撑腰糕。那香，闻得刚吃过饭的人也饿。老阿婆一边慢条斯理地扎鞋底、绣束腰，一边闲话着家长里短、阴晴圆缺。讲过多遍的故事，添加些枝叶，听来也还有味儿，正像好茶，冲上六泡还余韵未尽。到底有些老了，记性大不如前，才起个话头又忘了，前天李家的事跟去年张家的事又串到一块儿去了。再说话多难免有失，也偶尔闹点儿小磕小碰小是非，这茶喝到下午，茶淡了，事儿也淡了。水乡的口音就是吴侬软语，操"软语"的人，如何硬得起心肠来？

雨大的日子，茶客会少些，座儿闲着也是闲着，老板娘不如送个顺水人情，邀请雨也凑上一桌。讲的故事自然也就沁着水痕，有些湿意。客多的时候，茶点再多也嫌少，碰巧阳光正香，就也算上一碟。聊着聊着不觉就夜了，今天的话也尽了，明天又有明天的话题。各人再嗑一把星粒，老阿婆摘镰下弦月拢拢头发，然后心满意足地伸个懒腰，啜了残茶，咂个响唇，各回各的家。该聚自然就聚，该散随缘一散，正有一宵的好梦可待。

又是"风炉"，又是"露水"，这就是"餐风饮露"。

寻常一样窗前"夜"

夕阳早早背过身去，墨阴才初初扫来，仍有丰腴的留白，恰似美人"肤凝玉、鬓疏蝉、绮窗前"；夜色再加浓，便是那泼墨泥金的扇面，"唰"的一声展开，"唰"的一声又合拢。

白日的尘埃终于落定。周庄像一朵睡莲合起它的瓣；一茎水草柔柔地漂浮在水中；一截水袖被花旦和青衣一甩，掩住了她的脸……

小学生写完作业的最后一笔，伸个懒腰；松了发髻的妇人在关窗；店铺上好门板；船家正在收船。生意吗？不用做到那样迟的。游客还醒着？那又怎么样，周庄要睡了。九百年来都是这时候睡的，水也是，鱼也是，人也是。都市里的灯红酒腻才刚刚启程，周庄人已经赶上了美梦的头班车。他们祖祖辈辈都是这种单纯而平稳的生活方式，不慵懒也不太用力，用心而不是较劲地生活，从容悠闲地完成着一辈子。

记得小时候背诵辛弃疾的"休说鲈鱼堪脍，尽西风，季鹰归未"，后来又读到"翰因见秋风起，乃思吴中菰菜、莼羹、鲈鱼脍，曰：'人生贵得适志，何能羁宦数千里以要名爵乎？'遂命驾而归"，方知此张翰即乃季鹰，"莼鲈之思"不过托词，是一种物化了的乡愁和归隐。而季鹰归处正是周庄，我此刻站立的地方。原来周庄人素有淡泊名利"贵得适志"的胸襟。此刻的"吴中"，已是"人家尽枕河"。连黑夜都躺下了，玉体横陈。我顿时感到从未有过的倦意，也找一条停泊的乌篷船躺下。船像一只左脚的鞋，河流穿了鞋底，仰卧的我穿了鞋面。天忽然就近了。是雾推醒我，怪我压到了它的梦。

遥想远去的海子和他的诗：我感到魅惑/我就想在这条魅惑之河上渡过我自己/我的身上还有拔不出的春天的钉子。

画"桥"深浅入时无

江南，有桥的地方。

周庄，有很多桥的地方。

十四座建于明、清的窄窄的短短的精雕细刻的小石桥像十四行诗，连着周庄两岸相思的人？"市桥远，柳下人家，犹自相识"，相识了就容易相思。而我只能十四次孑然一身地经过小河流——以桥的方式。

尽管各有各的名字，但我总觉得它们跟词牌曲牌有着某种关联。就私自给它们命名：双桥的桥面一横一竖，桥洞一方一圆，呈"L"形，像一只钓钩，我叫它"摸鱼儿"；富安桥两岸各有两座飞檐翘角、雕梁画栋的桥楼，犹如龙凤遥遥相望，自然是"鹊桥仙"；傍着迷楼的贞丰桥，曾是文人墨客雅聚的地方，该叫"眼儿媚"；古朴别致的福洪桥沾染了太平军的鲜血，就叫"满江红"。还有"点绛唇""后庭花""绿腰"，它们的弧度不取巧也不媚俗，就这么从容淡定地落在那儿。

周庄人自古沿袭下来中秋之夜"走三桥"的风俗。一张八仙桌架在天井里，把菱角、藕段、石榴等供品摆在桌上，然后依序去走三座桥看周庄自己的月亮。在桥上望月，肯定比在陆地上望要潮湿一些。让人疑心"走遍三桥灯已落，却嫌罗袜污春泥"说的就是周庄。而"春"字该是"秋"字的笔误了。

桥，果然是周庄最敏感的部位。

它款款的弧度教我用眼睛看懂江南丝竹的柔婉。

"窄巷"更在斜阳外

据说，明代的长袍没有腰身。

但始建于明代的周庄里的小巷，条条都是楚宫的长裙，紧紧密密地收了折裥，凸显那一搦小蛮腰。

巷有多窄？日间两边的骑楼打开窗，坐在窗前做女红絮叨闲话；夜里关了窗仍旧鼾声相闻。各种滴溜溜的叫卖声在逼仄的窄巷里转弯抹角。打铁的打铁，抓药的抓药，卖蹄髈的卖蹄髈，贩古董的贩古董。一派恬淡、悠然的市井生活。熟虾是红的，鱼干是灰的，挑着的酒旗是靛青的——"酒旗只隔横塘，自过小桥沽去"。

另有三两只狗悠闲地踱着方步拐过几条巷子，也过桥去了。奇怪的是：

周庄连狗都是干干净净的，像一件一件晒饱了春天的太阳、刚刚收回来的粗布棉袍。

小巷幽深而神秘，抬头，只有一线天光；如果不抬头一直走下去，便会走到古代？无雨不走小巷。青箬笠、绿蓑衣是张志和的，周庄用自己的油纸伞，丁香色的；穿自己的蓝印花布底鞋，脚下才会有一层青石板憨厚而沉实的依偎。

流落异乡的人，最终的抚慰，往往是故乡小巷里的一块青石板。诗里说：还有的是乡愁／它们像童年山坡上的羊鸣／异乡没有深巷／只有月光。

明朝别后门还掩

粉墙黛瓦、画栋轩廊、幽暗深长的备弄，迂回曲折的走马堂楼。那"庭院深深深几许"的格局，那"斜光到晓穿朱户"的品式，那"门外秋千，墙头红粉，深院谁家"的情致，很容易就让人想见它们曾经的辉煌。

想象中：推开两扇沉重的挂着紫铜门环的黑漆木门，"吱呀"一声，隔了些朝代的气味扑上来拽住你；门后有几把明代就霉着的油纸伞；有白影自庭前闪身而过，原是九百年前的那件白纱裙；恍惚间一抬头，时常用来私订终身的后花园，正演绎着《西厢记》里的某个章节；推窗的那人，手持烛台盈盈而笑，仿佛早就死去；而牵你衣袖的这双素手，本该采莲在吴宫，研墨添香在案前？老宅总会让人如此玄想。

幸好周庄的老宅大都住着人，人气重阴气便淡了。经历几百年的风风雨雨，这里的明清建筑竟能保留下百分之六十，想是有人去了远方，"人今千里，梦沉书远"，屋主人执意要替远行的人留下尘封的记忆。一如有的飞檐翘角撩不得，撩开了，会痛。在古色古香的周庄，料不定哪家瓦甏上的糊纸，竟是晋隋明清的大家墨迹。

周庄的古建筑一如旧体诗词格律，严谨而端肃。古旧但并不粗糙，是巧木匠、泥瓦匠镇静从容的手艺，是熟宣上的工笔，是有底气的东西经了若干个闰年漂洗之后的蕴藉，能从木材和泥土骨头里散发出浓郁而古雅的沉香；它们总是沉默的，什么也不说，让别人去说。再没有什么比民间建筑更能体现中国古代文化中镇定自若的美了。这种美不会衰老，有足够的理由藐视时空。

　　周庄，它好像是从古画中走出来的，迟早还要走回画里去。这幅画没有敞明的亮度，呈低调的古铜色：类似黄酒、茶汁、檀香木、古线装书、泛旧的绢帛、发黄的老照片、怀旧的情绪的色泽，比较适合悬挂在阴历年的梅雨季节的黄昏的侧厢房。我甚至担心这个水做的古镇会在某个大旱的年头，像水汽一样蒸发掉。而它充满灵性的美就像一场梦，清晨，便会翩翩如蝶飞去……

　　或许，只有蝴蝶，才能真正抵达周庄。

　　只有庄周梦里的蝴蝶，才能表达出梦境中的周庄。

岛是眉峰聚， 湖是眼波横

梦幻湖

千岛湖的水，纯净得令人心怯。

早就习惯了河流大多患有严重的眼疾——砂眼。

但千岛湖像是来自天上的水，回到一万年前的水。只要你愿意，可以一直看到水下七米，但别以为是你的视力多么深邃。湖也并没有因此便"水至清而无鱼"，这里是近百种鱼的乐园。唯独湖面最清高，它竟然什么都不长，无论菱荷萍藻。

它只长岛。岛与岛之间还留出空白，让山来——投影。

绿的湖在夜里，是一双一双寂寞的黑眼睛。

没有月亮，只有雨，微雨。幸亏我不怕湿。都市钢筋水泥丛林里的人都是久旱的鱼，所以我才在筑梦屋的墙上挂着蓑衣，写字时努力加大带"水"形旁的字的使用频率，说话就尽量使用湿湿的语法。

落着雨的千岛湖是冷落的。但我心中一点也不冷落。

今夜与湖为伴，我的存在也变得纯粹。漫不经心地沿着湖岸漫步，一分钟只走五六十步，没有谁可以责备我太慢；愿意在湖边发呆一整个夜晚，没有谁可以责备我太形而上。有画家说：波乃水之皮，石乃水之骨。那水之血脉当然非鱼莫属了。

我想，水里的鱼一定是踮起脚尖走路的，它们的脚步声轻得连自己都听不见。水面还有一闪一闪的亮光，会是什么呢？也许是身怀轻功的高人正踏水皮而去？

神移目眩中疑惑自己究竟是坐在岸上，还是水面。或者我的前生就是鱼，要不怎会这样爱水？而湖下的梅坞正是我的祖居，我和草鱼、鲤鱼住在村头，鲫鱼和鲶鱼住在村尾。我们常常串门儿聊鱼话，聊着聊着总被阵阵梅香打断。

我突然渴望到水里去，到鱼乡亲的中间去。而整个湖是一只青花的笔洗，我是一管三羊七紫的毛笔，我要为水筑梦、为鱼写诗。只是：

水太清，浸盲我的眼睛，我只能用嘴唇来凝视。

湖太静，吹灭我的耳朵，我只能用鼻子来倾听。

坐在湖边，用水照着自己，看见一条鱼，那是我自己。

鱼躺在水中，倒着看岸上，看见一个人，那是它自己。

童话岛

千岛湖是湖泊中最大的家族。

湖在四十多年前的秋天怀孕，一胎生下一千多个孩子。

孩子多了懒得取名，它们就都叫——岛。岛们转眼就到了谈婚论嫁的年龄。该娶的娶，该嫁的不肯嫁就招婿上门。自立门户总得有个户名，那么娶回孔雀、梅花鹿为妻的就叫"孔雀岛""鹿岛"。鸵鸟有些驼背，猴子脸嫌长，蛇的身体太凉，只能做倒插门的女婿，就叫"鸵鸟岛""猴岛""蛇岛"。也有沉溺收藏、玩"锁"丧婚、自得其乐的，就叫"锁岛"；至于终身不嫁，隐逸于桂花林中的，就叫"桂花岛"。总之，孩子们一个也不少，全留在了湖上。

这是一个五谷丰登的村庄——湖。

水，就是它们赖以生存的土地，鱼虾是它们种的庄稼、养的牲畜：宽鱼是南瓜，窄鱼是豆角，胖鱼是猪羊，瘦鱼是鸡鸭。横竖是自给自足的小农经济，它们过简单的生活。

它们自己就是自己的天空和土地。

空山不空

>未参禅时,见山是山,见水是水
>即已参禅,见山不是山,见水不是水
>悟禅之后,见山又是山,见水又是水
>——清源唯信禅师语

我看武夷:不入诗不入画,它——入心。

一入心,便把我的心淘空了。

有些人有些事有些地方,会没有道理地让人渴望到胸口发疼。说话做事,心底总悬着这样的一座山,这样的一株九月九的茱萸。因为我知道,它是我前生早就预约的风景。有山盟在,迟早是要践约的。

分明就在身边,却总是不能成行。迟迟不能相见也许正是一种最神圣、最凝重的盟约?武夷纵然不老,我却会老的。老嫩之间,看山的眼、恋山的情、品山的心便是神情悬隔了。便信了那句话:呼山不来,我去就山。

没有亲临其境,再有悟性的人也揣想不出一个生命意义上的武夷:武夷不仅仅是一座山,而是一个山水的组合、风景的系列,还怀抱着一个小山城的厚重乡土、淳朴民风。

在山间的清晨,只能是被枕边的晨雾吵醒,只能醒在鸟们的前面进山。一出门,心也随即化为山岚。但通往山中的路还没醒,路不醒走路的人就迷迷糊糊。迷迷糊糊中，雾已把整个武夷润白地交给我，我将何去何从？记得书上看过的一句话："你以为野兽出没的山最险吗？不，你记得，空山最险。"因为进山的人不知道这山中都藏了些什么。

我单薄的一个凡人，我进山。

嘘　云

山下看着是雾，近了听着是烟，闻着似乎是雨，直到置身其中才知是软玉温香的云。云自大大小小的洞穴中涌出，在峰石间缠绕轻扬。从没见过这种云，不是纯白，不是淡青，它是浅浅的紫色，而正在发芽的云就紫得深一些。曾经假设云是一种群居的族类，曾经梦想发现云的故乡，现在，这个幽谷就是了。它们繁衍自秦代最后一朵烟云。

我仿佛在梦中突然踩空了一格楼梯，人一下子虚浮起来，再踏不着实处。我相信我就是姓云的人，我相信我的前生就是云，我不再记得任何人的名字，不再挂念自己来的地方。这里的每个角落都可以安然入睡，我不需要任何人来与我同居。"当啷"一声使我坠下云端。竹丛后有人气？这里只有我和云两个人？我是不信的。

绕到竹的身后，地上落一条幅："武夷之山秀且高，参元堪把生死逃。"是吕洞宾？墨迹未干，提剑而去。回眸处，对弈的人分明是李商隐与辛弃疾，而手捋长髯、容颜清瘦的一介书生不是陆游又是谁？那边忙着拈花扫云的闲人正是与世相违、逸出世外的处士林和靖。怎么不见与云同居的老僧？不必问童子也知是入山采药未归，"只在此山中，云深不知处"，万一采药迷路，有无避难小屋？真让人替他忧着心。还有一些什么，我是不能说的，6月的清晨知道，6月清晨匿于云窝修身养性或已得道成仙的世外高人知道。

真是"别有天地非人间"。看来这云是专为锁人肉眼的。到忘我之境，才把仙境的一角掀起让你惊鸿一瞥。这真是百千万亿年只可能有一回的邂逅，我隐隐担忧我的重量增添，会使这栖凤游鹤的仙境突然陷落。幽谷是云的祖厝，云是梦的故乡。梦醒边缘，我的故乡在红尘。又怎能真的不再挂念自己的来处，人间最难割舍的依然是一缕情缘。郑板桥挥云写下："花开花落僧贫富，云去云来客往还。"再次提醒我是客，我已到了该"还"的时刻。

云窝云窝，单单这名儿，就逼着人要飞起来。

拾　香

自云窝来，步履能不虚实相生？

忽有虚虚实实的香味伸手来牵。正疑惑间，已被穿了一线缘分到心头，只有随它。沿蕨类咬住的唐人绝句中的小径循香而去。泥草路上偶逢屐痕，想来浓的是今岁，淡的约莫是前朝的。过一道小木桥又过一道小木桥，以及与也在过桥的水声擦肩而过。水声的故乡或近或遥，香气的传递若即若离，有一道两道的湿湿凉凉的风轻拂而来，然后嗅觉就不再往前走：苍石丹崖、青藤垂蔓。而两崖之间的空隙就由山涧弥补了。再看，眼睛就盲了。原来这涧里的水太清，清得要显出水的灵魂来。又太幽，幽得要出血，点点滴滴都像世界初创时的第一滴水，我惊讶它竟把生命拂拭得如此干净。清与幽交融之后，透射出一种能刺穿人五脏六腑的浅紫色来，还带丝丝刮玻璃般的冷峭。而水边以及水下还有许多牵牵挂挂的温柔的阻挡，那是几只嫩嫩的通体透明的虾、随水流俯仰有致的水草和无声颤动的花们：山蕙、石蒲、幽兰以及一些叫不上名儿的野花，这便是香味的源头了。世上再美的名花也要流成水、化为泥，倒真不如这些小野花为香殉情。呼吸这迷魂般幽香的空气，感受着无声胜有声的空谷禅音，没几分定力的人可会神醉情驰、魂不守舍？

屏住呼吸，还能听到一种声音，絮絮叨叨、浅笑轻嬉，不是水声，更不是人声，莫非是花语？那水声呢？远远听见的水声在这却听不到。流香涧，莫非只流香不流水？你会不会一夜间流尽了你的香？"清凉峡谷有芝兰，潺潺泉水泻龙潭。留得四季百花在，何悉深涧不流香。"古人有诗在前头，什么都不必问，信他就成了。只是我不知流香涧，你无花的季节也一样幽香如故吗？许是这涧水吐纳武夷精气已修炼成花的魂魄、花的精灵。

再听，花语也没了；再闻，水香也尽了。只有禅师在吟哦他的《山居诗》："道人缘虑尽，触目是心光。何处碧桃谢，满溪流水香。"又哪里是满溪流水香，那是有缘人智慧的花朵，落入自性的溪流所漫溢出来的体香与心香。这才是诗人词客欲辩已忘言的纯情真意禅境。

有花香沁入我的肌肤，有心香渗出我的体内。

关于流香涧，也不需要看，也不需要听，也不需要闻，更不需要说，只保留——感觉。

这感觉，更行更远还生。

梦　仙

在山中，泪，不叫作"泪"，而叫"云雾"。

相思，便也不叫"相思"，叫"烟雨"。

但关于你的这一笔，我无论如何也无法云淡风轻地润成山岚雾霭。

在流香涧涤尽了尘泥俗垢，我才敢来看你。"插花临水一奇峰，玉骨冰肌处女容。"你的美，千古的骚人墨客、风流才子已是说到了尽头，但涉及你的爱情悲剧，却没有人忍心提起，甚至舫公，甚至樵夫。人们只把它写在书里，让读到的人痛一痛心，合上书也便淡忘了。

未见面就已有了关于你的挂念，关于你的痛惜，谁又没有过用整个青春为爱情殉葬的年龄，唯独你，却用生生世世、千年万载面对一段情缘。

山中更替了几多春秋寒暑,雨中游吟的故事换了布履,换了油纸伞,换了朝代,你依旧是相思成疾地凝望着你唯一的春闺梦里人。

难道仙凡之恋必定归宿于悲剧?

玉女峰,不容你仅仅以浪漫的心情去浏览它,它会暖你的心、湿你的眼、动你的情、撼你的魄。玉女峰,纵是千年又千年九曲溪水边的丽人,你也是武夷山胸口永远的痛,生命中永远滴着血的伤口。

回最后一眸于你鬓边的山百合,再次为你的美丽倾倒。灵魂的美丽在于——情有所依。

卧　水

水,永远是第一张诗笺。

"关关雎鸠,在河之洲",不观水,无以诗。九曲溪正是采武夷一方水土钟灵之气与武夷文化毓秀之姿酿就而成。

来看它的人先就有了三分灵气、七分诗情,再多出一根柔骨。

九曲溪,是一条不容人穿鞋的水。

九曲溪的温柔只属于爱打赤脚走路的人。

弃履登筏,随情绪逶迤而下。观山,水在脚下;游水,山在眉前;赏词,岩壁已在身后。一曲有一曲的景致,一景有一景的美妙,一石有一石的传说。竹篙点到之处,不是美丽山水画卷,便是栩栩仙人神兽,再不就是文儒显宦、英才俊杰的墨迹诗香。

掬水浣面,一股清气逼走五内的浊气,尖石乱岩般的心垢,遂化为一阵散沙。将脚探入水中,那水有血的微温,有浅紫的古老血气。不经意间,脚就路过了每一尾鱼的家,一不留心,足趾便踩过一个一个花草的身体,我的一只出神的足,险些随着水流远离而去。

从没见过有溪如此古老,古老得不堪舟楫,每篙都撑醒了千载的老鱼载沉载浮。这鱼看着眼熟，像是庄子与周公指点的那一群；每一眼都看醒了两岸平仄分明的唐诗宋词乃至南北朝苍老的摩崖石刻，它便以熟悉的触抚将隔世诉说，怎能不令人掀起思古之幽情？而来自远古的传奇故事猛地一跃就在膝前，不想听都不成。这些散落在山光水色中的中国传统文化的思想亮点，不必垂钓，不必打捞，俯仰之间，便拥有了满心满怀。

正如余秋雨先生所言："山没有了文人本来也不太要紧，却少了一种韵致，少了一种风情。就像一所庙宇没有晨钟暮鼓，就像一位少女没有流盼的眼神。没有文人，山水也在，却不会有山水的诗情画意，不会有山水的人文意义。"正是这种人文景观才使武夷山水的自然景观有了立体的生命。武夷实在可算是一个鸿儒云集的圣地了。而此中又以九曲溪为最。

据说古代文人雅士神游九曲，是从武夷宫按曲序逆流而上的。宽衣大袖、长髯飘飘，他们饮一些些酒。品一些些茶，赋一些些诗，放一些些浪于形骸之外，而形骸放逐于武夷的山水之间。或如朱老夫子，筑室溪畔寓居四十载，授徒讲学，留下千百篇绮丽诗文，在响声岩上题罢"逝者如斯"捋须沉吟而去，不知所终。再索兴柴房草屋，垒石煮水，以山水处士自居，漱石枕流。听泉看月，终老武夷；或者自登竹筏，便一曲一曲行去，醒也不到彼岸，梦也不到彼岸。其实又为何非要到"彼岸"，岸本就是一个虚无的概念，只有回头时才看得见。好在酒约仍在，茶约仍在，走得再远，缘也不尽。

梭罗在《瓦尔登湖》里这样说："一个湖，是风景中最美丽、最有表情的景色，望着它的人，可以量出自己天性的深浅。"那么，溪呢？九曲溪不也正是武夷众多景色中最美丽、最有表情、最富灵性的一景。

我看九曲溪，是一青衫名士，从身旁走过，便明明白白一阵墨香。那是芭蕉窗前墨砚旁，经年浸淫才可能养出的骨子里的儒雅气质。

游　天

行到水穷处,那人默默下了船。下船人影子一样径往高处去,忽地就灭了迹,恍如薄风。衣袂掠起残阳的碎屑迷了我的眼。

待睁眼,兀然一峰,像刚刚才从溪边长出。峰竟一路瘦了上去,只见云不见顶,叫人"只疑云雾里,犹有六朝僧",犹有骈四俪六的大道?犹有小街小巷小胡同、山川田园鸟兽虫鱼?

一般说来,美景总布局在险崖上,仿佛绝美里头蕴涵一道千古不改的宿命,必须以身相殉。但无论如何,我似受一种无形力量的牵引,我只能上去。有雨观雨,有风听风,无风无雨则剪几绺晚霞、摘几颗星子、读几页诗卷、写几封短笺,遥念故交。

夕阳往下走,我往上走。

其实不是走,是爬,四肢几近着地的那种。那陡那峭那险,只有登天才可能。而刚巧经过的一段云,又撞伤了我的腰。一路上的花色草色是迟疑不定的,三分之一是俗,然后是半仙半俗,再上去,我就不能再叫它们是花草了。这样的山,它不叫"天游",还能叫什么呢?据说今夜是农历十五,那么我是一个与月有缘的人了。

我的身体越来越轻,到峰顶的时候,我几乎错觉我是飘上来的,而夜色正以山崩的速度埋葬我。在我曾是孩子的眼中,大山是夜的边缘,后来才知道山外有山,夜外还有夜。直到今夜,我才断定在我到达的顶峰之外,也就是我肉眼所看到的顶峰之上,还有一个层境,但我的身体太重,我的心太浊,那是我永远到达不了的顶峰。

我只能静静地坐在自己影子的边缘,等待,一个神仙的名字。

都说是"千里怀人月在峰",今夜竟是无星无月,今夜的月亮不是我的,我是莽撞的不速之客。但纵是有月,我也不能记起任何人,在如此高空的地方，在山与天、俗尘与仙界交界的山顶上。

我正呼吸着仙人呼吸着的空气。

东坡《咏茶》的余兴溅到我的腕际，一点点凉意。我想品茶。我以去岁的松针燃火，用唐诗里那只红泥小炭炉，以夜露为水，以落花为香茗，以百合做杯盏，以星星做茶点。

高山上品茶，跟平地完全不同。我把茶盏举到空中，好像有谁在为我续茶。茶过三盏，我便如一株待月草般摇摇颤颤。我觉得世上万物无不可以饮，山可以饮，风可以饮，草木可以饮，夜色可以饮，心情可以饮。万物是茶叶，感觉是水，境界是茶香。知是醉茶了。只是不知此山此夜此情此景此时此刻醉游天游的我，可会被天上人也看作人间山水的景点？

今宵茶醒何处？杨柳岸晓风残月是柳永的去处，我是醉后不知身是客，只想就此山投宿一夜。醒时一烛一卷一茶盏，睡时一枕草绿泥香虫鸣。从来不曾发现人在完全的沉静里，夜色不全是黑，而是绛紫色的，而山竟有一丝甜美，不在舌尖，不在耳际，是从我躺卧的青草茎底渗出来。是因为我的心与山悄悄地融合了，是我无欲无求的心境下了解了山又分享了山的馨香。我想就此山投宿一生，梅夫鹤子，修炼成仙。倘若我不是一个女人，而是一株植物，日夜汲天地之精华，便成千年灵芝？

古人早有出尘之想："数间茅舍，藏书万卷，投老村家。山中何事，松花酿酒、春水煎茶。"又有今世作家如是说："希望宇宙只剩下我一人躺在地上看星星，寂寞的时候，便在身旁画只小羊。"我呢？只一盏茶尽够了。如果子夜想歌，有什么比叹息更畅怀？如果子夜想哭，有什么比夜游天游更惬意？如果子夜想醉，有什么比苦茶一盏更能断愁？

忽有钟声隔山传来，把夜的山搬得更空。云已跌成一地的夜露，我的裙裾成一泓湿漉漉的溪岸。那湿意是我盈睫的泪意，我感动于这份一生只配有一次的山缘。忽然想起北方有一种古乐器叫"埙"，适合在夜的古城垛上吹奏。倘若移来此时此境，想必如洒下一大把古玉的寒意，高过所有生灵的悲怆。

白日里，山山与树树间由蝉鸣拉起的栈道已不复存在。下山的路在夜里也被流萤流满。叫不叫萤火虫都无所谓，这些提着灯笼飞行的小虫不怕黑暗，它们有自己的光明，我没有。半梦半醒之间，左脚不跟右脚，若一步踏空，必定如一片落叶坠入谷底。偶尔有山鸟凄厉一声，让人暗暗心惊。只有小虫的梦话和小兽的鼾声才是我的定神丸。惊魂甫定，忽一牵绊，又是魂飞魄散，等聚拢魂魄，才摸到是藤萝冰凉的小手。但我不能带它回家，山外的世界不适合它。从此在梦中，它便紧紧缠绕着我，成我寄居天游的一位红粉知己。

当一丝寒意，从九曲溪面上削过来的时候，已是踏实在红尘。一抬头，月亮赫然在天游，就在我刚刚躺卧的青草榻上。它的爽约是有意还是无意？

如果不能回头，就忘记月光。如果不能留下，就记住天游。身不在天游何妨，只要心在山顶，灵魂在高处，则尘埃不到、忧喜无碍。柴米油盐的日子，总要有人去盘算。

月迷津渡，人迷天游。

山是欲语，我是还休。

人看山，山看人

紫，其实是距离的色彩。

是山在远方的色彩，是梦在对岸的色彩，是心在高处的色彩，是灵魂得大自在的色彩。很难形容出这弥漫氤氲了整个武夷山水的紫色在色谱中的具体位置。但它是武夷独有的，我便叫它"武夷紫"。倘若让我画武夷，这紫色便是基本色调，而天游是脊梁，九曲是血脉，玉女峰是心脏，流香涧是呼吸，云窝便是气质。武夷是一个有血有肉的生命。

我看武夷，不是一座美得炫目的山。它是真山真水真性情。因为过于玄艳的自然造化会使人产生疏离感，而武夷是这么平平实实的人间山水，可以让人随脚出入、悠然可见，让灵魂可以得到真正休憩的真正的山。任何穿凿附会的神话传说都没有它本身美，因为有血有肉有灵性的生命最美。人类之所以会以轻慢浮滑的态度来面对天地逼化，之所以会盛气凌人地来君临山水，正是由于不能把它看成生命，不能以自身的文化感悟与山水构成宁静的往返与默契。

武夷是朴实的，又是清高的，荣枯的故事都在里面，有缘无缘随你。"景是众人同，情乃一人领"，不同的人看一座山。不同的山被一人看，各各不同，这是人看山；同一个人在不同的心境中看同一座山，又不同，这便是山看人了。游客在看山的同时，山也在看游客，游客也在看自己。

我看武夷，是颇具禅思美感的山。但不适合思索，要看一眼就懂，思索便错了，它属于顿悟的层境。"人来自自然，复看见自身的自然。"这才真正是与山水有缘的人，无论走到哪里，你都可以望见自己心中的山水。而武夷山水，山有仁、水生智，这里的山峰大仁大义，这里的水流大智大慧，正是成就这份悟性的好境界。

在武夷的日子，我把眼睛听成了四季，把耳朵望成了八方，武夷怎会是空山？在武夷的日子，我空旷着一颗心，无物不容无物不纳，掬水月在手，弄花香满衣，日日是好日，武夷怎不是空山？

肉眼观武夷，满；心眼观武夷，虚。

虚，才能使人达到更高的真实。

空山是空，以灵为性。

空山不空，空的是心。

湖约黄昏后

只为践一段湖的约会，夏季里我追踪落日的方向，沿一条云中的路，走向你。

不知道这山究竟有多高，盘盘旋旋的山路走也走不到尽头。云里雾里，那感觉极不真实，像踩在梦的边缘。据说这山里有一个湖，叫"天湖"，真是天上的湖？人说高处不胜寒，隐隐约约就有些情怯起来。

心儿恍惚，暮色也正恍惚自一丛六月雪的花瓣里浅浅飞起，又自我眉梢洒落。屏息凝神的当儿，只见一抹瘦俏的冷蓝从古画儿中轻轻溢出，嫣然一笑，就停在那里。那是你——天湖，翩然如约而至。

我一如站在时间与空间之外超然地望你，而你也便在这深山里漠然地遗世独立着，像来自唐宋的一阕小令。湖上很多淡淡的颜色向我款步而来，朦胧如一帘没有名字的雾。而褪了色的寂静，在抽紧人的心。江河豪爽，歌尽一泻千里的风流。唯独你，天湖，因何舍弃你韵律的步履在此隐居，且自怡然？

山坡上有青衫的小树侧身向水，绕湖而居，日日用湖水酿诗；几枝枯枝以极痛的笔触探入水中，那是不曾尽兴的残笔；树梢有些微骚动，想必是藏着明日最美丽的一声蝉鸣；芳草萋萋，植根在湖的眼睑，成湖的浓睫；鲜见花的踪迹，那些花儿都羽化登仙去了吗？曾擎起过香艳图腾的枝梗，很古典地垂眉低目，心中楚楚牵挂着春日花事如梦，渐渐也浮出些暗香来；

每只蝴蝶都似曾相识，她们原都是花的鬼魂，回来寻访自己的肉身；鸟声滴滴如雨，筛过叶缝，在湖面踩出深一脚浅一脚的回响；鸟羽以落叶之姿，不慎散失一二在水中，于是成舟；几只蜻蜓顽皮，在湖上徘徊不去，伺机用长尾把绿蘸走，自去涂脂抹粉；而一瓣叶尖，正企图留住半颗隔夜的雨珠，累得娇喘吁吁，那颗晶莹是谁的心呢？撑伞的小菌们挤成一堆，窃窃私语，偷窥水下两尾鱼儿的热吻；明明听得有风的脚步声，寺钟一般自深山传来，抬头处，却又下落未详，似是介乎近山与远山之间，拽它不住。

三两茎小舟忒多事，在这萧萧野水间，排演出"野渡无人舟自横"的情节。分明已有五六个农人背筐荷锄而来。他们不需要意境，只是急着收工返家。除此之外，敛口不言，似"不足为外人道"？登舟一飘就飘远了，过处屐痕淡没，近了的是朱湘："轻舟是桃色的游云，舟子是披蓑的小鱼。""流云"向何方？兀自让人兴起武陵渔人误入桃花源的神秘之感。

登高临远，遥遥向水一方，有晚炊升起的那一边，果然：站着，几抹人烟；坐着，小村人家；躺着，青石小径；走着，茅屋中的人语。屋外隐约有裙裾叮当，可是李易安在"向帘儿低下听人笑语"？只是一眨眼，又都隐去了，不知是真是幻。

平日最听不得雨声，每一声檐滴里都有泪意，更何况在这样的湖上又有这样的黄昏。隔着一层雨意凝眸读湖水，果然另有笔意。毫无流动之致，也不泄一丝声息，倒像是一片独语的烟。水色也极特别，采了森林的颜色，润了山野黄昏的静谧，硬是朦胧出这一种说不出的色彩。想必便是"动人情处不堪描"了，说不出描不来，却可真切感受那种令人沉迷的精神瘫痪和一种被揉碎、被捧在心口上宠爱着的细细的感觉。闭上眼睛想一想，刹那间，一缕爱意跌入我心，顿然醒悟，那是思念的色彩，是爱人深情眼波的色彩。而水单薄地滑过指缝，是爱人眼中泪的模样；掠过唇边，是爱人柔柔指尖的感觉，但的确了无水意。

突然我有一个奢望，也许今夜我将投宿，就在这湖上，在没有水的这一面梦他，不就只隔着——几滴雨的距离？

择一叶瘦瘦的独木舟，就是那叶被远古的渔歌唱落的小舟，走进一片酩酊的虫声里，走进湖水，走进湖的感觉。桨儿行过，不经意地载起一个又一个寂寞。此刻，我又何尝不是一条船，搁浅在孤寂里。

且将长发散开如女萝草的温柔，缓缓梳向暝色的尽头。我不得不把最脆弱的一面袒露在天湖的目光下，让心灵和心灵对话，让黑裙斜进水里，让水想象我，而我，听：落日。

夕阳，在沉与未沉之间。

雨，在落与不落之间。

湖，在醒与梦之间。

人，在尘世与仙境的交汇点——欲仙欲俗。

一时间，光旋水转，那船儿，仿佛要离水而去；人儿，要离船而去。我心中箫声四起，忧郁而凄婉。

不自觉中已合眼沉入幻境，隐约之间，似有人在呼唤我的名字，一惊醒来，竟是无边的宁静。那种宁静超过了人的想象。我会是被安静吵醒的？想是尘世的纷扰已成心性，有时安静反而使人不安了。

天湖别我的时候，雨已悄然落我一袭衣裳，而船上盛着水珠，也许是雨也许是水也许是泪也许是千百双合不上的眼睛。湖是我的湖，湿是我的湿，爱是我的爱，天湖就是我心中永远的眼睛。

尽管此后会有一个湖，在远远的山中记忆着我，尽管在刹那间在永恒里，天湖的名字将化作一个疼痛的惦念：怕湖就这样溶化了，船就这样枯萎了，夕阳就这样凋谢了。但这时候最好不要回眸，这之后最好不要再来，只要只要记得那句诗：

> 关切是问，
> 而有时关切
> 是
> 不问。

湖约黄昏后

寂寞也有一张脸

怎么忍心放你在这里百年孤寂？远山远水来看你，只为亿万年前的相视一笑。

隔着蔷薇色的早晨望你，心中陡然掠过一抹无来由的感动，竟不能再当你是一座山，一个方圆三十里的自然保护区。我执意认定你是有灵性的生命。

一进山谷，猝然坠入异境，深幽不可测，繁杂熙攘的世界一下子隔去很远很远。空气异常清馨柔软，施施而来。不知古人"香气熏人欲破禅"的意境是否庶几近之？尽情享用大自然的润泽，顿感明澈净化，心境也立时宽厚淡远起来。仿佛置身于一处超现实的意象世界，幽冥得令人不忍去掐破那一方时空。

择了冬日来看山，意本不在观赏，就为以心的眼感觉你而来。而你蕴藉内敛的生命，果然自成一种意境、一种神韵、一种风格。

这一种意境。是这片小天地所特有的幽静、凄婉营造而成的诗情画意。

看这一块天空，亮满了不带血色的孤寂在瞳中，空山无人的贴地的静，在演绎着一种阴性的难过。偶尔有叫不上名字的鸟带些许醉意凄惨一声，又倏然消失，倒像哭在远古，余韵流失至今不散，恰如一个暗示，点破了"云外哀鸿，似替幽人语"的玄色画轴。云，静止在山谷不去，脚印在白云濡湿的草上留下浅绿浅白的痕迹，而云凝成的泥，泥里夹着云沾在鞋上，兀自让人有种心痛的感觉。这意境就颇有伦勃朗油画里那种深沉、寂寥的古典之美。

有谁见过寂寞的面孔？我想它一定就像这人迹杳至的小山谷，以千年又千年寂寞的心情，朦朦胧胧，无从捉摸。原来寂寞也有一张脸。

这一种神韵。因了林木花草、泉流飞瀑渲染而成的遒劲朴拙、绰约飘逸的风采。

树不能语最可人，全凭了你去想象。长林远树，幽邃靖深。几十丈长的野藤扭绞揉缠，野趣盎然。众多名贵珍稀树木都神秘地自四面向我拥来。最珍贵的当属长叶榧，灰绿色的叶子修长纤丽，根须完全裸呈攀缘在峭壁之上，穿行于岩缝之间。这舒展是那样恣意、那样尽情尽性。棵棵沉水樟，老得不能再老，叶落干枯，凝眸处，竟有须眉在绿，想是春已悄然附骨，酝酿着忍不住的青春。香果树疏瘦清癯，不知果香在哪季。尖叶栎则一脉清幽，牵星星点点浅愁薄怨在眉尖。还有多少不知名的树呀木呀，也都各领风骚。那种毫无间歇的绿法，令我屏息凝神，慕不能止。

花事在春季，嫩寒里尽都香消玉殒。低头怜草儿，爱麦冬轻盈俏丽，赏菖蒲细叶消疏可人，妒红晾伞蔓枝纤茎，一副娇柔无力的媚态。忽的，就有一茎一茎的白影子一跌就在脚前，乍看似点点有情泪。心中一动，抬头处，满树星儿一颗一颗明亮着，是梅花，细眼薄唇小朵朵，淡雅着、灵秀着。白色梅，白色，就是世间最最艳冶的颜色，谁能知道纯情底下都藏了些什么？随意想去最有滋味。再往前，又梅又梅，芳香依序释然，竟是一整个白梅的世界。正是高明画境里的留白，不是空着不画，是这一方素白、一缕神韵，一点就浊，画师也难了。莫非陆游就是在此赏花恨分身乏术，才得"一树梅花一放翁"之句。

梅花独俏也不成，这儿偏又有一种花儿不肯相让，名叫"秀毛铁线莲"。也是小朵也是白色，奇的是色白至欲无，点到为止，无香味，也寻不出一丝儿花的浮艳，自有一种无欲的清丽。据说开了谢了都极不惹人意，像一抹影子，魂儿一样。

其实，花开花谢，全在人的感觉。花开就是谢，有些是不开先谢的。有些开在土里，有些在水中，有些是开在人心尖儿上的，总有它的道理。只是弄不懂，花儿开的时候，是不是会痛呢？只有花知道，只有那一颗心儿知道。

隔六七步，总有小溪盈盈行过。但我，只等待一幅瀑布的名字——"琴泉"。它险险地凌空，自岩穴喷涌而出，投空数十尺，沫如散珠溅玉，给整条大峡谷围上一圈珠帘儿。果然铮然有琴声，大岩洞与之和弦，整个山谷与之共鸣，如泣如诉、时高时低、忽远忽近。哪里是琴声，分明是无穷无尽无边的天籁。无端令人泫然。想必这琴泉和世间的哪条泉里，有两尾鱼儿在相思着，却总也没能游到一起去。而这琴声正是它俩的爱情密语，只有两尾鱼儿可以破译，只对两尾鱼儿显示意义。

这一种风格。源自这山中古寺高远超凡的神秘气韵。

王伯敏《中国绘画史》记载，宋徽宗曾以"乱山藏古寺"为题召考画工。唯一人悟得"藏"中玄机，画一条蜿蜒小径，自层层深远的峰峦间透迤而下，尽于水边，余墨勾一小僧正躬身取水，何等巧妙。而此刻我们仿佛正走在这小径上，也果真有一小寺庙神秘而落寞地存在这灵山之中，一如自画中来。借巨大岩洞的凹势而筑，无须屋顶砖瓦。已是极尽建筑之奇妙。无顶的庙宇，那是一种什么模样？你太奇特了，我不会再形容。据考建于清代，古意苍凉，有遗世的漠然。老僧施施然而来，淡淡一笑，破了古刹的凄凉。

虔诚燃一瓣檀香，饮一碗圣水，心神若息，皎然无垢，再也问不出一字一句。真正到了词穷处，大家默然。默然别去再回头，小庙伶仃留住，不言语，分明有梵音袅袅如神曲仙乐。终是参悟不透佛家所谓"万法皆空，空而不空"究竟是怎样一种境界。心下倒也明白生命如幻觉，偏就是涤不尽尘思俗虑。可是谁又能说得准会不会再来？有一日，抛弃了万丈红尘，背一身支离破碎的俗骨来就你，与小庙共同坐化，对坐千古？古钟声悠然荡开去，又跨过小径尽处的断崖，一散已是千里，千里之外，我会惦着你。

恍惚里，我感觉到有一种肌肤的暖意，有一种呼吸，一种眼波，一种沉吟声。是山、是林、是泉、是花草？我不知道有什么事正在发生，我不知道我该盈握起一些什么，我不知道我是否辜负了什么，但我知道，我心灵的视觉因某种启示而打开天目，我的感觉因了你而成为真正的感觉。

将石自然保护区，你果然是有生命的。如果骨骼是奇石怪峰，血脉是泉流飞瀑，花儿是你容颜，草儿树木是你肉体，鸟儿是你脉搏，那么这山谷中逼人的钟灵之气，就是你的精魂所在。你是一个多声部多色彩多层次的灵与肉完美的融合体，是内心情感的奇景世界。

人说好风景常伴着寂寞。尽管我不理解你年复一年的寂寞为谁，但我相信，没有谁比你更懂得享受寂寞。人，只有在足够宁静的心情时来细细品味这世间的一隅一瞬，才会发现，在某些时候，人与万物是非常接近的，即使不能语言相通，也能感觉到那一种心契。

从此心中，总有一抹青山傲然，青山不老，你属于时间之外。初入山时那种无来由的感动，已寻得来由，生在天地间的万物皆有情。万物有情，人间有爱，便是人类最大的感动。

穿过宁静的边缘

那天，见你又别你的那天，记得是个微雨方敛的清晨。从此，所有的清晨，在记忆中都有一段恼人的湿。

只是漫不经心地，顺着道儿来看你。没有在意没有在意，你就这么款款地出现在小路尽头，潜在两丛健硕的凤尾竹身后，探出一个小小小小的红门儿，浅浅、浅浅地笑。

我的心不自禁暖暖地动了一下，有一种难以名状的轻轻的陨落。

下意识地别过身，距离你远一些，站得高一点，私下里想着要在融入你怀中之前，先整个地拥有你。其实我错得好远，想不到在你纤柔的笑里赫然藏着一个如此巨大的身躯。园中有园、有桥、有峰、有溪，有大片大片古老森林。好一个秀色天然、风景奇佳的森林公园。怎敢再奢想拥你入怀哦，我只能把你的名字，你的这样唐代、这样丰腴的名字，轻轻转动在我沉默的呼唤中。

循着那条瘦瘦长长、古古雅雅的石板小路入园，我有瞬间的眩晕。这里那里，尽是柔若无骨的浓绿拥来。伸手，可掬一捧凝冻的绿；呼吸，是缕缕馨香的绿；旋身，便是簇簇流转的绿；舒怀，那是满满一怀深深浅浅的绿。缠缠绵绵，惹人怜爱。我不得不把脚步放轻再放轻，只怕惊扰了你这一帘浓得化不开的绿梦。而这份沉凝的浓绿不知不觉中染透了我，倘若思绪也有色彩，那么此时，我的思绪必是绿色。多少多少染于红尘太久的记忆全都飘远,没有幻想,没有欲求,只有一种没有来由的慵倦和什么也不等的等待。陡然想起辛稼轩诗句:"而今何事最相宜?宜醉?宜游?宜睡?"我不知道。

入园越深,树林越茂密,遮天蔽日,纵横屈伸,绝无束缚、雕琢、粉饰之痕。果然野趣盎然,又有一种原始的、与生俱来的深幽之美。东也是树,西也是树,只是树树都绿得这样沉默,安情不乱,似正酣然入梦,偶然远远来又远远去的车声越发显得遥远、缥缈,有一份深悟的、充满空灵意味的美感,使人肃然屏息。间或有树叶儿三三两两落下,真的是铮然一叶,令人心里悚然一惊,再也忘不去。又有谁冒冒失失,撞醒了一根修竹,立时,便有满丛柔柔软软的云鬟,轻轻一旋,隔夜的雨珠散落,像跌坠了一串听不见的叹息和幽怨,一滴一句,一滴一句,无端端地令人怦然心动。

只因了我的来迟,又有三棵红豆树刚刚入眠。临溪有丝丝小风拂来,虽不是结豆的季节,却有满树相思叶碎碎地摇着,浅浅妩媚,自有它的风情。有满枝柔情的诗句季季开着、结着,结着很多很凄婉、很有气氛的故事。故事里也许有个爱在小裙子里兜一裙子野花,有一双郁郁的眸子的寂寞女孩,也许还有一个怅然若失,眼睛梦一样地望着远山,口袋里装着十四行诗的很美很美的少年。小亭一角,似还有人潸然泪下?红豆树你只是不语。分明有一点忧愁在眉尖,有一点伤感在心里。你可是在想,不管是噩梦或是美梦,只要睡去就别有天地?

这一弯清溪也在怨怨地流泻着幽冷,似睡似醒,睡在一个古老又古老的梦里。看你颗颗鹅卵石眠成的岸壁,灰灰的,带着质感的美。站久一点,才又发现在灰里又有细微的光在流动,流着一片深深切切的柔情,呈现着去日弥留的眼神。像是古代情人永别的地方。想着想着,简直不敢再想,隔着厚厚的时间和空间,仍叫人不可理喻地想要热泪盈睫。人生,本就有多少失落、多少怅惘、多少春闺梦里难圆的梦。却总是这样千万般地爱着、恋着、怨着、别着,直到不能了却的时候,可去来随缘,谁又挽得住?

又有假山怪石、亭台楼榭、象桥花圃、佛光幻影，还有太多太多美妙的景致，也全都恍如梦寐。我这才发现世间万物，尽管有时落拓不羁，有时行走如歌，时喜时怒时悲，那只是醒着的时候，动静明暗才各各不一，一旦入梦，原来也只是一副模样、一样性格。

等你醒来都等累了，富春公园。直到离去的那一刻，你依然梦在你醒着的梦中，始终与我默然相对又令我遐思无限。我不敢再细细审视你，只怕看醒了你，顿失那份特有的韵致。我就爱你这幽幽的典雅、冷冷的温情、自自然然的神韵。你这就宠坏了我，叫我不知如何回去面对万丈红尘。只渴望将自己这一身俗骨折叠在你温馨的怀里，把心口的一点小小疼痛细细与你分说。让一点两点关于你的记忆夜夜滴到我别后的梦里。

却又总想着你醒来的模样儿，告诉我日期，纵然有风、有雨，是晨、是夜，我都要来看你。

乡间何处

1

这是一个四合院。

东厢住树，西厢住草，回廊住花。有福的人租了正房。

雾大的时候，它们都浮起来，像在云端，就叫"天堂"了。白天，泥土香了，人才沾着了地气，那就柴米油盐：餐风或饮露，种瓜或栽豆，操琴或弄箫，此外也没什么分心的事。门是虚掩的，灵魂是松软的，通往尘埃和喧嚣的小径渐渐被菌子和蕨草掩去。

邻里之间，和睦的日子居多。偶尔也闹点儿小纠纷，幸亏不远处住着长满青蛙的池塘，有着公正而清澈的性格。它帮着和和稀泥，也就摆平了。住在里面的人还真以为自己：姓风或姓雨，散步的时候是仙鹤；说话的时候是黄鹂；恋爱的时候是玫瑰；思想的时候像大象一样深沉；睡觉时是冬眠的兽，醒来就是惊蛰，而且只能是——被安静吵醒。

传闻终归是传闻。但有一点可以断定：欢笑是它们永久的表情。

忧愁与烦恼即使踮起脚尖，也够不着它们，只好站在一旁叹气，拿它们没有办法。

2

把一叶兰舟，随想成通往世外桃源的钥匙。弃舟之后，忘路之远近。整片青山掩一顷欲语的田野，村庄就在上头，在错落间单纯辽远。阳光是奶油色的，山崖是玫瑰色的，爱情是粉红色的。一条虹搁在山谷间，是他们进山的软桥。许多叫作"神仙"的鱼，亮在涧水深处。野花掩天覆地地开，也天昏地暗地落。嫩草以鹅黄渲染整个山野，轻风犁过草丛，像一只手在触摸一幅最绵密柔软的丝绒。让沙漠里的羊来这里，它们会疯掉。

这里一年无四季，春天很长，春天之后还是春天。山巅水湄、田野乡人，不知有汉也不论魏晋，过着有巢氏自耕自足的日子。乡里人带着草根性的温厚与纯朴，以粗陶盛黍、白云遮窗、飘叶为筏，行止由己。

唯一入世的是竹林深处那挑青色酒招，仿佛飘着长安古驿道旁的太白遗风。

少了繁华，心就纯了；少了欲求，心就刚了。

我是此时此际此山此水此境中的有情与有觉。不如不归。

3

远看是鹭鸶的纤足一点。

近了原是一幢参差院落，很伶仃，泊在水中央。

黑瓦白墙，了无尘泥俗垢。气韵婉约的苏州评弹做了它的背景渲染，姑苏城外寒山寺，想必与之一衣带水。

这里的水当然是上好的丝绸质地，这院落便是绣在上面的一道轻譬。氤氲在它四周的江南水乡特有的小家碧玉式的湿润气息，沾衣不湿，扑面不寒，宛若处子体香。甚至没有倒影，岸更是一个虚无的概念。从没见过水如此少年，少年得不堪舟楫。这院落的主人莫非乘着橹声来去？

这会是哪个在俗情中没有俗心的人所筑？

在里面听风听雨听岁月淡淡磨过可是空灵十分？

生藓的门扉今世可曾有人轻扣？

门环上插的长茎荷花又是"采之欲遗谁"？

是否也有一段在水之湄叫作烟雨蒙蒙的缥缈情愫？

不是玄奇的意象却似藏有玄机伏笔，让人如此玄想。像一只背阳的冰凉的小手，挑动了每个看到它的人深心早已锈蚀的弦。

正像是被一位万历年间的画家把它画在这里的，弥漫着明朝的古典。诱惑我到《清明上河图》中去寻觅它准确的所在。又像是一位面容贞静的女子一针针刺绣上去的，针痕犹在锦上，人却已逝去了。像空气，像柔婉的江南丝竹。

反正湿是它的湿，淡是它的淡，冷也是它的冷。

它就是以这样的气质，让有心人浅尝。

在 路 上

天堂的样子——新西兰

1

蒂卡普湖，冰川湖。美得如此纯粹，有一种宗教的意味。在这里，你能听到自然的心跳；在这里，语言和我们都显得多余。面湖而居，只能发呆，从黎明到日出……舍不得去睡，是因为并没有美梦可期，因为蒂卡普湖就是梦境本身……

2

皇后镇，被誉为"世界上最纯净的小镇"之一。如果说蒂卡普湖是遗世独立的出尘之美，玉树临风的青衫隐士；那么，皇后镇便是入世的人间烟尘，婉约恬柔而又让人心生暖意的邻家女孩。

3

搭公交车去皇后镇路上。左侧是旷远的新西兰两大牧场之一，草多牛羊少，选择太多，体型太肥，瘦身不利，是它们最大的烦恼。右侧南阿尔卑斯山一路相随，不离不弃。

途中，遭遇千牛万羊，它们肯定是正从一个餐厅转往另一个餐厅。在这里它们才是主人。司机礼貌停车让行，耸耸肩，无奈中满满的都是宠爱，一如老父亲面对自己顽皮的孩童。

4

辞别新西兰，这方飘移在人界与仙界之间的山水。美之极致，震晕了我。徒有一支笔，不能道一言。大美面前，言辞是如此苍白无力、瘦骨嶙峋。至今，回眸处，亦真亦幻。

从南半球飞回北半球，从羽绒衣到短袖，恍惚间有了"山中方一日，世上已千年"之感。诗人说："我达达的马蹄是一个美丽的错误/我不是归人，我是过客。"

总要去　次——俄罗斯

1

外形恢宏气势夺人、内里极尽豪奢精致的庞大建筑群，圣彼得堡人文景观强势夺人眼球，满街高大健硕气质飞扬的帅男美女，一切都太大、太满、太重、太极致、太强悍、太侵略,看得人头晕目眩,累眼累心。但这一生还是必须要来一次,但仅仅来一次足矣。

2

如果圣彼得堡是金色的,那莫斯科就是红色的,红色历史红色情怀。这里盛产强悍的勇士,也滋生孤独的文学家。俄罗斯诗人丘特切夫说:"你无法用理智理解俄罗斯。"

刺眼的金碧辉煌——泰国

泰国,金碧辉煌的大皇宫、玉佛寺、国会馆,这里那里,无处不黄澄澄亮晃晃的,就四个字:金碧辉煌!我的眼睛太难了,睁着,亮瞎我的钛金眼;闭着,就眼冒金星。不喜欢这个地方。

不热的热带——马来西亚

马来西亚沙巴岛,海绿、沙白、人少,一个适合度假和发呆以及吃吃吃的地方。它位于世界第三大岛婆罗洲岛北端,七八月份进入雨季,每个午后必有一场雷阵雨如约而至,日气温在23—30℃之间,这使它意外地成了夏季的侧面、不热的热带。据说大批中国游客到南半球的非洲避暑上了微博热搜,于是我们舍远求近,就来此热带避热。

第三辑

心乱飞

○○○

尘缘不舍

海

说我是船。

你以灼热的胸口贴紧我面颊，我怎么能不痛痛快快地哭出淋漓尽致，把你湿成大海，有多少水就有多少柔情。再用我仅有的一生，生出一万簇红唇，吻你成唇印斑驳的海滩，你的存在便是我的坦然。纵使沧海之外更有沧海，我是一只倦游的鞋，我要——搁浅。

远处有涛声隐隐作痛，我不让你忧郁。为你瘦瘦地醒着，点一盏唐诗宋词里的夕阳读你。在你浅浅深深的眼波里，我就失去年龄，将青春很久，然后猝然死去。

死得栩栩如生。

窗

如果望不见你，这扇窗，用来做什么？

等远行的你回完最后一眸，我就掩上它。风景为全世界的眼睛而生。我，只为你。

你的鞋声宛然在回廊，你插的芦苇花犹自在青花瓷瓶里憔悴，你放上的低音号唱片，一直辗转到秦代也不肯回头。

不问归期，我怕听《大约在冬季》，我怕霜降前就老去，我怕你踏月归来已是我不在的日子。

临行你将我托付斜阳照料，每当起风的午后，它就窃了树的背影，覆我一袭蜡染长裙。我遂挽长发成髻，斜簪一支金步摇，古典给谁看？相守的时光是一组曼妙的编钟，让我无你时，盘膝而坐，一一敲响。

据说在远方，有一双眸子始终朝向我白屋的朱红窗口，有一张返程车票，已经在那人的口袋里。那么：

谁在乎明天窗外的红砖道上是否有一地落叶？

谁又在乎一下午路过的遮阳草帽，都蜷回谁家的屋角？

草

你若安排我长在你的心脏的位置，我就只能是这棵憨态可掬的小草。

怎么读你，你都像一双绞着一双的眼睛，以视线覆盖我，让世界与我之间，只剩下你的眼眸；怎么端详你，你都像一个串着一个的日子，每一日都给我新鲜的感动；怎么感觉你，你都以血脉缠绕我，给我最恬适的安谧。在你细细密密的宠溺里，我只会对着你脸红，对着你纤弱，对着你风情万种。

从此不愿再远行。别处有雨，总以为有你在为我撑着伞；别处有雪，我冰凉的手找不到你温暖的胸怀；别处有泥泞，没有你捧着我跨越，不让我的鞋沾一丝污浊；别处也有花，却无人如你，在雨中送来一束香雪兰，花是干的，你是湿的……

此行的终点已站着你。

恬

　　总有这样的时候：有着一支烛，未点。

　　有着一管埙，不吹。

　　而我等着的一个人，今世不再来……

　　那就把雨滴数给屋檐，把钟声敲给寺院，把海的颜色蓝给我小屋的窗帘，把我百转的柔肠，仿烟云流水的走姿，蜡染上这一方不在一切之内也不在一切之外的画布。再剪一茎兰叶成舟，你飘逸的身影在舟上？不在舟上？一半在舟上一半在云里？你何以超然得轻灵如仙？

　　折我弹古琴的手为你制一柄桂桨，你这就划进我心海？纵然每一桨都锋利如刃、鲜血淋漓，可我会心的微笑，泪水涔涔。

　　来世有一天你到海边，一定会有一些什么令你暗暗惊心：这儿像是曾经来过？这里的海水隐约带有血色？这就是童话里人鱼献祭的海域？

　　你又为自己的小迷信淡淡一笑，离去，不再回首。

素

　　这样的阴天只需要一支碳素笔。

　　是谁在山的那一侧吹奏萨克斯管？

　　有一卷瘦长的风，从三千年前蒹葭的传说中走来，穿过宁静的边缘，无声无息……

　　你知道我在等你吗？

　　只因前世未了的情缘，我才轮回到世间，仰卧成一列疏篱，拦在你必经的道上。等你来为我梳理被风霜憔悴成枯草的发，等你来听我细诉攒了一世的话，等你可以渺百年如弹指。太满的思念，自我肌肤渗出，凝成结晶，堆积成沙漠，你将踏沙而来？

又一个寒冬逼近，我冷。我渴望红泥小火炉上新焙的绿蚁酒。但握住你的名字取暖，是我唯一的可能。

谁是那相识而再来的人？我竟叫不出你的名字。

院

庭院深深深几许？

再幽深的庭院，也有一弯苍苔小径、一丛篱、一茎露、一片落叶在阶前、一捧寂寞养在池中、一抹单衫微寒的背影投在——一个凄婉又凄婉的故事里……

笙已碎，碎于那唯一一次吹奏？

墙外，有一株蜡梅死过，是我相思成疾。

但我枯萎的身躯绝不是开启庭院之门的钥匙，踮足而望是一种痛苦的愉悦，遗憾之美最是刻骨铭心。清绝如你、孤傲如你、神秘如你，让我用想象守候你。你若推门而出，我将绝望成灰。当飞雪把通往人间的小路一一擦去，唯我以纤弱之躯，孑然而立。

你的沉默是清水烧的名陶气息，让我永远重复幻觉：

就这样柔柔地靠着你的肩，把我的手放在你的手里……

藤

三分酒意，七分诗情，一抹散文般的萧索。萧索得让人揪心。逼我说不出哪里有一个伤口在轻轻轻轻地痛。

就想做一回裴多菲笔下荒凉的额，让你攀缠上升，怎么能任你就在我眼前云淡风轻地老去；就想追你到元代的散曲中去，枯藤老树昏鸦，小桥流水人家，我是断肠人，在天涯孤独地想象你怎样的孤独；就想在寒风中给你送一件毛衣，再不让你的薄衫凌风而舞……

梦里，却再也没有与相同的画面相逢，你就成为我生命的缺口，让我不知怎样去面对，所有相似的薄暮。再相遇又已是一世，最放心不下的，是你。

痛苦就是这么来的。

径

转过一条青石小径，就到了尘世的尽头。

有一间小小的石屋我正惦念。

你以沉默的、质朴的美伫立，把肌肤雕琢出锋利的尖角，不让我走进你的感觉。当我在洞箫声里坐尽第一千支烛光之后，断定你仍是我伤痛时唯一想去的地方。

于是，揣着我全部的热血与温柔，蹑足来到你窗前。每日每夜，以我纤柔的手，抚摸你的锋棱；以我灼热的心，溶化你的冷漠；直到每块石头都有了薄薄的气息，竟一一化作不肯开启的眼眸。我心碎神伤。直到有一天，我终于绝望地踏着落叶而去，蓦然回首，你心的窗口，有一枝玫瑰摇曳，恰应了禅师的那句话："时人见此一株花，如梦相似。"玫瑰玫瑰如梦，正晕红地说出你所有想要说出的话。

心中一宽，泪就掉下来。

白

所谓雪，即梦的前生。

就选择这里相遇。一切都白得像白日梦，而你，披一袭世纪末的幻灭感，企图漫不经心地掠过我嫩绿的纯真，步向虚无。

步履如雪淹来，除了以小小的温柔阻挡，我多么无力。让我悄悄地移近你，让我的唇任性成多边形，只为对你说一句一辈子只能说一次的话。让我化作一只温驯的绵羊，蜷伏在你脚边，渴望在你怀中渺小，在渺小中要你给我安全的肯定。

月色太寒，凉意自我心头刺过。你就不担心我脆如蝶衣的生命，无法承受？

不必为我呼唤某个季节的阳光，我会用千页的空白筑起一千个冬天，我将用一生来等待你的展颜。

你不来，我不去。

缘

我们都曾经是天堂的树，相约到凡尘。

你只在天上耽搁一日，我已在世间苍老千年。一个灵魂与另一个灵魂就这样擦肩而过。

将渐成枯木的纤手钉成栅栏，遮住我的面容，我怕你打这儿经过，看见我憔悴的脸。十指成林，林中无你；双掌无声，无声即妙音——有血因你而烧。任百年又千年岁月从指尖流淌而过，任身内身外，灰飞烟灭，在永恒的静止中吐纳虚无空。

某一日，有一种气息，从地平线的彼端，远远远远而来。我猛然转身，在右手食指与中指的缝隙间，一个绿色的身影，正在穿越尘埃，独自行经旷野，然后一闪而逝。

微然想起一支你爱听的木管五重奏曲：《绿袖子》。

依稀记得一句宋词：纵使相逢应不识，尘满面、鬓如霜……

叶

  看是飘落,不是飘落,是一段缠缠绵绵的牵挂。

  真想为你好好活着,但我,疲惫已极。在我生命终结前,你没有抵达。只为最后看你一眼,我才飘落在这里。千年万年,我会整天含着泪水等在这里。每一个时刻,都可能是你将来临的最后一个时刻,我不敢离去。若能深深爱过一次再别离,我便欣然坠地,腐烂为泥。

  你从来不知道我是谁,但你永恒地拥有我。一步之遥,隔绝了一个一辈子不能对你说出的渴望。思想无罪,终我一生以沉默相许。爱是什么?它是这网上小小的扣儿,一个衔着一个,无始无终。

  等你,让我清瘦让我憔悴让我死去活来,让我在枯萎和褪色里,把痴情凋零成千古绝唱……

蓝

  横无边,高下也无边。

  最远的去处是蓝色又蓝色之外。

  是藏在蓝色偈语里不可说的莲花一瓣。

  究竟是谁的心事——溺水而死?

  传说中你只穿蒹葭的衣裳,是藕荷色的。

  传说风霜里你紧抱的肩头,是寒鹭色的。

  传说是一个丝缎一样的女子以丝缎一样的素手燃一灶香、焚一卷诗、拭一袖泪,百无聊赖地撩开一本线装书,再叹一口气,将它一抛就抛在了记忆的阁楼里……

  那公子已走得很远很远了,唤不归的?

那青衫已褪尽了唐宋的底色，如何还惦着？

只剩那时的空气。空气里一种有动，那是轻轻的心颤；空气里有一种湿，是烫过的米酒又凉了的滋味……

大冷的心情是水，小寒的心情是痛。

寒冷水中的痛是伤口之外不流血的痛，叫作——隐痛。

柔柔的、薄薄的、淡淡的，却最是揪心。

敛

径隐。院芜。篱散。人去。

只有绒绒的鬼雨指点我，从旧日蕨蔓缠咬的小径，走向荒凉庭院。

往日的情结粘死在银杏叶上，以神圣而凝重的节拍、蝶的千姿，随世界一起无声地落下来，落成一件爱情的敛衣，使这里充满悼亡的气息，让人强烈地感到灵的窒息。

还剩一张木凳，一端在记忆的夹层里温馨，另一端在落叶中怅然。那年的露水至今未干，就是不坐上去，也能感知那份叫人落泪的潮意。它在以有形绘出一个灵魂无形的伤口，并且永远呼痛。

至于那个曾经刻骨铭心的姓名，已被写在梦幻之狐的细腰一侧，若隐若现。

也许明日？明年？百年之后？有一天有人来到这里，也许他会问一问，为什么这庭院死满了纯情，便也拆穿了那个隐秘而破碎的故事。

柔

一次真爱就是一场生死。我想以整个生命为爱情殉葬。

是你把我移植到烟火人间，种在你玫瑰色的温柔里。我怯怯地步向这个生命转弯的地方,如履薄冰。

柴米油盐,七情六欲。灶小恰喂两人,竹影斜过纱窗。

你教我握桨,再唱一曲《渔舟唱晚》。

清晨被一杯香浓的咖啡唤醒之后,我蘸浓雾写诗,你读我以山岚清风;夜半我以残月抒情,你以同一频率的心跳为我所读。

你的臂弯是周末,让我纵容自己放胆地慵懒。以一颗无拘无束的心,在你的唇间耳际兴风作浪。你的怀抱是温馨的室内乐之夜,化我成一只易于仆役的软体动物。你的爱是一床柔软的旧被,把我留在书架前、地毯上琐碎的烦恼,捂进温暖直至融化。

但你不把我等同于女人,而是一只随时可能失手的薄胎瓷器,小心呵护成孤本,并让它高傲地绝版。

当我把对你陌生的部分渐渐弥补整齐之后,才知道有时只拥有一朵花,已然胜过整个花季。

眸

总是在那么多的眼睛后面望你。

总担心静夜里如此思念,会把你从梦中惊醒。

一句永不能对你说出的话,成了一粒种子,在我心里长出一个春天。多想牵着你的手去看,但我知道,任世间路有千万条,我不能一一与你同行。

那么,让我死一回。天人两隔,我不复存在,却化作你生命的一部分。你日日牵着无形的我,走上那条通向春天原野的小径。步履轻如微风,有人所未觉的幽香沁入肌肤;露珠似眸,在你我发上流瞬。你挥一挥草帽,为我长两排大树,硬说它是相思树;我旋一旋裙摆,为你开满地花儿,我偏叫它"勿忘我";我们说树干如琴弦,弦上就袅袅走来小提琴曲——《梁祝》，我们翩飞如蝶，刹那已是永恒。

我再也看不见一丝颜色了，除了你深黑的眼眸。

仙

自水中来。

你是坠水的美少年那希舍施再生的水仙。

而我，是冰山，封禅的雪夜才是我的归处。

赤足行过雪地，足趾便踩过一片一片的体温，惊觉你就守在我近旁。模仿前山的飞雪，在枝上挂满你羞涩的温情，洁白而炫目，直逼我心。

轻轻飘落，如泪滴，便是你不及收拾的疼痛？屏息凝神，有雪白雪白的声音伸出冰馨之手，而我，无奈的我，仍是你梦中那袭清绝的白衣——远不可触。

你原该徜徉于金果的伊甸园，却失足误入维特的墓地。一份爱情未及拆封便被埋葬，悄然无息。

今宵别梦寒，再望一眼你眸中的黑水仙，绝尘而去。

来世，你或许是我明眸无尘、一身葱绿的少年？

衫

从冷魇中醒转，倾斜月晕似泪。

月亮悄悄把衣裳留在我床上，像一个宿命，蛊惑我忆起前世的情人。

前生，我们也是在这样的月光中道别的吧？

明月的今日就是爱情的前身？月的生死轮回竟也如此婉转动人。也许在千山万水之外，在千年万岁之后。我的相思是一枚多情的戳印，让我来到这个世界，不失前世的尘缘；让我转入未来的时空，还带着今生的记忆。

从此，所有有月与无月的夜晚，都有自以为是的邀约开在眉梢。我还在我忧郁的小圆屋中，以待月草之姿等你，等你从晏殊的"踏莎行"里，押韵地走来……

我当然还穿那领白纱纱袍，在一种令人突然惊起的夜凉中，渐渐感觉你探进身来。握住你的一唇柔情，便握住了一生一世的情缘，但我始终握不住你的存在。每个角落都可以安然入梦，你还是要离开。

你还得赶长长的夜路回天上去，回去之后，谁替你烘干被露水沾湿的青衫？

婉

所谓心事，是你鬓边的胭脂红。

柔水如情，任哈姆雷特的爱人奥菲莉亚，在身上撒满鲜花，飘浮水面，如诗。你，是她白纱裙边的哪一朵？以浪漫情怀放逐自己，飘过厚厚的时间与空间，骤然梗在我的瞳孔中——显影。

你是如此炫目，让我难以置信。穿袜行走，莲步轻移，又带一点六朝乐府的恣肆古艳。我沉潜的眼波因你的娇俏而涟漪；我蕴藉内敛的生命，因你不着一丝阴影的明媚而亮丽。

纵然化儿确是蝶的幽灵，有一天你终将以蝶羽划向岸边，舍我而去，我此刻唯一的意念仍是：拥紧你，以血液里的千只手爱抚你；拥紧你，倾我所有的温存，不倦低语你婉约的风姿。

谁在水上写诗：它绝不衰残／永远，你在爱，它在吐艳。

墨

独步无尘。

一幅空间单为守候你薄薄的虚空而云淡风轻。

烟色记忆寻旧路而来，在你浅浅展开又浅浅折起的飘袂间，晕染你的裙摆成——犹豫的烟云。

你的鬓影，乃《浮士绘》里的上等墨色，于有形中堆叠无形，让人玄想梦的祖厝、云的故乡。弯腰，拾一二落樱，以俳句的方式镶在耳际。悬—而—未—决，便是你唯一的红尘？"已闻环响知腰细，更辨弦声觉指纤"当是你此刻的境界。

不回头不回头，不回头也知你视域无极。你还在把曾经当作永远？

樱花落尽，尘埃落定，关于春天的故事如何再拖下去？

靠近你，你的身子很冷。亦人亦鬼亦仙，又客串了落花流水的那一阕小令。

我柴扉不掩，房门虚设，哪怕你只回——一眸。

蓝色情绪

从远方，到远方。

就这么以蓝色柔软等待。那以后，我的眼睛，再也想不起什么是蓝色。

我自遥遥而来。感觉已走到陆地的尽头。

也曾读过真山真水，竟是耽搁在这里。海滩无名，处处都是我前世的盼望。心，再也没能走回遥远去。

百年不过一瞬，把握片刻，即是永恒。

总这样永恒总这样停留，礁石，在等待大海一次又一次拥入怀中。用唇一寸寸数你的苦涩，用指尖一分分抚你疤痕里的沧桑。都说你已沉默千年，千年之后还是沉默？最为惊心的是，硬是站成大海身边永不消散的魂魄。不即不离，千古相凝。

也这样停留，海滩，承受一切该与不该承受的负荷。可是谁又能忍心踏过这样的肌肤，只为造出一抹瞬间即逝的印迹。你是无罪的服罪者，无语的悲抑，最伤我心。

点点白鸥不肯停留，呼唤潮涨潮落，私下里分明在守望一叶帆影；数浪花，百般透明的微笑，也是一种语言，谁能译出？怜贝壳，是海精灵的千万种眼神，又如落叶，偷偷捡拾大海的残吻；听海潮，已是音到无声处，成静谧中的静谧、语言中的语言。理查德·克莱德曼的钢琴曲，就是了。

波涛依旧。浪花依旧。人不如故。

我知道你就在我身边，我知道你不在我身边。很近又很远。我望你，越望你你越远。情到深处人孤独。

回头是岸，岸在哪里？涨潮是海，落潮是岸，这不是我们的过错。曾被你拥抱过的心是我最痛的地方，我没有对你说，因为你眼中正溢满坦白的痛苦，男人的痛苦多么灼人！

海窒息了，海也死了。海，因为疼痛而化作蓝色。此刻，除了蓝，我不知道还有什么配称作——色彩。

以一万只泪眼，看着你离去，大海。我来到世间，只是为了等待你、遇上你，爱你并为你所爱，直到最终失去你。

无怨无悔。

落花犹似坠楼人

1

花是山里世袭的土著居民。

水仙花是冬天走后不再融化的冰雪。

夜行人,除了花香,小径上什么也看不见。

一支短笛想从香味中提炼出她的嘴唇,渴望一亲芳泽;一张宣纸想在留白处唤出她的身躯,软玉温香;一介书生把她那种来不及的美感随想成亡人,独自品味"花落人亡两不知"的惊怵。

月亮猝然现身,照出花的声音。

且不问春天究竟是来了一半还是走了一半,这花就只适合放在釉青的康熙梅瓶中。而梅瓶放在明窗下,相望之余,让人再多一丝冥想便要成泪。

看到花落,我们无由以溅泪;听到花开,我们有情以惊心。

独立静听花丛,一花一世界,纵是一花之微、一叶之单,也需要多少慈悲的含容。

花开也是一种有情,是一种内在生命的完成。

2

在无人知的幽谷，终年有雾。

洁癖式的凄冷气氛中，你也雾着一张脸，以非植物的气质存在。微醺的目光，容纳了整个宇宙的寂寞与感伤。

那是令人做梦的一种神性的美丽，是让人心尖战栗、神魂悸动的情境，是要人屏住呼吸体悟灵山圣会上拈花一笑的妙谛，是彻悟之后的静止、大觉之后的从容。

有一种法国香水叫"耳语"。

有一支梦幻曲名《白色的睡》。

有一句宋词"困酣娇眼，欲开还闭"。

可是，任何人间穿凿附会的形容与修饰，对你都是亵渎。

且把黄菊给陶渊明，青荷给周濂溪，水仙给古希腊神话，丁香给"雨巷"的油纸伞。把没有名字的你，留给我自己，让我永尝你冰唇的凄美。

多少蝶儿为花生，多少蝶儿为花死。我便是你裙边殉情的蝶，把我的血液注入你的脉管，让我们——融为一体。

3

一抹荷花的背影。

用上等徽墨从王维一直磨到苏曼殊手中，才磨出的唯一一朵午荷，那叫——绝美。

荷开在水上，水开在地心上。

主茎很瘦，有白色的翅膀，翅膀上有古国的千载风声。不论相思，格外有种断然的清绝和令人不敢逼视的风雅。

风雅涟漪了整个夏季。有雾的时候正适合远眺南朝。读罢一个薄命诗人的一生之后，它就进入最后的沉默。香气盘桓，久久都不逸去……

唯有荷花的香气，可以与我们的心灵等高。闻到一些超尘的声息，甚而悟到身外之身。

它的香令人清明，它的美使人谦卑。

莫非花开只是一种假象。它赋出的另一层意义，如是解人，当自有会心一笑。

难就难在那一层领悟上。禅宗因此有了最动人的质地。

梦魂纵有也成虚

等你,都等累了。在等待中憔悴成——一首诗。

隐约有雨声,渐近又渐近。3月的泥泞款款如约而至,你呢?

这里那里,尽是点滴韵致,点点滴滴都是我对你的凝眸,点点滴滴都写不好你的名字。我不要雨弄湿你。

心里挤满忧郁,这忧郁由你而塑造,你懂吗?你愿懂吗?我爱我怨我哭我泣,你定能一一感到。但你,不可以回头看我,你不可以纵容我。偶像,也许就在这转身之间,破碎掉。

你怅然的目光,总是越过我的肩头,望向远山。远山千年不变,沧桑、稳健、气定神闲,却又如烟如雾如你。如你远远站在我身后,当我最需要你时,你在那里,沉沉微笑不语。炙热如冰?我心已足。

直到见你在海上,惊涛中弄潮,睿智而深沉,令我心折。遥遥眩惑地望你感受你你不知道。一时,竟痴了过去。忽然就渴望将这玲玲珑珑的灵魂,细细折叠在你胸怀,把心口的一点小小疼痛呢呢喃喃与你诉说,今生今世,不再醒转。却又心中一凛,知这数步之遥,已是咫尺天涯,此生再难飞渡。有太多无奈。

你就是海,别人的海,在远处,我永远无法走近……

最是柔情的丁香树,夜夜重叠在梦幻之中。在没有路的地方,你把我冰凉的双手揉在你温暖的掌心,默默无语。而眼眸深处,分明是一帘纤纤柔柔的三月雨，用世界上最轻最软的语言，把我湿得淋漓尽致。

我心为之震荡，有一种轻轻轻轻的陨落之感……

乍然惊醒，正是"梦魂纵有也成虚"。刹那间，心是那样使劲使劲——扭起来的疼痛。竟希望自己已死去千次万次。

落泪如雨，雨如泪，如泪的雨碎碎跌落，溅起那么多的诉说，诉说那雨那泪。只想立时起身去找你，让你看，我心头的血、漫天的泪，都是因你而哭泣。

悄悄掬一捧雨水藏起，久了，淡淡白水也能构思成酒。浸一段痴情在其中，醉成一万种想象。只为自斟自酌，足够惬意一生。得到的就会有失去，没得到的将永远存在。永恒的距离不变，我的相思就永不会背过身去。就这样，爱我所爱，无怨无悔。

唯有日日默读你逆光的背影，直读到绝望终不肯离去；唯有拥着这美丽的错误，独自承受这生命中难以承受之——重。

心中年年月月雨珠盈睫，似再也寻不着尽头。就在今夜，枕畔飘雨依然。窗外小径无名，有落雨声渐近渐远，我以为是你弯弯曲曲的足音去了又来，来了又去……怕你不来又怕你来，就因为已经错过了你，所以我等你。

坐立终宵，只为整夜听雨声，等你到永远。

心远地也偏

"我心在高原,我心在远方。"
——罗伯特·彭斯

常做"出尘之想"。

把我那点儿家当,在都市的水泥丛林之间挪来挪去,但总有寄人篱下的不自在。古人是"梦里不知身是客",我连做梦,也知身是客。不能指望把家搬到月亮上去,但住到远离城市的山间水湄,做都市的边缘人,还是我够得着的理想。那里,才是我心灵的——原籍。

转过几条被羊齿蕨咬住的小径,就到了尘世尽头。在山山、水水与树树间,芦苇花飞白处,"数椽茅屋和云赁",云一间、水一间、我一间。自题:筑梦屋。

筑梦屋,纯原木结构,四壁由青藤"粉刷"。我和娃走大门,橘猫楚中天则由天窗出入。屋内:明式红木家具。一橱,有商周青铜器二三,明清青花瓷四五,养眼;一几,置古琴,闲来谴情寄兴;一案,小炉线香袅袅,几册靛蓝封皮的诗经庄子唐诗宋词,以甲骨文抄录,线装;秦砖镇纸,汉瓦代砚,墨色常润,供兴时涂鸦;当然少不了箫,紫箫、排箫各一,不吹,挂墙。另有自家织染的手工衣裙、麻质帐褥、粗陶碗碟,若干。

庭院里:栽松插柳种梅养竹植菊。虽爱兰成痴却不必侍兰,在此,我灵魂松软，兰心蕙质，自会——吐气如兰；池塘也不闲置，养荷，单为与周濂溪叙旧；再向林和靖借得仙鹤一群，闲来陪伴散步。至于树与花之间的空白，交由绿草填补，我们有事没事地在它们中间走来走去，像几只羊，被自然放牧着。

水边寒，湿气重，我要赶在冬季来临之前，赶紧给自己和孩子们取个能保暖去湿的名字？女儿圆胖可掬合该叫"小满"；橘猫楚中天总是一惊一乍、自惊自跳，非"惊蛰"莫属；自诩清冷孤傲，就叫"霜降"。四时节气有着土地和民俗的温暖，自我感觉是不动一针一线，就给家人们各加了一件贴身小马甲，省力又讨好。

庭院里的花们总是突然而至地开，我常常被香吓了一大跳。有数的花朵怎么凭空多出了许多？细看之下：浮动的花是蝶，会叫的花是蜂，静止的花才是真的花。我们常常整夜支颐坐等昙花一瓣瓣拆开，若有若无的"扑、扑"声，想必就是古书里记载的"花拆"吧？没出息的"小满"使劲擤着鼻子，色眯眯地腻在五颜六色的野花身上嗅个没完，说野花的脖子香；"惊蛰"玩命地舔着花蕊，说野花的嘴儿甜。像两个心怀叵测的采花大盗。在月亮地里发呆久了，人会不会有幻觉？明明看见：一朵花正在给另一朵花宽衣解带，它们说，就是要把孩子生在野地里。可惜"挽断罗衣留不住"，花终于还是被春天带走了，花去香空。我忙着收拾花尸，风干了用来泡茶酿酒。

幸亏雨不会谢。山里雨多，脾气爽快，说来就到抬脚便走，不粘不滞。当然，雾也多，但雾的生性粘糯，有的季节十天半月都含着我的筑梦屋不肯松口，害我误以为是住在云上，住在天堂。更糟的是穿一袭白纱裙，到雾中去衣袂飘飘，我还真以为自己就是——天使。

做仙风道骨状，却不能不食人间烟火。那就另辟一亩三分地，果腹之用。栽瓜种豆，植粟插禾，不搞"反季节"大棚，全依着果蔬的脾性，一季是一季，一茬接一茬，该谁是谁，绝不含糊。也好老有个盼头。自然是

"草盛豆苗稀"的景气居多。世上无难事，只要肯放弃！那些跟果蝇抢杧果吃的日子不堪回首，抢回来切开全是小蝇幼虫，人也吃不着，虫也吃不爽，人蝇共愤然，之后关于杧果的收成就放弃了。

蓬头垢面睡眼迷离中，惊见前些天种的绿豆芽一不留神几乎长成小树苗：长手长脚的，像是乘船去春游的孩子，挤挤挨挨嘻嘻哈哈，粉色小帽的是女生，脱了一船小绿鞋的当然是男生。人家在种桃种李种春风，我只种了一船小人。

再烧上一壶陈年老白茶，趁茶香还没把我按在椅子上之前，删剪水竹，删下来的三五茎水竹插瓶，观叶；水培小黄姜一盘，等观叶；吃忘了刚发芽的红薯一盘，等观叶。才在院里草草采一把苦菜，就被蚊子团团围住。蚊子再小也是肉，却是吃不得。墙角N年前淘宝淘的所谓"当年结果"的三棵无花果树枝，品种叫"痞子男"，我亲手把它们戳在这里，它们就一直痞子一样站着，既不坐下，也不发言，相当内敛，还死了一棵。直到今年才突然下决心萌出五枚小果。这是懒婆娘亲手在这个院子里唯一的乔木种植，唯二是木槿花，也是几根树枝直接戳进土里就不用操心，开花季节，盆满钵满炒菜炖汤。劳动光荣，劳动致富。

池塘边那棵龙眼树很大但很务虚，好好开花不好好结果，枝叶翻过阳台，把栏杆拍遍。终于某日睡梦中被蜜蜂闹醒，它们打着饱嗝喊我一起来采龙眼蜜，还大方借给我一支吸管嘴。好言好语哄着它们先吃。心头暗喜，唐人"却拥木棉吟丽句，便攀龙眼醉香醪"，指日可期矣。

有朋友送来一大捧水仙花，全是一茎一茎的花，得有数百支，真是奢侈得狠。我上蹿下跳地插瓶蓄水，楼上楼下卧室客厅餐厅都派发一瓶……然后春色无边，妻妾成群。接下来的日子，清晨总是被花香吵醒，神清气朗，一整天又被香吵得一心只想到山野中去，赶紧泡一壶普洱相伴，花和人这才安静下来。

即便隔着土地和露水的距离，也能听到正在院子里东奔西突的"小满"

"惊蛰"身上阳光和皮肤撞击的声音。我则悠闲地坐在台阶上，假装为母则柔地以苏绣的手法，横竖把一块补丁，贴上"小满"棉麻小裤子的膝盖处。

总是不知不觉地就黄昏了，蟋蟀和青蛙的叫声差点把筑梦屋抬起来。幸好收工的我及时赶到，才避免了一场又一场的"颠覆"。更多的时候我们不动烟火，"小满"把头埋在灶前大嚼刚出锅的玉米；我慵懒地坐在门槛上，捧着整张向日葵的脸，嗑得"噼剥"有声；"惊蛰"叼着一只麻雀过来显摆邀功。闲闲散散地看月亮一点一点爬上来又滑下去，人，在一个木质雕花的窗框内静静地睡去，做梦，又醒来……

总算抵达收获季，有着少年时爬树上墙的本领垫底，利落登上三米高梯采龙眼，不负白露不负秋。"小满"怕脏脚，宁看芒果台"好声音"不事蚕桑；"惊蛰"怕湿毛，屋里吃鱼打滚舔爪呼噜。儿女双全，一白一黄，福慧双修。花开花的，猫睡猫的，白露白着白露的。

天空一天比一天高起来。小小秋收之后，最后一滴秋水也就成冰了。果然，那天早晨一推门，就被雪，白了一个趔趄。招呼怕冷的"惊蛰"回屋，贪玩的"小满"坚持要留下来看雪，只好由她去。我在院里捡还没被他们脚印"染指"的雪舀上一大瓷盆。

没有花草的日子，我们就这些雪了。

整个冬季，就靠它煮茶、温酒、炖枣、研墨，还可醮着嚼书。如此餐冰饮雪，"小满"想不"冰雪聪明"，也难。雪夜品茗之乐，丝毫不比"闭门读禁书"逊色，茶在雪天格外香人，一口比一口勾魂。与"小满""惊蛰"，围炉烤土豆操琴。这样的日子，花若有识，花也清雅；猫若有知，猫也高兴。

《菜根谭》里说："浓肥辛甘非真味，真味只是淡；神奇卓异非至人，至人只是常。"深合我意。平生胸无大志，拙于世事，独爱大自然和"好花无色，真水无香"的空灵、清淡的境界：馋时，"石鼎烹来紫笋芽"；懒时，"瑶琴不理抛书卧"；雅时，"共山僧野叟闲吟和"；眠时，"高枕上梦随蝶去了"……

往日梦醒蝶亡，红尘依旧，心中怅然不已。如今梦醒边缘，蝶语翩翩、花鸟为邻。"小隐隐于野"，心远地也偏。况且，就是地不偏，心也要远。心中有诗，种菜即种花，养猫即养心。

况且人的生命就像一道薄风，我就要把它刮到——最想停留的地方。

昨天的面孔

我一下子被扔到了几百乃至几千年前。

面对福州三坊七巷闽都民俗文化大观园里的近万件藏品，一时有些不知所措。这些藏品的内容涉及衣、食、住、行、渔、樵、耕、读、婚、育、葬、喜、医、礼、娱、庆等，几乎涵盖福州地域文化的方方面面，正是福州千年民俗的缩影。在这里，光用眼睛是不够的。

在门前初见馆主鲍先生：长身玉立，容颜清癯，神情散淡，有些发"蔫"。一进馆来便判若两人，双眼炯炯放光，整个人立刻"鲜活"起来。每介绍一件藏品，必温柔抚摸之，继而不胜感慨地摇摇头，叹一口气。如此一路摸来，叹气连连。看来爱到极致，只能词穷。日久或可将石头摸成钻石，木头则温润如玉。"如若收藏木乃伊，我也能把他摸活了。"这使我突然怀疑他看我也用了看古董的眼神：够不够老？官窑民窑？品相如何？有无地气人气？

他说"要时常摸摸它们，要用爱的眼光凝视它们，要用心和它们交流"（这些我曾在育儿的书上看到）。一如好玉需要人气久养，鲍国忠的确在用自己全部的精气神直至倾囊，盘玩滋养着福州逝去的民俗文化。

鲍先生此前还创办了另外一座博物馆——读一民间珍藏馆，那是省内首家民间博物馆，曾经名噪一时，如今的大观园其实是"读一"在南后街的分馆。里面陈列的是鲍先生收藏的福建民俗器物。"福州的文化底蕴在三坊七巷，而民俗博物馆则是传统文化重要的窗口，福州的四大传统文化品牌——昙石山文化、寿山石文化、船政文化、三坊七巷文化，在这座大观园中都能找到对应的历史实物。"先生不无自豪地说。

这几千件十几个专题的展品，几乎每组都是一部书，都值得人们用心去读，本身就是一种创作。可见收藏是一件事，融入收藏者独特的文化理解又是一件事。其中，有一组体现古代读书求仕的器物颇具声色：描金的木刻书箱、蠹蚀的四书五经、尖顶的清代官帽、铁黑的桐油壁灯、朱漆的四方米斗、精巧的女子妆奁、吉祥的雕花窗板……这些看似互不相干的器物之所以成为书房或私塾的摆设，原来隐喻着书中自有——颜如玉、千钟粟、黄金屋的封建励志古训。以如此直观化的方式把荣华富贵展开，以显现远去的仕途图景，劝谕古代万千学子悬梁刺股，可谓用心良苦。

随即，他又面容一肃："无论如何，我们都应该向这些先民的遗物致敬。民俗文化是人类社会的深层文化，民俗实物是体现民俗文化最直观的载体。这是历史的根脉和上游，我们不能让它断根绝流。文化传统必须建立在传统文化的根基之上。这些逝去的文化遗存，保留着千秋万代永远不可丢失的民族情感和智慧信息。"无疑，他对传统精粹选择仰视的角度，这些东西在他心里的高度究竟有多高？没有人能——够得着。

我终于被满院子的藏品给"剜"出来了。他和它们才是一体。他们相互惦念，彼此拥有，拥有是一个天堂。

遥遥回望，馆主和他的闽都民俗文化大观园貌似有些寂寥。尤其隔着黄昏，又隔着这样的细雨。但他还在都市中心百转千回地疼惜着他的宝贝。这才知道什么叫——爱到骨头里。

大多数收藏者是爱这些东西本身。

鲍先生是爱这些东西背后藏着的东西。

他是真心爱这个世界的人。

小轩窗，正梳妆

> 十年生死两茫茫，不思量，自难忘。
> 千里孤坟，无处话凄凉。
> 纵使相逢应不识，尘满面，鬓如霜。
> 夜来幽梦忽还乡，小轩窗，正梳妆。
> 相顾无言，唯有泪千行。
> 料得年年肠断处，明月夜，短松岗。
> ——《江城子》（宋·苏轼）

泥金小笺。还散着墨香，用小篆。

你将赴酒约而去？你将践情约而来？

门，虚掩。就那扇你梦中乡土的小南门，就那页你魂牵魄萦的小轩窗。

一抹素唇，等谁点？一支钗头凤，等谁来簪？妆，在成与未成之际；鬓，在挽与不挽之间。你，就是那唯一被等待的人。小心，屋角才漏过雨，地上还是湿的，滑。那次不是滑倒，蹭破了膝。乡间小道百年依旧，记忆也寻了旧路而来。老屋久不住，人气淡，霉气便重了。就这湿湿的气味能让往昔的日子一半雾遮、一半露埋地在黑暗里回到你我的眼前。我选择夜，且邀了松间明月。单为这一个夜晚，我整整郁积了十年的相思啊。

十年生死两茫茫。千里孤坟，今宵我要与你话凄凉。

咱芭蕉院落的蔷薇开未开？蜂蝶来未来？那年你诳我有客来，我忙忙迎出庭院，却是一群蝶儿来戏花。我半嗔半怨，你却说：蔷薇是我，我是蔷薇，淡脂薄粉自有颜色。如今蝶花依旧，人已不在。

独卧短松岗，憔悴有谁怜？更猜想晨起的你，与谁，画眉？花月满眼，红颜知己有几人？可有抚琴的素衣、拭泪的翠袖、剪烛把盏的红酥手？你还是那样贪杯吗？单衣试酒的你，不可久坐风檐，该虚虚地披上我缀补过的那件赭色夹袍。而每逢玉臂又觉清寒时节，你可知霜降后我一人独立的寒凉……你依旧那般布袍宽风、白云两袖，一派"小舟从此逝，江海寄余生"的超然襟怀吗？贬谪又贬谪之后，子瞻，你可还有度日的碎银？你新填的词依然气势沉雄、豪放不羁，我却读出了一些痛楚，那是因为我的离去？多情去后香留枕，好梦回时冷透衾，空一缕余香在此，空一处隐痛难愈。这是怎样的一种不舍呀！人说："此心安处是吾乡。"而我是这样地惦着你，此心难安而成漂泊的孤魂。

无论你在哪里，我都可以望见你。

明月夜，短松岗，纵使相逢怎不识？

你还是这样鹤骨清癯，可因相思瘦？你怎的一日就老了？可不是吗，离别时，中年已过。屈指数春来，弹指惊春去，桃花总要流成水。美的是斜阳，老的是朱颜，不变的是海誓的唇角、金石的心灵。你始终是我千年又千年的春闺梦里人。

自别后，盼相逢，几回魂梦与君同。十年一约小轩窗，我水远山遥地来会你。寸寸柔肠寸断，盈盈粉泪盈含。你把一双汉玉镯套在我腕上，我剪下一缕青丝拢入你袍袖。还有一些什么，你是不能说的。你我知道，春天知道，春天夜的梦中人知道。

不思量，自难忘，千里孤坟不凄凉。有盟约在，我会每日挽上红草篮，漫山采集蔷薇花，用花瓣铺满我们来世的新婚床。

凡尘与仙界之间，不就只隔着一扇小轩窗？前世，与你有约；今世，与你相守；来世，有你可待。小轩窗，正梳妆。

长亭外，古道边

一次小别，就是一次小小的死亡。

但在列车以无数节分载的小死亡中重生的，是对人生相聚无比的珍视。

一对情侣好得要化作蝴蝶与花香，但再亲密的缠绵，也还有着令人措手不及的疏离与冷峻。在年少春衫薄的钻石年华，总以为有挥霍不完的感情而不加珍惜。这时候，插足一个"远"字，介入一小段离别，拉开一点距离，这才得以品味相思、懂得相思、珍惜相思，才知拥有的可贵，爱才天长地久。若小别后仍不知珍视，这段情也便不足惜，不妨把小别改为永别。

古人知己送别十里长亭，纵是到了霸陵，折柳再折柳，不舍与伤别始终不能改变。这才顿悟不同空间的相知与长相忆，终是不及长相聚的可贵。痛定思痛，唯有吟诗作赋，慰人慰己，留下千古名篇。

人生处处布满驿站，或长分离，或小分别，一个不经意的挥手，就与曾经拥有的时光遂成两岸，或喜或悲都有一份情感的折磨。

但小别不是失去，不是单程车票，只是一种心理状态。

假如你天天凝视的爱人突然要远离数日。

倘若你日日相守的爱人，突然从生活中抽离一些日子。

他的眉目一如画像，暂时只能挂在你的记忆中，可望而不可即，可感而不可触。这时候，相守时细细碎碎的摩擦与怨责烟消云散，一切不可忍受的都忍受了，一切不可宽容的都宽容了，只剩下两个字——思念。

你会不自觉地用一截空白筑起别后的晨昏，心头只悬着一个远行的人；你的日子变得窄窄的、小小的，仅仅容纳得下对一个人的相思。

这种相思很不好受。难怪古人在荒野里行走时会大叹："只道那情爱之深无边无际，未料这离别之苦苦比天高。"

忐忑不安、六神无主、魂牵梦萦。又由于重逢的日子屈指可数，心里充满一阵又一阵不知如何是好的快感。这种忽痛忽快、又甜又苦的感觉像极了一颗青橄榄在口，正是一种苦涩的清香、痛苦的甜蜜。

只好把情话攒在心中，心就成了美丽的情书，这种感情的投资与积蓄，加深了爱情的浓度，反使日日相依相偎的九曲回肠抵不过小别重逢特有的甜蜜。

这种思念，一如太阳隐在白云之中，即使看不见，大地仍是非常明亮的。对于所爱的人，不管他离得多么远，我们的思念永远不会失去。

因此，我们感谢小别，它那种让人难以尽言尽意的距离之美，使经历过它的人，深切体悟聚首的精义与生命的丰盈。使我们不再感叹自己奢求不到的，而忘了去热爱身边原本拥有的。

聚散都是有缘，人生只散不聚，未免过于冷酷；若只聚不散，又未免单调乏味。正如人生若一世无悲无喜，恐怕不够深刻，不够多姿多彩。

感谢小别。

语言的尽头

把眼睛听成四季

语言的尽头是音乐表现的地方。

这里没有古今、没有中外，不宜辩理、不宜读史。

东方或西方是抽象的概念，过去、现在、未来，只是浮面的划分。

音乐无国界，也不论种族肤色语种贫富。谁都可以在这隐形磁场内，找到一把感觉的椅子就座。

再没有什么比在微雨的夜里，点一炷香，斜倚松软的被垛听音乐的境界，更美更诗的了。这一刻，心凝形释，眼睛滞留在一片散光的境域里，而心神在排箫竖笛小提琴萨克斯管钢琴的手指间得到抚慰。恬适与温柔自头顶一直蔓延到十个指尖。这一刻，要轻轻闭合双眼，让周身的小千孔睁大千万只灵目，让音阶切分感情的高低音域，调整心灵节奏的变调和唱走了音的那一根神经纤维，直到走向有形的惬意音符。

听听江南丝竹《小霓裳》，那轻盈而悠扬的碰铃与大鼓轻轻点奏，使我找到通往幻境月宫的缝隙与斜梯。正是"小垂手后柳无力，斜曳裾时云欲生"的场景，唐明皇虽死，却有死不去的"此恨绵绵无绝期"。

听古琵琶曲《十面埋伏》只感到有一种水在皮肤下窜流，金声、鼓声、剑声、弩声、楚歌声、长啸声、别姬声、自刎声，美感与痛感、凄凉与悲怆交织心头。

莫扎特把《命运》之手自神秘的一点伸过来，使我们看清了许多东西，却看不清更多的东西，只感到一种生命深处的震动与冲击。我被震得粉碎，迸裂在空气里，四处飘散。

贝多芬的感情太尖锐，他的音符会透视人。他在《致艾丽丝》里絮叨耳语，把艾丽丝的一个轻颦、一个浅笑、一个顾盼、一个小小的温存，都表现得沁人肺腑、玲珑剔透。使这钢琴小品，曼妙如一道小木桥以及正在过桥的轻柔的雾。

约翰·斯特劳斯则以《蓝色多瑙河》之水滋润着我每一个干渴的细胞，溅几滴凉凉的水迹在腕际，竟是有颜色的。却不知这一河蓝意，能否锁住整个欧洲的忧郁。

钢琴变奏曲《少女的祈祷》，让我听到季节的风隐隐走过，林间的百合升入空中，一撇雨虹欲言又止，一颗苹果带笑滑落。自信的巴捷夫斯卡，只用了几个分解和弦几个八度的连续上扬，就完成了一个少女美丽的祈祷。莫非一切先有默契，不再多言？

舒伯特以《未完成的交响曲》把人心悬了几个世纪。黄昏听来，总像有某人在篱外停留，暗自惊心。

《悲叹小夜曲》即使只能放在暗夜里，它的精神线条，仍让人眼睛一亮。从托塞里衣袖掉出一枚叹息，如泪如血，是关于谁的呢？爱情躲藏在风里不定方向，微妙的感情信息，却由巷子的这一头传递到那一头……

让古典派古典着抽象与意象。

让浪漫派浪漫着形在形外、神以神聚。

让现代派现代着三重世界、四度空间。

让未来派未来着无形乃万态之极、无声乃万籁之极。

音乐，那么多神奇的阶梯上上下下：长短方圆高低远近粗细厚薄轻重明暗曲直软硬冷热枯湿，它以通感把我的眼睛听成四季，把我的耳朵望成八方，把我的感觉——在这个世纪这个季节，唯音乐能令我忘却自己。

我的四月天·她的五月天

1

在这个十月天的雨夜,楚儿同学正在五月天巡回演唱会现场 HIGH(台湾一个歌唱组合,歌词和旋律有些情怀,青春和友情是主调)。早在七月就在网上秒抢了票,倒计时到今夜,这只小迷妹终于可以混在几万"五迷"中,从开场到终场淋着雨挥舞蓝色荧光棒全程大合唱、哭哭笑笑……"人不痴情枉少年"文化化人,艺术养心,挺好!

00 后的青春跟我 20 世纪"人间四月天"的青春肯定是不一样的,追星也是青春的一部分,正如五月天的歌《有些事现在不做一辈子都不会做了》。我该做的是驱车二十多公里把她送到青春的入口处,自动止步,返回。等到四个小时之后的零点,再揣上一壶姜枣茶,驱车二十多公里,把她从梦境拽回现实。这种宠溺,妈妈给得起,你说还要一颗星星玩吗?老妈这就去搬梯子。

2

人忙脾气大,猫小杂毛多,周末必须游手好闲。

于是娃这个"五迷"又要在这八月天听五月天的演唱会,老麻麻趁乱同行,夜逛泉州老街,吃吃小吃、喝喝小饮,撑得扶墙而行仍能以甜品重启第二个胃,并灌缝。各发各呆,各乐其乐……

行走的 CD

昨夜，被家里的高三狗带去追星，听林俊杰《圣所2·0》世界巡回演唱会。因为是内地最终场，整整唱足三十首，不愧为华语流行乐坛的顶尖歌手，被誉为"行走的CD"。何炅曾说"林俊杰是我见过的唱功最好的歌手"，周杰伦说"听林俊杰唱歌，我才知道我唱歌只是在背书，还口齿不清"。

草莓音乐节

台上闹，台下热，我脆弱的小心脏快被音乐震碎了。大暑天被楚儿扯到厦门参加草莓音乐节，一起听歌并追"苏打绿"组合的吴青峰。她说一个人一生一定要到音乐节狂欢一下，所以必须给楚楚这个老学生补课。她以为把我带到年轻人中间，就能让老妈节节败退的发际线止步。

水流众生

一次听足二十四首仙乐，是一种奢侈！现场感真是相当震撼！李健福州演唱会，李健的演绎，向内、走心，每一字都唱出细微的体悟。他的音乐，不仅有化技术为无形的声音外在，更有着经历与底蕴的内在支撑。让人外在能听到生活的温暖、美若黎明；内在却如广阔的深海，看得到沧海轻舟、水流众生……

草言草语，一生寒瘦

1

吾一友，一如他的名字"永仙"，过着"席芳草、览卉木、观鱼鸟"的神仙般的快活日子，乃侍菖蒲之高人。今又怀抱菖蒲施施然而来，嘱：琴案一盆，办公室一盆。面对它俩高古游丝一样瘦弱的身体，我心大怯，气不敢出。高人面授机宜如此这般，他以为把妙玉送进了栊翠庵。然，此前相赠的两盆已悉数香消玉殒矣。不是不倾心，浇水多了撑死了，浇水少了渴死了。我与菖蒲缘薄至此。想来我便是古人说的那种月下把火、苔上铺席、牛嚼牡丹、焚琴煮鹤的败兴之人。

2

有斜阳的午后，一人独对一盆瘦草，你看我，我看你。

它们名叫：虎须、金凤凰、黄金姬、香茅、胧月。自从朋友无视我这"菖蒲杀手"身背的无数条草命，再次把它们端到我办公桌上半月余，我是小心又小心，一如对待绛珠仙草，除了给它们喝水喝茶喝米汤，还给它们喝一点风、剪一点毛、说一点话。但它们还是"为伊消得人憔悴"，日见面黄肌瘦，辟谷一样仙得快要飞走了。草犹如此，人何以堪？

拈花惹草

现代人可乐之事，说多不多，说少也不少。

全看你是蛰伏家居，怨天尤人，让本就稀薄的闲情逸致磨蚀殆尽，还是心中揣一段对世界的阅读兴致，去发现美丽、收存情趣、创造浪漫。

对生活有心有爱，还怕生活中无情无趣？

我的筑梦屋依山而卧，那小山是我"朋友"的家，我常常去串门找乐子。

那里是我家的花园。

所有的野花都是我的红粉知己。白山茶是月亮的复制品，又清又远，很脱俗很出世的样子。木棉完全是男子汉慷慨从容的心情，坠地有声，声音里都是男性的阳刚气息。孤挺花，一枝独秀，不知清高些什么。酢浆草总是举着它粉红色的小杯盏，小鼻小眼小朵朵，正是娇俏的小家子气，有着亲切朴素的美。野蔷薇热衷模仿文明，不像木棉那么粗声嘎气。百合最会卖弄风情，老闪着它好看的纤腰，叫人忍不住要去相亲。至于那些叫不出名字的小草花，藏身路旁，忽隐忽现，像是街上不经意遇见的微笑，没法不让人心头一暖又一暖。

那里是我家的果园。

我那些山里的朋友，对我把每颗野果"哈"上一口气才敢入口的行径，很不以为然。待各种野果把我的嘴巴开成五颜六色的染坊之后，这才觉察山下已是炊烟时分。满腹而归还不忘了满载而归，山桃野杏酸梅涩枣揣它满怀，这才算理解了"贪婪"一词的真正含义。

那里是我家的植物园。

那些狗尾草。管芒花简直就是我满山播种的浪漫细节，需要了，随时去采两茎、掐一把。狗尾巴草毛茸茸的，需得一大束，插在矮矮胖胖、憨态可掬的粗陶钵子里，益发显得灵秀纤巧。而这种鲜明对比的搭配，像一则小幽默，让人忍俊不禁，瞥一眼就开心。管芒花只可三两茎，瘦瘦长长地立在青花瓷瓶里，像弱不禁风的宫廷侍女，叫人我见犹怜。

小草算得上热爱音乐的家族，每时每刻都一句一句地轮流起立，在大联唱。风来的时候，还即兴跳起摇滚和霹雳舞。

野藤很依人，我看见它不看见它，它都在招手，像牵绊像挥别像等待。等我一握住它小小的手，它的小小世界就都交给了我。原来它对红尘向往之至，我便遂了它心愿牵它回筑梦屋，从妆镜顶端一直垂到地毯上，有朋友来闲聊，它也参加一份，渐渐地也就入世了。

树是山里永葆青春的小伙子，一到春天，爆出枝头的芽苞，像青春痘一样，硬是逼着其他物种，产生微痒微痛的青春感。也提醒筑梦屋主快快回到烟火人间，享用所剩无几的青春。

那里是我家的动物园。

说来沮丧，别说山中无老虎，连勉强沾上动物边缘的山鸡野兔，也没见过。只好用畚箕在涧水里捞几尾小鱼小虾什么的，放在玻璃瓶里的那种欢欣，远不是买热带鱼，娇生惯养在鱼缸里的雅兴可以比拟的。

山里也有噪音，那是各种鸟雀昆虫的叫声，但奇怪的是它们越叫，山越静。这时候，看一眼山下的腾跃喧嚷，心就闲下来。

山里也有坏人，它叫"蒲公英"。又小又刁钻，最最沾惹不起。稍不留神惹恼了它，它就四处散布灰白色的流言蜚语，追都追不回来。担心它们的小谣言坏了我的名节，以至山里的朋友不肯再来筑梦屋做客。

说到做客，属这些朋友最不见外。说来就来说走就走，当吃则吃当宿则宿，很有宾至如归的味道。蝴蝶、蜜蜂、知了、金盆子、飞蛾、萤火虫，这是我知道来过的，还有来过却没打照面的，只是来探探我是否搬家，就放心走了。各式各样的小留言上说：得空再来访。它们如此信赖我，因为知道我不会为了独占它们的美，而把它们活活钉死在墙上，压死在书里，扣死在笼中。我知道它们有感觉，会痛会流血会因没有自由抑郁而死。

大自然才是我的最爱，也是我爱得起的。爱它们不需要金钱与地位，只要爱心与真诚。这个，我有！

在我眼中，确切地说是在我心中，山不是山，水不是水，全都是有血有肉有情有觉的生灵，不能对话也自有心契。

在我的审美观里，世上最美的绢花、塑料花不及自然界最丑最不起眼的小草花之美。因为小草花有属于它自己的生命与世界。假花那种永不凋谢的面孔，假模假样地令人厌恶。纵是万紫千红，唯缺那一袭生意，就成庸姿俗粉俗不可耐。

至于花店里的鲜花，已是苟延残喘的濒死生命，经过精心修剪、精致包装，像穿了制服，让人觉得肃杀，只有敬而远之。况且它的娇气与昂贵，让人买回家去，不知该怎样惴惴不安地捧牢它奄奄一息的生命，等于高价买回了患得患失的忧虑，万一弄死又添一层犯罪感。

我以为：一串野花缀成的项链比金银珠宝更有情趣；一颗干松果放在书架上，要比精品屋买来的精品更有品位；一张贴一枚圣诞红叶片的厚纸，再亲笔写一句心里的话，比市面上千人一面、印刷字体的贺卡，不知要多出多少人情味儿；一株从山里移植来的藤蔓，看它一小节一小节从书橱顶上慢慢长下来，比装饰满屋塑料葡萄，更有成就感；一个从山中拾回的天然树根，表皮斑驳龟裂，自有沧桑的质感，比精雕细刻、过于逼真、油头粉面的根雕造型，更富有想象的空间与自然的野趣。

我至今也弄不明白，究竟是什么让我运气好成这样子。仅仅是傍山而居,就摇身一变,成了大庄园主。拥有花园、果园、植物园、动物园、游乐园。我成了精神上的百万富翁,有相知的朋友、和睦的芳邻以及满满一心的山情野趣。

我还要怎样更好的世界?

买不得天样纸

情　书

思念总在分手后开始。

热恋中的情人哪怕仅仅离别一分一秒，便已攒下了千言万语。我想，情书定是信的鼻祖，而信也便成了充满感情的尤物。

古人早有"不是无情思，绕青江，买不得天样纸"之句，似乎是在向情人解释别后没写信的理由。其实，一份真爱是无须非用"天样纸"来写的，他担心的分明是这"剪不断理还乱"的情愫诉诸红笺，都是些乱糟糟的情绪，诉不尽、写还乱，那何不以情诗代情，也还是一封情书，要的或者就是那份情趣。台湾散文家王鼎钧说得更精彩："写信是温柔的艺术，只有情书才配得起这大号。"

小说中的发生有可能是别人，而情书的当事人，恐怕只能是自己。写自己心灵的语言，情动于中发而为文，激情点燃灵感，有如电光火石，更可能撞击出炫目的火花。有许多传世的扣人心弦的文学精品，就是从情书中走来的。

或思必远方的情人，鱼雁往来，"欲寄彩笺兼尺素，山长水阔知何处"；或投石问路，表白自己的绯红心事。或者仅只是要写千百遍那个名字，只是写个又俗又古老又年轻的短句。况且，人生有许多事是不能与别人分享或分担的，无论怎样的烦恼，只能独自拥有。与其把单恋的烦恼藏在口袋里，独受煎熬，何不把它写出来？就算你的声音永远没有回应，至少你隐秘的情爱暂时得到安置与纾解，至少当你走到生命尽头的那一刻，你可能只有惋惜没有悔恨。

法国启蒙运动思想家伏尔泰说"书信是生命的安慰"，更何况柔情万种的情书，更是一种暖心的安慰。

遗憾的是，在电话和网络文明侵袭之下，书信，这项古老的沟通方式已日渐式微。电话或电邮、QQ或微信固然传递迅速，但比起书信的回味空间，就逊色多了。情书的那一份小情小趣，更是现代通信工具所望尘莫及的。

试想，一个寻常的静夜，或者还有微雨，一支笔、几张信笺、一种纯然的心境、一份缥缥缈缈的温柔和令人沉迷的精神恍惚……整个写情书的过程，将会是怎样一种难以言传的享受呢？

情　话

不要说此时无声胜有声，不要说沉默是最好的承诺。

心理学家认定：女人是用耳朵来爱的。男人又何尝不是？恋爱中的耳朵，就只是为情话而生的。

一位女诗人在病中写下："怎么知道我还能支撑多久？/怎么知道这一次不是最后？/托住我，如果你舍不得我/请对我说一句真诚的话/一句一辈子只能说一遍的话/一句只有我才明白的话。"

就算人到了生命的最后一刻，要的不过是一句情话而已！

有时候，一句话，就能带人到另一个世界，在那里感受春天、感受温暖、感受小醺；有时候，片言只语，也能让人舒适到心口发软的程度。那是爱情在钝钝地磨蚀着心脏最柔软的部分，而恬适的感觉却是不尽的……

只要心中有真情真爱，我们何必吝惜在爱人耳边情话绵绵呢？让我们在有情的世界里说情话：我在我心灵深处发音——握住你心灵的手。

花朵听了情话会变成蝴蝶，石头听了情话会变成钻石。

爱你所爱的人间

浮在河面上的一双眼睛仍炯炯然

望向一条青石小径

水来,我在水中等你

火来,我在灰烬中等你

台湾诗人洛夫,就是以这样感性得令人泫然欲泣的诗句,把一个古老又古老的爱情传奇,鲜活地再现于我们面前。

就是那一句话:问世间情为何物,直教人生死相许!

可是,有人说,这个世界已经情息虑淡,现代人的爱早已圆寂,只因太爱自己,所以爱人不起。

不管旁人怎么说,我们明明看到哀艳凄婉的玫瑰情事,不断在你我周围发生;明明听到流行歌曲在热闹地唱着《明天你是否依然爱我》《让我一次爱个够》《我是个需要很多爱的人》;明明深切地感悟到情感生活是精神生活中最昂贵的部分。因此,我们仍有足够的理由相信:红尘依旧有爱,只是时常被忙碌与疲乏替代。我们需要做的,是敲醒渐趋麻木的神经,拂拭那迷蒙已久的动容。尽管,恋爱的方式在变、分手的理由在变、婚姻的观念在变,但我们要说——红尘有爱,千古如一!

爱情,不管它在哪里,不管它在什么时候,都是人类生活的永恒主题,最古老而又最新鲜的话题，骚人墨客讴歌吟咏的对象。人类从某种意义上来说，也便是为爱诞生、为情延续。爱情故事在天荒地老中不断重演，无论是初恋、单恋、热恋、失恋，无论是"过去式""现在进行式""现在完成式""将来式"，无论是圆满的、残缺的、幸福的、挫败的，它都是那样奇妙。那样锥心刺骨，那样紧紧地扣在人心弦上。它正是以这万般姿态的展示将人生妆点出千种风情，为枯淡的人生镶上滚烫的光晕，充分延展出生命相互拥抱、旋转的景观。

不必讳言，我们只有一次生与死的机会。既然我们已经选择了从俗，就应该对生活真诚地投入、真诚地付出，不让有限的一生与爱情错肩而过，不让青春留白。那种五色皆空、六根清净、七情寡淡的道行，不是我们常人的境界。我们甘心有所牵挂、有所羁绊；我们情愿重蹈前人的情感轨迹，任是酸甜苦辣，都要亲尝。毕竟我们是凡人，我们无法避免。

至于那些因种种原因而没有勇气坦然面对自己感情的人，以种种借口始终徘徊在爱情世界的边缘冷眼旁观的人，我们有理由轻视他，因为他是不完整的人。

密茨凯维支说："不幸者是一个人能够爱却得不到爱的温存，更不幸的是不能够爱什么的人，最不幸者是一个人没有争取幸福的决心。"

醉过方知酒浓，爱过方知情重。一个没有爱过没有被爱过的人，他的生命是一页空白。而一个真正爱过的人，他的生命是充实圆满、无怨无悔的。

其实你不懂我的心

或许这样的感觉你也曾拥有。
或许你也曾听过或经历过类似的故事。
豆蔻少女的痴迷，纯情少男的忧郁，维特的烦恼岂止在书架上？那小小的年轻的心是玻璃做的，易感、易醉，当然也是易碎的。

我说青春并不是人生当中的一段时期，而是一种心理状态。青春年少的你，第一笔触的情感轻墨将润出些什么？

也许你偷偷爱着隔壁班的女生，却不敢对她说，只会独自发呆；也许你突然收到一封未署名的求爱信而惊慌失措，暗暗猜遍所认识的每个男人；也许你悄悄地在心中不断更换"白马王子"——哥哥的同学、好莱坞影星，生病的时候，则渴望有一个当医生的爱人。更多的也许，是你深深地爱上了你的老师，你不知道那是不是爱情，当时因为小，无法对自己说清楚那番因由，但那份痴迷，却是记得的。

其实，只要轻轻回头，有多少人有过恋慕老师的情结。对异性老师的爱慕是青春期对优秀异性的向往，由于教育与环境的限制，便将感情寄托在最易接触到已被想象美化了的老师身上。这实质上大多是一种假爱情，是人格成长时，需要情感的依赖而假借爱情的名义进行，只是要体会被喜欢或喜欢对方的感觉。这种全然不被了解的暗恋孤寂中，有几分莫名的痛苦，但也颇有几分自怜的快慰，这就平衡和宣泄了这种嫩嫩的纯情。只是一种欲萌而未发、将开而未启的混沌之终与恋慕之初。然而大美亦存于斯——瞬间即在永恒。

只要水流过就有痕迹，当时的刻骨铭心有的成为日后的云淡风轻，有的仍有着至今犹不能忘的憾失，仍时常被一些早殇的情绪刺痛，成为回忆中不能更动的风景，生命中永远的缺口。

初恋，淡雅而纤弱，像烟云的呓语，也像梦境的叹息。但更多的时候它像生命中的一枚青果，以不成熟的酸涩，悬结在最低的枝头。

好在我们知道：少年情怀总是诗！

人不痴情枉少年！

问世间情为何物

恋爱中的人很少是活在人间的，他们常常会用整个青春为爱情殉葬，但，世间又有几人能道出爱的真谛、情的本质？

到底哪些承诺只需一笑置之，哪些盟约必须固守三世？为什么不愿失去的总落得一无所有，渴望得到的却又遥不可及？《圣经》哥林多前书明白地告诉我们"爱的本质是恒久的忍耐，加上恩慈"，而《情爱论》译序中说："爱情，大抵已是人类世界所残存的奇魅现象中，最后一项尚未被完全揭明的奥秘了。"再次让我们坠入困惑。两性哲学，确是世间最繁复的问题，而两个人之间的距离，最短，也最长。

如此看来，爱与情是一个高贵的抽象名词，必须有真实的行为配合表现出来。而爱情的真谛始终如一，在不同的演奏者诠释之下演绎出千变万化的身姿。它没有所谓的理智与知性可解，它本身即是在超越于理性的范畴里，超脱于一般的逻辑与价值判断，一切得失，或情深缘浅，或情深缘深，它就是如此无常。如同一朵昙花的兴衰，没有什么可以说明这种无常。缘起缘灭、悲喜嗔痴、爱恨无尤；如同一只水果，非得自己亲尝，咬一口有一口的滋味，各人有各人独到的领略，也如人饮水，冷暖自知。体会之处，恰如佛家偈语——不可说。

爱是什么？世上所有聪明人加在一起，也无法向一个感受不到爱情的人说明它是什么，而它对于感受到爱情的人，又不需要任何一个字来说明。

据说精神科医生最常说的一句话："闭上眼睛，我问你……"我们若也能闭上眼睛，问问自己的感觉，是否已体悟了爱在生命中的精义，是否已有了自己的颖悟。然后我们胸有成竹他说：爱就是爱，情就是情，此外，它什么也不是。

但有一点可以断定：爱情，是一则永远也说不完的美丽！

此爱绵绵无绝期

有时候,爱情始终流浪在这个渡口和下一个渡口之间,而寻不到温暖的港湾。如果你不认真选择停泊的地方,最后你到的常常是你最不想去的地方。

茫茫人海,总有一个人是冲着你才做女人的,而你来到这个世间,也只是为了遇见她,这就叫缘分了。你们早已在千年万年前有约,今世到凡尘来结一段缘。于是,在一种眩晕的气氛下,欣喜地允诺一生,携手步向红毯的那一端,然后去共同面对那不可测知的雨雪风霜。红绳系足,开始了一生一世的牵累。

原来悬在半空中的恋爱被拉到地上来,而瓶中的鲜花要根植到泥土中。要爱得持久、爱得永恒,不能单靠梦幻中或情书上,花前月下那些柔情细语来维系。

几乎所有的童话故事,都以"从此王子和公主过着幸福、快乐的日子"结束,而不用去碰触婚姻这道难题。但生命舞台上,当你是主角时,你就不能就此打住。

相爱容易相属难?

婚姻是不是恋爱的坟墓?

婚姻像围城,外面的想进来,里面的想出去?

要爱就别怕修正自己,我们何不先从心理上建设自己?成就一段好的婚姻关系之后,人会变得温柔圆熟,心存感激。婚姻能够使人在思想及心理上成熟,原因也在于此。要修得神仙眷属,当做得柴米夫妻。我以为,若能成为对方生活中的人,而不仅是生命中的人,该是婚姻的最高境界。

还记得小时候看过的外国电影里的一幕:一对年少夫妻,妻子夜半咳嗽不止,丈夫起身冲一杯热牛奶端到床前,妻子热泪盈眶,观众一片哄笑,觉得这女人未免夸张，也忒小题大做了。穿过时光的隧道，这对小夫妻已是鬓发苍苍，一样的场景，一样的缘由，当老人颤巍巍地把一杯热牛奶一匙匙喂给妻子，未等老太太泪湿，满场已是一片唏嘘慨叹，多少女人湿了手帕，多少男人深深动容。

平素在公园，时常看到年轻恋人相依相偎，视若无睹，偶尔遇到一对老夫老妻相互搀扶着，蹒跚而行，心中总有一份端肃的感动，羡慕得只想掉泪。那一种黄昏之恋透射出来的安详之光，那种"执子之手，与子偕老"的温柔意境，实在令人看得不忍眨眼。这才知道真正的爱情耐得住最仔细的吟读，而恋爱中的人确确实实是无年龄的，即使老态龙钟，他们仍给人一种感觉——无限。

结婚未必是恋爱的坟墓，也许正是让爱升华为永恒的阶梯。

这是一个多么好多么好的烟火人间，人间有情、世间有爱，我们心头有血、胸中有梦，我们才思有所系、心有所念。结合了灵性与肉体，交织了美感与悲剧的爱情，仍然是你我生命中无比真切的召唤。这个世界若没有了爱情，该是多么寂寞。

让我们每个人都有勇气大声向世界宣告：爱我所爱，无怨无悔！

让我们再来读一首滚烫的情诗：

情人的血特别红，可以染冰岛成为玫瑰
情人的眼因过度的仰望而变蓝
因无止境的流泪而更咸，而更咸，比死海更咸……

淡墨轻衫染趁时

再没有心肝的女子，说起她去年那
件织锦缎夹袍的时候，也是一往情深的。
——张爱玲《更衣记》

服装的骨子里，必是风神秀朗的男子，要不怎会让女人如此牵肠挂肚？

服装也是每个人随身携带的栖身之所。它以沉默发声，人以心灵感应。各人找到适合自己的衣服住在里面。人就找到了贴身的住房，衣服也找到了自己的房客。

一直不能喜欢流行时尚那一派世事洞明、人情练达，不拒绝所有人又能讨好所有人的样子。今朝港台潮流，明日欧陆风情，后天韩风日雨。既无历史渊源，也无文化底蕴，像个浅碟子，一眼看到的就全在里面了。穿起来，悬在半空，沾不着地气。那种繁复的、堆砌的、炫耀的、喧闹的、浮躁的、肤浅的、放肆的设计，把人本身淹没了，女人们在流行色和时装发布会的撺掇下达成共识，牵起手一起走，走成一个又一个流动的大观园。"于是女人的体格公式化，不脱衣服不知道她与她有什么不同"（张爱玲自世纪初一眼就望到了世纪末）。滚烫的流行就是这样，热情地允诺你美丽的种种可能，却不能告诉你怎样穿得像你自己，怎样不为追潮逐流而牺牲了自己的"真身"。

女人连犯的错误也大致相同，我也概莫能外。曾在流行间疲于奔命。那时的我，像个找不到躯壳而无所依附的幽灵，总是瑟缩在别人的屋檐下，突然间成了钱包和心里都很穷的人。华衣锦服于我，那是生手吹箫，辛苦费劲。我真的很不喜欢这样的自己。

直到痴迷于汉赋唐诗宋词元曲，沉溺于商鼎周钟晋墨明瓷，不禁对古中国博大精深的灿烂文化顶礼膜拜，不再为外来服饰所动。中华服饰五千年，这笔家当用不完，这就叫老根底子。那种微妙含蓄、清微淡远之美与我的审美品位暗合，自此我得大受用。渐渐对自己的生卒年代也有些含糊起来。幸好不含糊的是虽心在古代，倒还记得人在当代。于是一心期盼古色古香的传统文化艺术的精粹能借"衣"还魂。

从此定位属于自己的服饰：材质为真丝、纯麻、全棉（我相信天然材质是有生命的，会和穿它的人一样呼吸，一起苍老）；颜色为黑、白、靛青、赭石（它们是瘦的、冷的，是川端康成的萎靡和隽永，不属于唐代的富态丰匀）；制作方式最好全手工缝制；风格为中国古典情调、古朴民风。除此之外，不作他想。因为我已找到自己的"桃花源"，这便是此行的终点，我不想再去哪里了。

白色：梅雨之后的清寂

白色是水仙一样的少年。

白色是纯情的，也是危险的。你不知道纯情底下都藏了些什么，纯情之后将去向哪里。

白色的纯度很难拿捏。太白嫌生涩，没了血气，有些发飘；不够白又显得浊，沾了太多尘埃气。我觉得它只能是写意的风格：是"人迹板桥霜"的霜；是"一搦腰围，宽退素罗衣"的素；是画梅高手在宣纸留白处的逸气；是下桥之后落花流水的一阕花间词的婉约；是怕水烧得太老，针脚绣得太糙的好花无色，真水无香的空前纯粹的境界。

白色又是最具有平民意识的色彩，它有着最宽广的空间，无限的面料无限的款式给人无限的可能。它成为最民众化的选择。但真正能把它的味道诠释出来的人少而又少，反倒弄俗了它。我甚至偏激地认定，白色只能是丝缎的质地，薄胎瓷器的柔腻，弱柳扶风的缱绻。可容光阴的纤指静美地、无痕迹地滑过。剪裁的时候音色也是细声细气的、吴侬软语的。穿它的人是不该点香水、荷香包、施粉黛的，只能素手素腕素面朝天，因为白色自身空灵的味道已经足够了。穿的人不该出汗，说话也是吹气如兰；穿它的人该是干净的、骨感的、伶仃的、出尘的，还有一点点落寞和憔悴，当然一定是美的，女子闭月羞花，男子面如冠玉。除了用丝缎做飘飘欲仙的白袍长裙，或用纯棉质制做工考究的男式衬衫之外，我不敢想象白色别的状态。因为这颜色属于天使、属于雅士。

古人云："大味必淡，淡中求腴。"这种"淡"想来也就白色担得起。白是色中大味，本身没有多少亮色的人，怎么压得住？

自觉没有足够的蕙质兰心，我几乎一直都不敢碰它。白色，或许只能是我梦中的颜色。

靛青：青衫名士书卷香

靛青，既是玉树临风、斯文儒雅、风流倜傥的翩翩公子，也可能是小鼻小眼小唇的小家碧玉的邻家女孩子——属于中性的调子。

这个颜色的指向：前世、今生、来世。

前世，它是"青青子衿"，是"江州司马青衫湿"，是"沙岸好，草色上罗袍"的那一袭袭青衫罗袍。能勾起人忆江南的情愫：循着飞檐翘角，隔着木雕窗棂，芭蕉窗歙砚边，经史子集诗书画篆里经年浸润的青衫名士。他也许姓风，也许姓雨；也许是柳永，也许是温庭筠，也许是纳兰容若。

总之，靛青是中国古代诗文的色泽，文人性格的一部分。

今生，它是黔贵山区民间作坊的蓝染、蜡染、扎染；是江南水乡的蓝印花布，是早年离家出走的人远山远水地还乡，推开老宅沉重的朱漆木门，"吱呀"一声扑上来的熟稔的靛青的霉味；是江南水乡小街小巷小石桥边遇到的女孩子眉睫间沾着的青色柳絮和简单的寂寞。可能是"信天游"和"兰花花"，也可能是"紫竹调"和"茉莉花"。

蓝染、蜡染、扎染和蓝印花布是我所爱。无论是靛青底子起白花的蜡染还是白底起蓝花的蓝印花布，我总错觉它们是一只一只翘着的兰花指，并且是边缘不甚明晰的兰花指。满衣满裙都是"纤纤玉指"，把织染、缝制的人的心思变得可触可摸。蓝印花布是可以穿在身上的宁静，久经闺训、让人觉得特别放心的一种色彩和味道，适合玲珑小夹袄，斜襟的，镶上白色的边，再由白色的盘扣锁定，大红中国结作项坠，单腕戴绞花古银手镯，两个亮点足够了。蜡染是跳跃的，似乎更适合裙，我用草编挎包、草编凉鞋相配。蜡染洗第一水总要褪去一层浮色，然后色泽更加鲜明，就像刚采回来的茶青需要日光凋萎一样。我喜欢在春天薄雾微雨天气穿它们出门，不打伞，短衣褪一些蓝在身上，长裙褪一些蓝在脚上，就着过午的小风，人也有些恍惚，以为这便是"花自飘零水自流，一种相思，两处闲愁"了。

黑色：天高地厚的沉默

黑色，自然是成熟沉稳的中年男子，从容淡定，乾坤朗朗。

黑色是喑哑的，却是最会说话的颜色。张爱玲说："一钉一钉的红绿绒线，那不过是颜色的涎沫，没有言语的。好的颜色里有一个世界的声音。"这种不动声色的诱惑最是撩人。"冷艳"这个词在色彩里只有黑色当之无愧。黑色是雍容而且贵族气的，那样俊俏，又是那样魅惑，是所有颜色里最适合裸露和撩拨的色彩，偏偏又是最凛然不可侵犯的，性感和端凝都走到了极致。我敢断定黑色是世间最最美丽的颜色。若能穿出它的韵致，没有什么颜色可与之匹敌。

流行色飘忽不定，还是穿黑色踏实一些。况且黑色面料无论丝、棉、毛、麻，质感都好。裁缝做工更要讲究再讲究。只是款式一定要用减法来做，哪怕添加一枝一叶也是不可能的，才能体现它最原始的情绪。然后让穿的人做加法，因为黑色是带有东方禅意的，里面应该有更多更多的意思，让人虚心地等待着，随缘地渐悟着。让穿的人虚虚地加一点进去，再加一点进去，直到成为体己。就像好玉需要人气久养。

打开衣橱，八成是黑，再添置不小心还是黑。又黑、又黑，我是黑色的不二之臣：一款剪裁合体的黑天鹅绒旗袍，在我看来，是千锤百炼的经典，所有华服美裳中的首选，即便没有多少机会穿，也得有它压着衣橱，就像一个山寨总得有个压寨夫人；黑色高腰的丝绒或重磅丝裙裤是妩媚的，走起来是一匹一匹的风，是行云流水的浪漫主义的腔调，是薄云掩月的夜中的回廊九曲，它几乎可以陪衬我所有的中式服装；软缎的百折长裙，那是千千阕梦的折痕；最出味道的是农村家纺的黑棉布夹袄，立领对襟，用大红大绿的东北凤凰牡丹大花布贴两个半圆在襟前，翻两个袖口、滚领边、盘花纽，那种古中国的厚道古朴、乡土气息，使我想起民家瓦瓮上的糊纸、门框上的红春联、屋檐下风干的红辣椒。我用汉玉镯相配，长发随意挽个髻，斜斜插一支木簪，自觉大俗大雅，"土"得有滋有味、彻头彻尾。或干脆敞怀松松搭一条同款凤凰牡丹长围巾，另有一番慵懒闲散。只要有黑色打底，在上面做什么文章都出彩，无论是在裙身染几枝白梅，还是斜襟大红绣半只瓦当、一面铜镜，或是侧腰贴两只蝴蝶，都是那么耐人寻味，点到即止。

其实中式民俗服装最忌"剑走偏锋"，点到即止、大象无形的度须得小心把握。民风民俗必须加入现代设计元素，给传统赋予全新的艺术美感，朴拙中见大气，平俗中见优雅。那是现代与传统结合在一起的地方：有历史的通道，就不会漂浮；有时代的气息，才知道你站在哪里。倘若真的把土布被面或蓝印花布大面积穿在身上而不做任何现代设计和改良，那是真正的乡土气，这种乡土气对女人的美只会添乱，不会帮忙，土得掉渣反倒弄巧成拙；完全穿着团花织锦的唐装上街，又嫌夸张和戏剧化，那是清朝格格和小凤仙。传统只能是一团酵母，一个精华的浓缩，作为亮点点缀、出味即可，俗雅得当，才是艺术，是新中式、"新古典主义"。艺术和非艺术、雅与俗也就一线之隔。

赭色：古画中的禅思

赭色，是怎么穿怎么雅的陈年的好颜色。是布衣暖，菜根香，尘埃落定，宠辱不惊的老者，逍遥着甲骨文的步子。

它在秦砖汉瓦上，在泛了黄斑的旧照片上，在古琴梧桐木的断纹上，在古寺大钟那一层虚幻的锈色上。更多的时候，它在古画里：赭石的底色，赭石的人脸和赭石的故事。故事是平稳发展的，没有什么坡度和曲折，没有什么大惊大喜。但这画儿耐看，即使挂上百年，仍旧很有样子。赭色最会欺负人，穿得不合适，它是潮湿的劈柴，点不着；合适了它依然是潮湿的劈柴，点着了烟雾弥漫，没有火焰，温温吞吞，不甚明朗，要的就是这个内敛的劲儿。

直觉中，赭色最适合粗麻质。纯手工隐约显出针脚的缝制，密密的针脚缝一件长夹袍，穿在阴历年的某个节气，阴雨天的某个黄昏，穿它的是个家道殷实却中途败落，满腹经纶又总没能求到功名，最终豁然开朗，小隐于野的老书生。

我有一系列款式各异的赭色的麻质衣裙，它们是我的最爱。出自我的朋友、服装设计师王化之手。上面印满叫作《析世鉴》的"天书"文字，还有章回，使老朽灰凉的赭色立时活了过来。她不仅给我衣服，还给我梦。

不经意不经意地一转身，眼睛一热心头一跳，它就在那儿了，仿佛早已相约千年，我想，这就是缘吧。那衣上布的浮香、墨的沉香、樟脑的暗香，甚至每个褶皱的幽香，合成一种诱魂的香，让我迷惑。穿在身上好像我的第二层肌肤，真有说不出的妥帖润泽，配木刻、陶艺或骨雕的项饰，自觉穿得合情合理，就胡乱指认衣上必写着千年风花雪月的故事。

风花雪月的故事，那是昨夜。大梦初醒，据说已是一个时尚和扮酷的时代。

时尚的人穿时尚的衣服，在时尚的大背景下，一如粉刷墙壁，白色是不能留在白色之中的，留下的是新糅的气味。而气味是薄命的，时尚也是。时髦是毛，时间是皮，皮之日新月异，毛将焉附？时尚只是一种大趋势，一个模糊的大概念，女人得凭学识修养、艺术感觉、审美品位和自身气质选择服装，而不是随波逐流，保持自己独特的衣着风格才是真正的时尚。

自忖不是一个时尚和能酷的人，从气质到心态到形体到职业。

我自觉地与时尚产生断裂。这种断裂和孤独，也许会使我与周围的世界和人群产生断层的距离。

不记得谁说过：在众人中，你生活于当时的时代，在孤独中你将生活于所有的时代。这正中我下怀，我就想用仅有的一生，生活于所有的时代，尤其是——中国古代，属于我自己的时代。

我只想穿得像我自己。

第四辑

风乱吹

○○○

四月的锋刃，刀刀见血

1

母爱，是一条回家的小路。

不论我走得多远，妈妈，我在惦着你。

有多少藏在心里的亲情，总是那么不容易说出口……

曾给过你多少伤害，但，在伤口的那一边，你仍一如既往，给我你所能给的一切。好似前世已在你那里存了一笔感情的巨款，可以任我尽情挥霍。

我的文字无法表达你伟大的慈爱中所包孕的生命的深度。爱你和你对我的爱，使我懂得了如何爱人。

直到有一天，我疏忽已久的你的满头白发亮刺刺地痛在我的眼中，我才猛醒你正一步步退向生命的尽头，终有一天变成我心中的远景。

在我还来得及拥住你肩头的时候，让我对你说：

母亲，你是我一生的感动。

2

4月的阳光，到午后才显出锋利。它穿透城市，穿透房子、车、树、人以及人心。清明节在今年，突然对我有了真切的意义，一个逆向而去的背影一如这幅逆光的影像，终要转入黑夜。

清明节气里不清明的心，无处安放。谁说过，"清明就是和不在了的亲人的一次假重逢，也是和他们的又一次真别离"；张爱玲也说，"我没赶得上看见他们，他们静静地睡在我的血液里，等我死去的时候再死一次"。母亲，我今生赶上了你，与你相遇却留不住你。那你也先静静睡在我的血液里，等我死去的时候再死一次……

3

一转身，母亲已在彼岸！

总说"子欲养而亲不待"，如今才知何为"不待"！

多年前为你她写下的一小段文字，你曾高兴地读了又读，四处显摆，而今终成绝响！自此，我胸口有了一处永远流着血的伤口！天崩地裂的痛，被掏空了五脏六腑的痛。

日本著名电影导演是枝裕和说："我总觉得人往生之后，会存在于万物。我失去母亲之后，反而觉得母亲存在于周遭的一切事物中，会在街头擦肩而过，会在陌生人中忽然发现她的身影。这样想着，就慢慢超越了悲痛。今天的别离意味着将超越肉体，活在世间万物之中。"我也宁愿相信有平行时空。无时无刻不觉得你并没离去，只是藏起来与我开了个小玩笑，等我把你找出来。常在梦中，你都唤着我的小名，暖暖地笑着笑着……夜深人静时我甚至有了幻听；街头遇上每一位与你年龄相仿体态相似的老阿姨，我明明知道不是，还是要悄悄追上去，让现实给自己当头一击！情难自抑，胸口一下就被塞住了，喘不过气来。一个再也没人喊小名的、无妈可叫的老孩子，只想告诉每一个还有妈妈的孩子：妈妈在的时候，一定要好好爱她，珍惜与她相守的每一分每一秒的缘分。

父母在，此生尚有来处；父母去，人生只剩归途……

4

那一年的母亲节。报纸策划专版，采访你也采访我。第二天见报，你在正面，我在反面，只隔着一层薄薄的纸，如果放在阳光下看，我们可以永远叠印在一起。可是，今天，我在外面，你在里面。谁说一年只有一个母亲节，此生余下的每一天，你都在我的心里过节。余华说："亲人的离去不是一场暴雨，而是此生漫长的潮湿，我永远困在这潮湿当中……在每一个波澜不惊的日子里，掀起狂风骤雨。死亡，不是失去了生命，而是走出了时间。"

妈妈，此生缘尽，相约来世。那时，无论你在哪里，我都要找到你！

离去只是永生的一个瞬间，离别也是成长的必修课！人生就是从做加法到做减法，从减去父母起，开始陆续减去很多，最后减去自己……

我友老王和周周

1

人是慢慢变老的,但我七十岁的朋友老王不是,他在慢慢变小。前面的"老"是时间丈量,后面的"小"是三维概念。他跟他家的百岁老猫一样,渐渐删去多余的枝节挂碍,磨炼"自修命",在这个秋日薄雨的黄昏中显出了清瘦的圆融气象。

我不信他也会有老不动的一天!这个鲜衣怒马、一骑红尘的老少年,仍有下一个七十年的长度与宽度要丈量,而且他还要亮度。他必须老炉火一样烧得旺旺的,一直一直温暖着故人心,不能熄灭。这才是王炳根该有的样子!

亲爱的老王,人间忽晚,山河已秋,你我依旧。

2

我的邻居"伪农夫"老王不是个农民,他轰轰烈烈创建起一座冰心文学馆,也敢用"大奔"的后备厢运土,在别墅区附属的小岛上开荒种菜;他敢小帽西装革履跑到美国威斯理大学演讲,也敢把菜园子整成蔬菜大观园。王农夫总是一清早先把菜地安抚好，然后回家，开始一天的读书码字生活。主持一个团队编撰《郭风全集》《蔡其矫全集》这么浩大的工程，可不像一亩三分地这么容易操持吧，愿他也有个好收成。

但凡厨房里没菜了，我和女儿立刻骑车奔赴小岛，看着我们一大一小两只趴在菜畦上笨拙采摘的菜青虫，他连连摇头，有女儿嫁错人家的伤感。掐完白菜，我又操起菜刀向韭菜，割得横七竖八、杂乱无章。他心疼地喊：把根留下……一个可爱的永远都不会老的楚儿的王姥爷！

3

照例周日清晨，王农夫又电话喊我到岛上他家的菜园子去摘菜，骑上车直奔他肥沃的土地。看着我坐在小凳子上不挪窝地把苋菜地扯秃了一块，他内心也许是崩溃的吧。他连忙亲自操刀，怕我再把韭菜割成犬牙参差、无根绝后。抄起大包小包的硕果满载而归，我趁势又与幼年的四季豆约好下下周日领吃计划。

果然近墨者黑，近菜地和农夫，再让我上菜市场哪怕买一片菜叶子，都心生怨艾。

4

几乎已经习惯了下班回家，远远地看见夕阳下一袋瓜果蔬菜挂在院门上：顶着黄花的小油菜、绿莹莹的韭菜、脆生生的黄瓜、小粉红的西红柿、白胖胖的萝卜、裹在襁褓中的玉米棒子……偶尔还有几只余温尚存的土鸡蛋，心中顿生暖意。知道楚儿的王姥爷、周周姨又送菜来了。

"读而废耕，饥寒交至；耕而废读，礼仪遂亡"，王农夫是亦耕亦读小著书立说，还要喝好茶、开好车、养好猫……好日子都给他过齐了。

佛语说："开悟前，砍柴挑水；开悟后，砍柴挑水。"他应是开悟了吧。掐指一算做朋友已经快四十年了！那天在他家包饺子，抬头间突然发现他和周周都已是满头白发，心头不禁一酸。无论开悟还是懵懂，岁月都会相随相伴，但也许有一些率性的人，能兴致勃勃地比别人活出多一倍的人生！愿他们是。

5

一清早，周周带着露水、草香和小泥，从她的一亩三分地里骑车而来，以傲娇小明的姿态抱出春韭、菠菜和一把茼蒿花，给我插瓶。有周周真好，春分真好，春天就是一个分享的季节？

6

周周也七十岁了，鲜嫩的青春被岁月洗走了，剩下的都是舒朗和满足。这世上不多的人能自带人缘，她算一个。坐在她身边，即便不喝茶吃果，只听她猫毛菜皮地琐屑，也能让兵荒马乱的心松弛下来。原来老了老了也可以这么好。

跨界蔡老头

我的数学老师又出版散文集了。

朋友们经常调侃我:"你的数学是体育老师教的吧?"我认真纠正:"是体育局局长教的。"他们会说:"难怪,更差。"体育局局长就一定得是体育老师成长起来的吗?

事实上,他曾是我们学校最优秀的数学老师之一,高中三年,他每天双手插兜里来教室,课讲得出神入化、神采飞扬。他一直讲一直讲,我把头塞进抽屉里一直看一直看——文学书。他教出许多说出名字能亮瞎眼的数学尖子,当然也难免我这样的数学败类。(五岁那年从树上摔下来直接把数学那根筋摔断了。楚儿常说的一句话是:"你的蔡老师当年怎么没被你气死。")

不堪回首啊。那时,我每天灰头土脸艰难度日,只有在各种作文竞赛时死灰复燃,挣回一点脸面。好在他看在我语文以及其他功课还凑合的分上没有嫌弃我。高考前几个月的班级晚自习,他总是插空给我恶补讲题,他讲得口干舌燥,我听得灵魂出窍。最终数学考了三十分,就这还是超水平发挥!想来他当时一定恨不得一巴掌拍死我。

然,君子报仇三十年不晚,前年他见到正上着小学三年级奥数精英班的楚儿,企图用数学题考倒她,但还是被一一破解了,他倒是被刁钻奇葩、脑回路清奇的脑残奥数题搞得义愤填膺。这小货可是我引进数学高才生改良过的品种，不复我当年矣。我在一旁狞笑。

想当年，毕业后我分配工作回到母校县一中，他已是县教育局局长。他以为我能成为一名优秀的语文老师，但两年后我还是逃之夭夭。总之，我永远都是让他失望的学生。

记忆中他一直在华丽转身最终转到省体育局局长角度就停住了。某日来电说要当我的学生开始学习写作，因为从小心中一直孵着一个文学梦（不忘初心啊）。当然，我什么也没教他，一如当初他怎么教我都是白教一样。我心想，你一学数学的还玩跨界你就瞎闹吧你就玩吧……但是，他还是义无反顾地出版了第一本散文集，关于巴塞罗那奥运会种种，我一向对体育深恶痛绝，于是，随手翻翻后束之高阁。今年他又有了这第二本散文集，细读之下，不能不令我刮目相看，也许从文本看还未必完美，但行为本身却满满的都是暮年的壮心不已。

不仅如此，他还加入了省作家协会，四处采风并写作；兴冲冲地上老年大学，画国画、弹钢琴、玩微信……这老头活得老充实了。随后又入选省九届美展。看来这个世界已经拦不住一个智商情商俱佳的老人往前跑的脚步了。

无论他能走多远，他，总是在路上，即便最终倒下，也是前行的姿态，多好！

他也许用代数的方式把自己代入一个全新的人生模式里了。可是他头发白了，声音没以前亮了，腰没以前直了，走路不再像三十年前那样风风火火、潇潇洒洒了，岁月这把不生锈的大刀，正残酷地大幅度地在他身上做减法和除法了……可不，这可爱的蔡老头已经快八十岁了吧。蔡老头，我的数学老师，我憎恨数学，但我不憎恨你。在我心中9月10日一直都是你的节日。

你不要那么快老，你得老得慢一点，再慢一点，我要读你第三本第四本散文集，还有书画册，你得给我笑你虐你的机会！还有，我的微信里三不五时的得有你上交的国画作业啊。

舌尖锅气

锅边糊

福州的锅边糊是我的心头好。

它妙在什么都只给一点点意思一下：大骨汤充肉味，熟鱼粒虾皮演海味，蚬子肉代河鲜，蒜苗芹菜段当蔬菜，连主打的米粉糊也只给透明碎屑薄片若干，总之什么都给不足，漫不经心地草草凑成一碗，就成了恰到好处的薄意之鲜。若再配上俗称"虾酥"的小油饼或油条，则为至味。制作工具也不能含糊，必须用大铁锅柴火灶，用萝卜蘸油抹一圈，再把事先调好的米浆淋上去，锅底等着的是诸料鲜汤，上下两个层次的热气碰撞纠缠，成就出一碗锅边糊，尝一口，那是满满的——锅气。

半段节

今天，这座闽江中的小岛整个支棱起来了，家家户户过半段节，我这乱入的无效路人甲，一早就开启吃吃吃模式，品茶吃果闲聊，中午先迎来一只羊和两只番鸭加粉干，很虾油很虎纠味，我的最爱！到晚上再应对儿十道鸡牛虾蟹的硬菜，已然举箸艰难……可见：心有多大，胃就有多小！

我中餐喝的是心灵鸭汤吗？

稍有遗憾的是进岛的路太逼仄了，每一交会车，几乎都是擦镜而过，真是险象环生、步步惊心，十公里左右的堤坝路，硬是走出了西天取经的感觉，若能拓宽点就完美了。

哔哔有声

整个童年和少年时期都在福安这个小县城度过，记忆中满满的异香氤氲的畲族营粽、铜面铁底棉花芯的光饼、嘎崩脆的芝麻面夹红糖心光饼、被猪油浸透了几层画着嫦娥奔月的粉红包装纸的五仁孟油酥月饼、旧课本卷成椎状盛放的蒜香麦螺……闻香忆童年，耳畔有电影院里大面积此起彼伏、哔哔有声的吸麦螺声，电影散场时脚下似乎都垫高了一层……蓦然回首，"锦瑟年华谁与度"？不是"月台花榭，锁窗朱户"，最快涌上心头的，偏是舌尖上的甜酸苦辣，琐琐屑屑。

暖烘烘的味道

福安月饼，我舌尖上的乡愁——哦，第二故乡。

年年中秋，中学同学以及朋友都给我寄来刚出炉的福安阳头葱肉月饼，让我不用踮起脚尖就够到了乡愁。

那特有的暖烘烘的味道，瞬间把我打回那个香酥酥油渍渍的包了数张纸仍能透出油香的舔着十个指头的五仁孟油酥的葱肉童年。那段不堪回首的被数学揪住痛揍的岁月，幸好有它们安抚我脆弱的小心脏。

王国维有诗云："最是人间留不住，朱颜辞镜花辞树。"然，比月饼先期抵达的还有我曾经居住十五年之久的老房子照片，它们依然安好，比我沧桑得慢。六岁那年看着几个解放军蜀黍种下的柠果树苗已长成大树。那些翘首期盼小树上青柁变黄的日子恍如昨日……

半口童年

早些年福州街头还能偶遇卖麦芽花生夹心糖的走街担子，一根回肠百转在那人黑黢黢的手上又揉又搓又扯，再加上一把生锈包浆的大黑剪刀，咔嚓咔嚓。那卖相，我纵是口水长流，胃还是诚实地拒绝了。当年古典文学课上老师一讲到"柔肠寸断""寸寸柔肠，盈盈粉泪"我就能走神到贯穿整个童年的盘在筛子面粉中，剪成一截一截卖的几分钱一截的麦芽糖，这课就没法往下听了。

记不清淘宝上放进购物车多少回，这次坚决放飞自我，眼不见为净，吃一次会死吗？一到手一口咬下去，咬下半口童年。

那些年，我妈说奇怪，一支新牙膏没几天就用完了，牙膏皮也不见了。我知道那是不怎么刷牙的我哥大挤快用，顺带凑几根锈钉子、一撮废铁碎，换成叮叮糖或麦芽花生夹心糖给我吃掉了。

此外他亲手征服并烹饪后看着我吃下去的动植物昆虫有：干饭上的蒸鸟蛋，灶膛里的烤麻雀、烤蚂蚱，油锅里的炸蚕蛹，炖青蛙汤炖水蛇汤，野柿子、野毛桃、野余甘、野番石榴、野覆盆子、野无名野果等等。那时部队大院就是一座花果山，大院里的孩子全是野毛猴。有个给力的哥，我得以神农尝百草，不过神农是神农氏，一个部落一群人一起尝陆续尝，我是单枪匹马，千里走单骑一人单挑，那哪是胃，就一动植物小百科。再回首恍然如梦，梦做着做着就醒了，牙膏挤着挤着就没了，亲人走着走着终会散了……

街　头

潮州，至今已有五千年历史，文化底蕴深厚。沁凉的风中悠闲走悠然看，小街小巷小店小吃，让人从舌尖一直爱到心尖。坐望广济桥，捧一碗滚烫的鸭母捻，嗅着香气撩人的杏仁茶，瞄着另一碗芝麻茶，盘算着对街的咸水粿和牛肉火锅……养眼暖胃舒心。忽然明白了唐朝那位懒禅师，煨芋头时被召见，拒绝道"我吃着煨芋头，连天冷冻出的鼻涕都顾不得揩，才没工夫理你们"的那种心境。

花季花絮

1

中考一小步，人生还是一小步！

考试不是一场战争，我不信什么穿上旗袍旗开得胜，敲几下锣鼓鼓角铮鸣。一颗平常心，比一个雄起的拳头让人心中更妥帖。孩子，愿你就这么微笑着按自己的节奏，从容淡定地走在属于你的人生林荫道上……

2

天道酬勤，天道偶尔也酬——不勤。楚儿这货懵懵懂懂扒拉扒拉分数，也超过福州一中录取线了，这就被福州一中收割进去了。想想她初中三年的嘴脸，无励志故事有心灵砒霜……上帝为她打开一扇贪玩的窗，又打开了一扇取巧的门，就午睡去了。一觉醒来，又误把通往福州一中的小大窗开了，她趁机就钻进去了。

3

心静乾坤大，我信；心静自然凉，禅师信，我是不信的。

感恩即将成为孩子深情挥别的母校，抢在夏季烧烤模式开启之前，克服电力已超负荷、财政不提供经费等等等等困难总比办法多的无数困难，用心尽心暖心地为初三年级的所有教室装上了空调送上了清凉。一想到孩子在烧脑又烧心的时候，至少有个凉爽的皮肉，我这老母亲的心啊，妥妥地放在肚子里。很惭愧，乾坤不大，小富即安。

4

物以类聚，人以懒分。原以为以我极品的慵懒，完全可以让熊孩子望尘莫及，不，我错了。为了尽快完成作业，把自己转入湖南卫视"芒果台"或刷微博模式，娃居然网购了一卷油墨测试胶带之类的懒人神器，先在考卷错题上粘贴撕起，就把题目带走了，再粘贴到作业纸上，订正就不用再抄一遍题了。这么懒的初三学生，想来做她的老师一定很心塞，而做她的妈妈，我只能弱弱地说："青，取之于蓝而青于蓝。"

5

福州一中有个传承了十余年的"喊楼"仪式，高考前倒计时的某一天，高一高二的学弟学妹到高三楼前，为即将出征的学长加油助威。这里没有横幅口号，没有撕书表白，没有血脉偾张，就是这么暖意融融地弹唱与仰望，每一张青春的脸上写着青春的真诚，这真是值得孩子们用一生来珍藏的感动与记忆。

一个人只拥有此生此世肯定是不够的，还应该拥有诗意的世界。而温暖的仪式感，就是为我们这个淡漠疏离的世界写诗的人。人群中有一个女孩叫楚儿，喜欢这样的她：做个无论手上留不留余香，都愿意赠人玫瑰的热乎乎的温润的人。

6

趁着暖阳，当当送来了楚儿和我的新年礼物。尽管我一直迂腐地坚持海量阅读即可搞定语文的谬论，并以此误导着孩子一直栽在坑里，奠定了她乏善可陈、毫无亮色的语文成绩。但我仍然相信这种营养，即便不能立即变成肉，加肥语文分数，也终将化为精气神，温润滋养她人生的高度、宽度、厚度与亮度。

7

国庆中秋小假，楚儿同学到北京要近距离为祖国妈妈庆生，然而在姑姑表姐等时尚大咖的安排下她很快就忘了初心，先忙着到燕栖湖澹云居小住；然后在国家歌剧院大蛋里装那啥听了一场交响乐；又然后国贸酒店八十层喝下午茶，撑得三个月不想吃甜品。以及每天涮羊肉、烤鸭、牛排、玫瑰香葡萄，都是最爱根本停不下来的吃吃吃增肥之旅……当然其间也溜边灌缝地涂抹了几笔作业，当然至今尚未完成。这朵贪吃贪玩的祖国的奇葩，甚至盘算着延长假期，为祖国妈妈再过一个旧历生日。

8

千万别以为这是一本佛教经卷，里面是包着楚儿今天刚领回来的初一语文课本。兰心蕙质的语文老师布置的素材作业——妈妈包书皮，孩子写观察作文。

　　我满家没找到趁手的纸。突发奇想，拆了一个月饼纸袋，上有古铜镜、龙纹、祥云，拿出当年新学期开学用彩色画报包书皮的精细手法，遂成就了这缕古典唯美又怀旧的意趣。楚儿在旁几元钱一袋十张各种规格的工业化塑料书皮，哗啦啦三下五除二早套好了十本八本。她说：怎么样，又快又好，还透明好辨识！

　　我默然，我和她们这一代隔着不仅仅是一张纸的距离……

　　不禁想起诗人木心的《从前慢》："从前的日色变得慢／车、马、邮件都慢／ 一生只够爱一个人……"

跑掉的童年

1

听起来那是一个比猎户星座还远的概念,看起来是颇具卡通趣味的故事布景,它的名字——童年。

不小心一脚踏入童话书里的城堡。回忆像泼翻在宣纸上的墨,浸渗开来,想收拾都来不及。

日子好像这样地又回来了。

屈指还点得出这几个疯得大汗淋漓的冬季,那几个晒得油黑发亮的夏季。可以肆无忌惮地在沙地上撒尿,怎么看怎么像画了一只猫。可以用蜡笔画小人,不会画酒窝,就用小指戳两个洞。树不高,爬上去一样有新天地,四处张望,成就感很高。溪不大,用草帽沥小虾,这小溪就刚好容得下一个小女孩的淘气。一件芝麻小事,就能乐个小半天,乐得像条欢蹦乱跳的小狗;一件芝麻小事,也能哭个天昏地暗。苹果来了,再哭要吃亏。

直到妈妈交给我一个花书包,无忧无虑意义上的童年即告结束。当时只知道花书包很好看,提早一年上学就是早一年成为大人,好开心。怎么就没想到,给我多一年的童年不更好?

岁月像筛子,把童年筛得流离失所。往事被挤压浓缩成符号,搁置在记忆的夹层里，像缓释胶囊，一点一滴把一生都匀上天真的色彩。

如今一看见商店橱窗里孩子的玩具，就仿佛坐在了童年曾坐过的某个地方，又仿佛走过童年的小巷，有一些未曾泯灭的童心，在巷口幽幽浮现，我不禁怦然心动，以为会与童稚的自己相遇。

是谁这样说过：儿童是上帝的宠儿，当他们天真的眸子凝睇到哪里的时候，神便必定在那里微笑。是的，儿童就是天使。我们所以不能爱大部分的人，是因为我们不曾见过他幼小的时候。如果我们能真心疼爱幼小的孩子，我们的心就是天堂。

假如时间容许我重新来过生命的某个段落，我将毫不犹豫地选择——童年时光。

2

那时候，我不关心人类。我只想带上蜡笔和好奇心到山里去。

呆呆地看天风赶一群云，在众山间放牧。漫山遍野去追逐一根根绿色的针，那是蜻蜓家中最得宠的孩子。千朵花万种语言，我只盯牢牵牛花，以为它会牵一条牛过来，而风信子必会寄我一封短笺。野果不断应熟而落，把我嘴唇染成五颜六色之后，又顺着山与山之间由蝉鸣拉起的索道，去采折一枚遥远的莺声。

总嫌风景太挤，再牵一座山过来。

但夜来香的低语已步步逼近，白日里蜗牛走过的小径，现在是萤火虫走来。担心它们把山给烧了，便捉了满把亮亮的俘虏。无目的蝙蝠东撞西撞，是顽皮的小黑奴。蚯蚓的叫声有点鬼祟，但无疑是天籁里最神秘的一种。银河系的黑河中，遥遥传来的是星星失足的惊呼。

曾经有那样美丽的一段童年，但昔日的回忆再也找不到生根的地方。

如田埂上的鹭鸶，一点足，就惊飞。

3

那时老爸是那个部队大院里的首长,但这并不妨碍他的小女儿干些不大不小的坏事。

不危险也还算文雅的有:玩泥巴、过家家、做游戏。危险又狼狈的有:爬树(在树上追打,摔下地后昏迷不醒,从此数学一蹶不振)。看邻居小男孩手欠用石头砸铁管(轰然爆炸,原来是废弃的雷管,他的脸布满洞穴,我的脸溅满他的鲜血,估计他那次破相了)。刺激又无聊的有:夏季的大院简直是个"花果山",尽管家里不缺水果,但缺"探险"精神,于是,偷吃未成熟的杨梅,酸倒了牙,那两天吃饭都龇牙咧嘴。偷桃了没处藏,就贴身揣在怀里,塞在兜里,桃子毛弄得我浑身过敏。直到现在,一听"桃"字立刻心里发毛、浑身发痒。被迫或自愿品尝过的东西有:煮鸟蛋、烤麻雀、烧蝗虫、炸蚕蛹,四脚蛇忘了是怎么个吃法,只差一点点就到蚯蚓和老鼠了。总之,我的嘴和胃,成了我哥哥亦耕亦樵亦渔亦猎成果的陈列馆和收藏室。他把这些东西好歹弄得半生不熟之后,就十分认真地大眼瞪小眼地盯着我把它们咽下去,并仔细观察我的表情变化,显得很有成就感的样子。幸亏我及时长大,否则不知还有多少无辜生灵涂"牙"呢,我简直立刻就能想象出我那"吃苦耐劳"的哥哥突然失去我这个"实验室"时的沮丧嘴脸。

跟我哥相比,比我大八岁的姐姐要温柔多了。绝大多数时候我在她背上或怀里。还不能原地不动,要跑起来。柿子软容易被人捏,我哥哥那是茅坑里的石头——又臭又硬,知道捏他不动,只好常捏捏姐姐,记得十二岁的她背着四岁的我去食堂买米。错就错在空布袋去没把米的重量计划在内,回程出现了问题:两样不能同时背在背上,十斤米不会走路,我又不肯走路(再说我凭什么要让位给米),只好分期分批回家。于是她决定先送米回家，再回来背我，我怕狗，坚决不干；后又改为先背我回家再回头背米，我也不干（为什么？忘了）。我的门门学科老考第一的姐姐没被功课难倒，终于被我这简单的题目难倒了。如今说起我这段劣迹，她一定还想痛打我一顿。说实话，我小时候真的有些欠扁。

童年的我，就这样每天中午顶着烈日漫山遍野（部队一般驻扎在郊区，大多靠着山）地疯跑，晒得黑黝黝的。且年年如此，乐此不疲。

也就这样快快乐乐、懵懵懂懂地把童年给跑掉了。

亲"蜜""战"友

我有两个最亲"蜜"的"战"友。

我与他们的关系是：亦亲亦蜜、亦战亦友。尽管他们分别称呼我小姑和小姨，但打从他们六斤七斤地来到这个世界至今，就没有一天把我尊为长辈，我也乐得没心没肺地与他俩为伍，厮混追打，胜负难料。我对他们的称呼也随他们的年龄增长而升级，当下是"酷狗"和"蜜桃"。

先说"战"友——"酷狗"。

他在我娘家长大，那时我还待字闺中，小草无主。横竖是"阴雨天打孩子，闲着也是闲着"，对付他就成了我的头等大事。他长牙的时候借我的肉蹭痒兼练牙，指甲并不痒，但在我脸上耕耘几个道道一定有种本能的快感，那阵子我亏大了。后来局势有所改观，因为他适时进入一个满地乱爬，捡到什么都往嘴里塞的状态。我一边抠出他嘴里牙签玩具之类的硬物，一边随手再扔几样没伤害性的诸如洗干净的生菜叶子之类的，看着他美滋滋地含在嘴里大嚼，或假装香甜可口地吃一颗蒜头引诱他如法炮制，导致他被辣得眼泪汪汪、吞吐不是。

稍长大些"点鼻子"是我们每天重复率最高的娱乐项目，通常由我拍着他胖胖的左手，让他右手快速点击自己鼻子的周边地区，最后必定落实在鼻孔里，接下来自然是舌头，然后我趁热打铁地让他就此时此刻的"感受"发表意见，他总是有些沮丧地表示"有点咸"，而且屡试不爽。这个时期他混混沌沌、懵懵懂懂，我则战绩辉煌。

一不留神"酷狗"就到了"狗也嫌"的年龄，从天亮到天黑，如果他干十件事，那一定有十二件是坏事，其中两件是隐形的，一时半会儿还发现不了，是不知几时发作的病毒。那种无师自通的坏，真是罄竹难书。我每天想打他八回，骂他十六次。那段日子是最黑暗的。

幸亏坏景不长，这小子像吃了"禾大壮"，一天一个样，才十五岁已疯长到一米七七的个头，长胳膊长腿儿活像一只大螳螂。话稀少（非哲理格言警句不说，每句话一般带句首发语词"哇噻"以及修饰词"暴""狂""爽"，如"暴恶""狂吃""巨爽"等等），低音（做深沉状，况且正变声，想高音也不可能），自取网名"冷寒冰"（酷毙！），不幸已被人抢先注册。他在"憾甚！憾甚！"之余毅然决然地另辟蹊径，易名"荆棘鸟"（有些悲壮色彩），女同学又及时赐封"楚留香"（帅呆！），还好学习成绩也是一路攀升，大阳线，只长不跌，霸着全班第二的宝座，还天天铆足了劲儿，要把第一名给"灭"了。不久前又成了十八中的"十佳少年"。但"冤家"路窄，每个周末我俩都要在我娘家"遭遇"，仇人相见，分外快乐（我想，倘若某次我有事没回去，他一定因没有对手而寂寞得快要发疯了），他伪装的"深沉"立刻土崩瓦解、原形毕露。

不堪回首啊，那几年的4月1号，我被他骗得火车站仓山到处乱窜，才知是"愚人节"。俗话说"九折臂而成医"，20世纪最后一年的愚人节他企图故伎重演，我也"愚"了他一回，彼此心照不宣"各自出发"，回头一问，原来谁也没挪窝，打个平手。2月14日的"情人节"我随便弄个邮箱匿名发给他一朵硕大玫瑰，够臭小子兴奋些日子了。

遥想当年他不喜欢脸大的女孩子，对我的小脸型比较满意（近来他突然觉得班上所有女同学的脸，无论大小长短扁圆，都要比他小姑胜过一筹，看来"大势已去"，心中黯然。儿大不由娘，侄大也由不得姑了）。记得十一岁时"酷狗"刚好高我一丁点，搂着我的肩膀去吃牛肉面，我就逗他：

"你这么帅，小姑的脸这么小，满街的人还以为你是我的男朋友。"他着急上火地"咆哮"不止，一步跳得老远，以便跟我拉开一定距离，回家的时候他又忘了。

后来他也不幸跻身"追星族"行列，对杨钰莹情有独钟（理由很简单：脸小），我立刻屁颠屁颠地想方设法弄来杨钰莹的大幅签名玉照以讨"酷狗"欢心。这几年又另有新欢——乔丹，那天我问他想不想要一双乔丹穿过的臭袜子，他就冲过来"暴"掐我的脖子（以他现在的高度，确实我的脖子最顺他的手）。我就四处奔逃，"狂"呼救命。十五年下来盘点清账，与"酷狗"的交战我是负多胜少。我想，世上再没有一个比我更幸运的败军之将，因为我才是最大的赢家。十五年里我心爱的小侄儿带给我的欢乐就是我的战利品，是多少个十五年都享用不尽的。

说过"战"友，再说亲"蜜"——"小蜜桃"。

她真是女孩子中的女孩子，乖到不能再乖，乖到让人过意不去，谁还忍心向她宣战。如果硬要说出她的错误，那就是——太乖。记忆里她就没干过坏事，她怎么会跟这个左边"土"，右边"不"的字有什么关系呢，这是不可能的。上到五年级了，每次考试她都为难得很呢，那是因为：想不考全班第一名很困难，想不考一百分不容易，当然也有个别容易的时候——有附加题。

她自然是每一学年的三好生。家长会上老师希望她爸爸妈妈介绍些经验什么的，可是这些一百分跟他们一点点关系都没有，他们忙自己的事还忙不过来呢。因此，他们互相"谦让"，最后就谁也没敢去开家长会。或者有一天终于去了，去之前不得不先向该同学讨教或弄些理论的高度，以便蒙混过关。

"蜜桃"选择了学校英语和书法的兴趣班，但最终未能如愿，因为她被选进了学校的奥林匹克数学精英班。渐渐地吴楚这个名字相当于一个符号——优秀。"酷狗"和"蜜桃"，在我还没下定为人母的决心之前，他俩就"盘踞"了我心中最重要的位置。

这之后，没有什么不能失去

——写给我一岁的女儿

自那一刻起，我无时不渴望见到你。

凡美的事物是否都是如此：实在从未见过，却又像曾经见过般的眼熟——一种陌生的熟悉。我已经主观臆断了你的性别——一个小花骨朵样的小女孩儿，此外，不能有另一种可能。并且我描绘得出你的小模小样：小巧明媚。眼睛像雨后的天空澄明无染。粉红丰润的唇，能使天使懒得天使。唇边当然有一双小酒窝，能让魔鬼不再魔鬼。天生就是小女儿态，娇嗔、怕羞、好脸红、善撒娇。也爱哭，哭的时候像溶化了的蜜糖。而且我敢断定你已得到了我的感应，我快乐时你也参加笑，笑声脆脆的。我忧郁，你也有一份小怨小恼。我曾尝试着在夜深人静的时候在心里唤你，我叫你——小蜜蜜，你竟回应了我的呼唤，以我认为的小小心脏撞击我，那实在是令人做梦的一种神性的存在。

孩子，揣着你十个月的时间，一向很唯美的妈妈成了个丑陋的女人（幸好你当时看不到妈妈的外面），脸和五官都变形走样，生怕肚子里的你饿着，不忌口不偏食，狂吃暴饮，体重猛增四十斤，至于产后形体，不在考虑之列，我要小胎儿的你吃喝盈余。妈妈的肚子大得出奇，走在街上老有人指指点点，猜测双胞胎，医生说可能会生出一个"巨大儿"。最后一个月，妈妈坐在沙发或躺在床上都站不起来了。妈妈好怕挤到我的宝宝，站着怕坠了你，坐着怕窝着你，走着怕颠了你，躺着怕压了你。总之，妈妈不知如何是好了。这才知道什么叫"坐立不安"。即便如此，妈妈还骄傲地穿着非常漂亮的孕妇裙，腆着大肚子素面朝天地满街乱逛，购买你的一应物品，真是"万事俱备，只欠东风"。妈妈从来没有过如此的成就感。全没了往日的孤傲和清高，变得宽容和蔼，对每个熟悉或陌生的人微笑。

孩子，妈妈曾经是最怕麻烦的人。相约保持两人世界，"丁克家庭"，闲适自在，来去自如。我们如愿以偿地在这个城市郊区的江边筑屋，外带一个可以种花侍草的小花园。妈妈每日除上午进城工作外，其余时间用来读爱读的书、写想写的文章、穿唐装、弹古琴、吹洞箫、练书法、养猫狗、把玩青花瓷器、揣摩明清家具。丰子恺将生活分为三个层次：衣食生活、精神生活、灵魂生活，我们希望能过着衣食生活，享受精神生活，向往灵魂生活。过精致生活，做精神贵族。

为此我们先后放弃过两个孩子。谁料想十年后，一不小心，老蚌得珠，你不期而至。我这片老白菜帮子先惊后喜，随着你在妈妈肚子里一天天从小芝麻豆儿到拳打脚踢（三个月做 B 超，你就跳上跃下，一刻不停，以至于医生无法丈量尺寸），遂大乐，心中断定，原来是一直在等你啊，孩子。

你舅舅担忧妈妈大龄高危有什么闪失，兴师动众地把妈妈辗转若干家医院。其实，妈妈的整体状况好得很，完全可以自然生产，但我坚持剖宫产，我不要我的孩子受一点点挤压和委屈。说来你也许不信，平时连打针都害怕的妈妈手术的从头到尾都是笑着的。大睁着眼睛，亢奋而清醒地感觉着麻醉、切割、挤压、缝合的全过程，而且还不时和医生聊上两句。我要细细品味人生的这一转折点。我从来不知道自己如此坚强。

诗人说："今夜，我不关心人类，我只爱你。"随着一声响亮的啼哭，正是我企求的女儿来了，你哭的声音几乎没把屋顶给掀了。护士把你满是胎脂的小脸蛋跟妈的脸贴一下打个记号，妈妈兴奋得差点晕了。妈妈一下子就成了全世界最最幸福的女人。

你的初生婴儿的各项指标综合评定十分——满分。妈妈真为自己自豪，觉得为你提供的"土壤"没有输给年轻的母亲。我的羊水中刚浮出来的小女儿，霜白霜白的，嫩得要滴出露水来。皮肉紧致，一点都不会松松皱皱，精致的小小脸，像一粒小瓜子。陆续有即将临产的准妈妈来看你，因为"听护士说这里有个小孩很漂亮"，妈妈假装谦虚，但得意之色溢于言表。

然后是三个月的粉红色，"哦，这才是粉红色，以前看见的粉红全是赝品"。那时你小脖子还没有长出来，头像是直接装在肩膀上，身上每一个小褶子都是妈妈的最爱，百读不厌。如今已成十二个月的粉白小人儿，骨小肉厚，一如小核荔枝。手掌、脚掌绵软嫩滑，柔若无骨，那是四块最上品的绸缎。每根手指都像寿山石，而且是荔枝冻，圆润剔透。你的眼睛总是滴溜溜转，灵气得无法形容，或爬或坐，都有型有款，爱笑，有事没事都自个儿偷着乐，你一笑妈妈心里就暖暖地动一下，又动一下，这才知道为什么有"一笑倾人城，再笑倾人国"的说法。当然也哭，你一哭妈妈心里又柔柔地痛一下，再痛一下，哭的时候嘴巴像个小撮箕，扁扁的，大眼睛成了两条往上吊的线条。你的头发太好，浓密得不可思议，成了妈妈的一亩三分田，妈妈给你梳各种发辫，有了漂亮小女儿，妈妈大有用武之地。你喜欢趴在妈的怀里，下巴像把小锄头，一下一下锄我的肩膀。

你七个月就会叫妈妈，听你叫的第一声妈妈，我欣喜若狂，喜极而泣，幸福感从心底一直满溢出来，淹没了我。据说女人一生下来就是一位母亲。先是她布娃娃的母亲，然后是丈夫的母亲，最后是孩子的母亲。母亲，多么神圣的字眼，它的内涵与外延，任何文学的语言都无能为力。它与无私的执着、无尽的付出、无偿的牺牲是同义词。

孩子，妈妈也曾优雅脱俗，恨不得餐风饮露，远离红尘。自从有了你，就决定要做一个最通俗的母亲，一个与世间任何尽责的母亲毫无二致的母亲：你的吃喝拉撒、一颦一笑、点点滴滴、琐琐碎碎，妈妈都要尽可能亲手照料。每天看着你的娇嗔百态，总是不知不觉就泪湿又泪湿。这才知道自己也不过如此脆弱。但我相信天塌地陷，再也没有什么东西可以打倒我，因为我有孩子了，我的女儿需要我坚强的怀抱为她撑起一片晴朗的天空。这之后，妈妈没有什么不能失去，除了你。孩子，你可知道从今往后，只有你能够让妈妈落泪呀。

无论带你到哪里，评语都是："像图画上的娃娃。"陌生人看照片说："这人抱的小孩不是真的，是玩具娃娃吧？"我的头发有阳光味、耳朵有葵花味、眼睛有青草味、鼻子有奶油味、嘴唇有草莓味、酒窝有葡萄味的小女儿，妈妈是多么以你为傲啊。妈妈写了七本书，如果加上你第八本，但你是其中唯一会叫"妈妈"的作品，也是我今生最优秀最得意的作品。上苍对我真是太厚爱了，我当常怀感恩之心。

妈妈曾帮好多朋友的孩子取名，又诗意又清雅，还合乎五行喜用，临到自己却傻了眼，什么样的文字符号才能代表我心爱又心爱的小女儿呢？难度太大了。况且妈妈自私，一定要把"楚"字塞进去，这就大大限制了取名的空间，试着：楚辞、楚兮、楚予、楚曰……但"楚"的笔画已很烦琐，字义繁复，后面无论跟上什么字都显得太累赘、太杂、太重，我可不想女儿一生从名字起就负重，我只要你健康、快乐、轻松。于是——否决，最终是个最没有文化承载意义的名字——楚儿，"楚"后面加个轻轻松松的小尾巴。我不想给你再增加或删减什么了。楚儿——感觉上是小巧、水灵，简单、纯净，不附带任何实在的意义。一个语气词，仅此而已。

孩子，"童年"这个词对妈妈来说，已是遥遥回望的一件事，它曾经快乐，也曾经不快乐。这种不快乐与物质无关。你外公曾指挥过千军万马。父辈的辉煌与成功，使他们更加担忧将门出犬子，期望后代也能不辱使命，承传家族的辉煌，本也无可厚非。但过高的期望必定导致孩子精神上的负载。人的一生那样短暂，掐头去尾也就短短几十年。成功与快乐孰重孰轻？掂量之后妈妈痛下决心不做个"望子成龙"的母亲。如今不厌其烦地买了一大堆国内外育儿新观念的书细细研读，学习人性化的教育，也就是一心愿——我想让你为自己创造一个心灵的天堂。我要我的孩子有最丰富的童年乐趣可以享用。我希望你爱书、爱人、爱自然、爱艺术。

妈妈已经为你准备了一处有花有草有鱼有猫有池塘的乡村院落。希望你能在这么亲近自然的环境里长大：春天何不在草地上撒欢打滚，漫山遍野去追逐蜻蜓蝴蝶；夏季晒得黝黑发亮疯得大汗淋漓；秋天不妨淋淋小雨，踩踏水洼；冬天用舌头和睫毛去品尝寒露迎接霜花。可以爬树可以玩泥，养你爱养的小动物，一件芝麻小事，就能乐个小半天，乐得像条欢蹦乱跳的小狗。需要的话，可以比别的孩子迟一年上学，假如这样能给你多一年的童年，再多一年。

妈妈一向排斥早教的理念，不会早早逼着你背唐诗宋词、记英语字母，数数写字画画弹琴。孩子就是孩子，爱玩是孩子的天性，我相信玩能够使你更聪明。过早地生硬地填塞知识，会不会使你排斥反感厌烦，反而以此为苦？知识，那是美味佳肴，不能像吃糠咽菜地就这么糟蹋了。我不想冒险。有一本书叫《好妈妈，慢慢来》，单这个书名就让我认同。人的一生都要学习，到了足以承载知识、渴望知识的年龄，咱们再来轻松愉快地学习。而且要细嚼慢咽品味过程，而不在于结果，我不要一个过分明确的目的达成性。我们总是习惯说"不让孩子输在起跑线上"，好像人来到这个世界就是为了赛跑，跟世界较劲，跟别人较劲，跟自己的一生较劲。其实每个人的终极目标都是那一个地方，太快毫无益处。何不让孩子的一生轻轻松松、从容漫步？

尽管，重视早期教育受益匪浅并且成功的例子俯拾皆是，但每个成功背后会不会有一个不快乐的孩子？牺牲了太多童年乐趣的孩子，付出的代价，值与不值见仁见智。只是头发长见识短的我，总觉得：成功固然很好，就只是普通但一生平安快乐的人不也是很好吗？因为大人善意的虚荣心，是那么轻易地就拿走了孩子的幸福。让童年更像童年，让孩子更像孩子，不是更好吗？

总之，现在玩就是你的事，快乐就是你的终极目标。你可以不是个优秀的孩子，你可以不是个完美的孩子，你可以不是"哈佛女孩""剑桥女孩"，但妈妈要你一定是个快乐而善良的孩子。一个身体健康、人格健全、心灵自由、阳光灿烂、生气勃勃、趣味盎然的孩子——人格比知识更关键，过程比结果更重要。

妈妈知道做生活中的好妈妈并不难，但能做孩子精神上的好朋友却非常难。妈妈会努力，从你来到的那天起妈妈就开始学习，妈妈要跟你一起成长。

孩子，妈妈性子急，开车惯常高速，现在我会慢点、再慢点，我要为你好好爱护自己，也爱护他人，我的生命因为你而有了新的意义。我要尽可能陪你走得更远一些。

妈妈还担心终有一天走了以后，把你一个人留在这个世界上，你会不会孤独？会不会受伤害？因为妈妈三十八岁才生下你，别的孩子也许比你多十年时间承欢父母膝前，那我现在就把爱双倍地给你，好吗？

孩子，妈妈多么想把整个世界都给你，但我做不到。

可是，把我全部的时间、生命和爱给你，一点都不难。

张艾佳在《心甘情愿》里这样唱——

当我偷偷放开你的手/看你小心地学会了走/你心中不明白离愁才是快乐地不回头/简单的心简单的要求/为你我愿一切从头/这世界到底有多大/握紧我的手/有我陪你看你长大……

蹲下来，听花开的声音

"师命难违"，孩子老师的命令更是不敢有误。育儿我真是有"心"而无"得"，至少短期内无所得。

我家楚儿六岁多了，六年多来她始终认为玩是她的第一大事，我也这么看。因此，早教彻底抛弃了她。在幼儿园整整玩了三年之后，小学接着玩。在学校她也人模人样地听课写字，下午在托管所匆匆划拉完作业，回家就把自己交给了学习之外的乐子，周末更是一只飞禽走兽，上天入地。她的无边无际的快乐、无拘无束的自由让我羡慕不已。

上小学前她识字寥寥更别说写字，背不出几句唐诗，对数字拼音英语更是所知甚少。但我不觉得她耽误了什么。在我看来，对一个童年的孩子来说，还有很多比掌握书本上的知识更重要的事，比如：玩；比如：亲近自然；比如：说话，痛痛快快地说……

的确，楚儿话多得像春天的小鹦鹉，我的耳朵是它们的天空。为了让这些小鹦鹉飞得更自在，她得用眼睛看、用耳朵听、用脑子想、用心记忆，因为要跟妈妈对话呀。我以前半个月说的话，现在一天就能说完——成了最絮叨的妈妈。我把全部精力放在她对世界的感悟（不仅仅是认知），我希望她学会用自己的眼睛抚摸世界，用自己的心灵感受世界，用自己的语言表达世界，最终，能用生命热爱这个世界。这是一种真实的幸福。

没有不好的孩子，只有不好的家长。但扪心自问，我不是不用心，我是不用力。我怕我发力可能就是压力，我在期待孩子自己的动力。一直不能认同"不让孩子输在起跑线上"这句话。好像人来到这个世界就是为了赛跑，跟世界较劲，跟别人较劲，跟自己的一生较劲。何不让孩子的一生轻轻松松、从容漫步？早教的急切、对考试分数的较真是那么轻易地就拿走了孩子的童年。何不让童年更像童年，让孩子更像孩子？

令我意外的是，楚儿这个远离学习和书本的孩子上一年级后，由于成绩优秀居然摇身一变成了班上的学习委员，更令我欣慰的是她渐渐开始在书橱前停留，并且会抱着书口中念念有词——阅读！后来语文老师干脆把阅读课外书变成一项每天的永远的作业。每周五有一节课，专门用来向全班同学介绍自己读过的书。楚儿非常兴奋，她似乎一夜之间发现"书到用时方恨少"，以前妈妈帮她"阅读"的书怎么遗漏了那么多其他同学读过的？

韩寒说，语文里面，除了作文好，还有什么能代表语文好？语文的一切几乎都体现在文章里面。文章好，就是真的好。我很赞同他这种观点。的确，没有一种比文章更好的形式能够包容"语文"的十八般武艺了。而作文好最直接的来源不是对好词好句的背诵强记，而是大量的阅读，通过阅读潜移默化"润物细无声"的滋养。儒家有一种思想叫"中和"的精神，语文最终也是中和，即调节人的心灵，让人温润如玉。

我总觉得交给孩子开门的钥匙，比带他们进入房间更为合适。其实我给孩子"阅读"过不少书，算是一次再次地带进房间，多么希望楚儿向我索取钥匙，但我没能做到。楚儿终于自己用心又用力地爱上了阅读，我真是喜出望外！无疑，这把钥匙能让楚儿以及所有的孩子受益终身！

孩子的童年就是春天的花骨朵，每一天每一时刻，花瓣都在次第拆开，而我们要做的仅仅是：蹲下来，凝视孩子，倾听孩子。只有用心，你才会听到——花开的声音。

无书不如厕

近一年的时间，楚儿的阅读量不知不觉已逾一百多万字。随着量的累积，她的阅读也大大提速。

阅读是大享受，所以场所是在床上，不必在书房书桌。她以最舒服的姿势倚靠着，专用床上小书架，不用捧书手不酸。不必握笔圈点勾画，不必为不认识的字查字典磕磕绊绊，不必为妙词佳句煞费苦心，更不必为复述故事瞻前顾后。我要让她知道，阅读是野生动物不是圈养动物，可以漫无目的、随心所欲，如果非要一个目的，那就是——愉悦。

凡是对孩子无害的书（当然不能低俗垃圾），无论厚薄长短门类，该准备多些再多些，让孩子随手可得。允许挑三拣四挑肥拣瘦，允许弃暗投明另有所图。上当当网钻图书城，买书像买菜，用购物车。我圆胖的小女儿像个贪心的小熊，弓着腰，恨不得把所有的玉米棒都掰回家中。看着书哗哗进来银子哗哗出去，我心碎啊！（恍惚有了儿时养蚕断了桑叶的惶恐。）这才发觉孩子已多久没要玩具了……看到不少孩子席地而坐地看书，楚儿冒出一句"我们家住在图书城隔壁就好了"，说得我眼睛都湿了。我心甚慰！想着要快快带她奔图书馆、阅读基地去。

给楚儿七岁的生日礼物是网购了全套金庸武侠小说（金庸深厚的古典文学底蕴和超人的想象空间，悬念迭起，快意恩仇。最重要的还是阅读快感。）朋友说我疯了，"引狼入室"不怕她入迷影响学习。可是，还有什么样的入迷会比迷书籍更让人欣慰的？没完没了的电视《喜羊羊与灰太狼》《家有儿女》她不也是一集集看下来的，网络游戏也狂热地玩过一阵子，现在的孩子不让他们触"电"也不公平，在同龄孩子中就少了"话语权"，也会很郁闷。且让他们"逃家小兔"，最终总是会回到书籍温馨的怀抱中来的。我一向认定能留住人最久的依然是书香和大自然，能让人长久痴迷的仍是书中的颜如玉黄金屋。

在我们家没有"亲子阅读"，我抱着电脑，孩子抱着书，"各回各家，各找各妈"谁也不烦谁。看小说这么爽的事哪里用得着陪？记得在精神食粮匮乏的年代，我有幸有个在新华书店工作的妈妈。每个寒暑假我就是一只蛀虫，藏身书店后面的仓库里蛀书。书也不多，适合不适合的都蛀了，最后就剩下翻来覆去地蛀红楼水浒西游（初中女生嫌三国一团乱麻太纠结，剪不断理还乱），经典就是经典，读得我五体投地无言以对。我是阅读的受益者。

我给孩子小学阶段的阅读建议是背古诗和看小说（引人入胜的情节容易快速持续地养成阅读习惯）以及只要她感兴趣的书。唐诗宋词元曲散文名篇等古代经典早晚是要烂熟于胸的（《必背70首》远远不够），一字一句地背，没什么捷径可走。这样滋养人的奢侈品几千年就浓缩成这么一点点，好好享用吧。用"阅读"二字都轻慢了。然后再选读一些新诗经典。

我个人觉得比较糟糕的阅读是"作文选""作文技巧""同龄人写的诗歌散文""好词好句好段集"等貌似"有用"的书。这些书也许能硬生生地教孩子"搬运"词语，模仿"作"文，但永远不可能教会孩子创作。反而磨损了阅读胃口，摧毁了刚刚萌发的兴趣的粉嫩小芽苞。还是不要把阅读和写作文捆绑打包吧。当阅读成了一项强制性的额外的大人指定书目的作业，"阅读"就成了"读书"和功课，兴味索然。孩子的反应只有一个——拒绝。

幸好老师深谙"学语文不仅是学语文课本"的道理，布置的作业楚儿居然能下午放学后在托管所悉数完成。有一晚上的快乐可以预期，她更是加快作业速度。回家跳绳或跑步，写几张毛笔书法，剩余时间就全归她阅读。我是甩手掌柜，孩子是逍遥伙计，各得其所。双休节假日更是精神盛宴、饕餮大餐，一本十万字小说两三天就被嚼掉半本。

我不鼓励孩子过早涉足创作包括作文。写作是厚积薄发水到渠成瓜熟蒂落的事，不要迷信"练笔"。钢铁是炼出来的，笔是练不出来的，一支妙笔只能靠大量的阅读积累和感悟才可能生花。去年某日楚儿看完《窗边的小豆豆》热血沸腾，当即决定写"续集"（我先是以为自己听力出了问题）。她在电脑上敲了几百字后终于力不从心败下阵来。前些日子又从她书包里翻出一本类似章回又似故事的连续性的号称"小说"的东西（中午在托管所的杰作）。画有"版权页""灰太狼有限公司出版"赫然"发行1000册"，作家：楚儿。我又晕倒一次。里面动静不小，上天入地呼喝纵横，热闹得紧。当然错别字也欢聚一堂，倒是没见病句。不改不批，且由她去。此类"非法出版物"暂不在我查封之列。只暗暗盼望她赶快意兴阑珊，惨淡收场，回到老老实实阅读的老路上来。

总之，一年级时双百分的幸福生活已经彻底挥别了楚儿同学。但阅读带给她的乐趣那是"桃花流水窅然去，别有天地非人间"。这是一种厚实耐用的幸福！经常看到她出恭猴急跳脚之际，提着裤子扑向书房（可能临时发现厕上无书），随便揪上一本书又以光速蹿回厕上。颇得古人"马上枕上厕上"的读书"三上"原则。孩子已能"无书不如厕"了，我心窃喜。

阅读终于成了楚儿娱乐的一部分，而不是学习的一部分。大乐，莫过于此！我相信，一个浸润在书香里长大的孩子，内心或许可以多出一双轻盈的翅膀，或许可以为自己的一生创造一个心灵的天堂。

三千三千烦恼丝

与生俱来的一头自然卷发,带给我的是与生俱来的烦恼。那远不是几个"三千"所能形容的。

羡慕死了"长发为君留""云鬓花颜金步摇"之类的美丽意境。但在我这儿,却永无发挥的余地。

此事须得说个端详。

从百日的照片,已初见端倪。稀疏的胎毛就全数冲天站着,歪七扭八,转了九九八十一道弯,再长大些就更没了章法。若是一绺一绺地卷,那是小洋妞。我偏不,要一根一根来弯曲,卷得杂乱无章、蓬乱如草、天昏地暗,被姐姐贬作"卷毛青鬃"。

更沮丧的事还在后头。

学校铁定有学生不准烫发的纪律。从小学到中学,凡老师宣布此规定之际,就是一个小女孩受难之时。屁股如坐在钉板上,蜷缩起自己,大气不敢出。脸红红的几乎就塞进了抽屉里,心里直犯虚。老师是宽大为怀的,不点名但不等于不使用眼角余光暗示法。于是全班五十多位同学合计一白多道目光对准了焦点:"说的就是你,你以为说谁。"心里有一千个小声音在呐喊:"不是不是不是!"但没点名,我永远得不到辩解与澄清的机会。那时心中时常盘算着两件事:一是开个新闻发布会沉冤昭雪;再或者择一个日子,削发为尼,让它寸发不留,烦恼全无。

当然，两种"理想"都未曾实现，只好另谋出路。首先得设法摆脱"卷毛青鬃"的形象，因此必须杜绝短发。这就更难倒了妈妈，她为我梳头编辫子，每一梳子下来，就揪得我吱哇乱叫。后来搞改革，隔两三天才梳一次头，也不过是把两三次小痛集中作一次大痛。梳头在我，实实在在是一种酷刑。

更糟的是这头发不只卷，还干燥如乱草，洗完吹干了猛猛野野的一大头，张狂得让人不知如何应对，都不敢往镜前站，夜里若穿一件白袍出没，那活生生是一个刚从《聊斋志异》里走出来的女鬼。只好趁没完全干透快快编起来，束缚好它的野性，再镇以茶油发乳发胶摩丝之类，才算勉强制服了它。曾有同事半玩笑半认真地问："你是不是每天先把头发放锅里炒过之后，才来上班。"我只有啼笑皆非的分儿。

信不信由你，我这一生最渴望的事是坐上理发厅的大转椅，让理发师变魔术一样一变变出一个发式来。最羡慕的事是人家女孩儿发型得心应手地变来变去，今天阳刚，明天阴柔，后天飘逸，太阳每天都是新鲜的。每每经过彩灯旋转的发廊，都揣摩着坐在那里的滋味。

有一次实在顶不住那诱惑，视死如归一样豁出去了，想先从刘海位置进行小面积试点改革。洗烫吹，很惬意。然而，第二天洗过一次头后，我看见有一丛乱草被顶在脑门上，仅此而已。那一刻才深切体会到"哀莫大于心死"的真正含义。不驯服的东西你不能指望任何外力能使它有型有款。唯有买一大堆发型书，在家里研究来揣摩去，成了一种心理补偿。

文艺小说里的女主全都约好了似的，一律直长发披肩，还要中分，"清汤挂面"清纯可人，气质因此就好得不得了。让人羡慕得要死。走在街上就忍不住老盯着人头上瞧，遇上漂亮的头发，就涌上一大把想象力和形容词。摩托车也就直直地往分道护栏上撞。

因为"行走的风景"而拥有了好多读者朋友。他们被"风景"朦胧过后，也以文如其人的惯性来朦胧楚楚。一百封信就有一百种想象力，但有一点是共同的:"长长直直黑黑亮亮的头发披到腰际",假如有一天他们亲自印证了此楚楚与彼楚楚大相径庭,乱发飞洒,还不知要怎样的扼腕长叹呢。

有一次翻台湾报纸,发现一则"最新美发技术,曲发变直"的广告,顿时双目放光,心中大喜,只是海峡悬隔,心下大憾。倒有一定启发,寻到街头一家最新潮的发廊,对照一问,成!大喜过望,积极坐上椅子就等开始操作。顺口问一句能直多久,答:"你这种发质,一星期。"忽地一下跳将起来,夺路而逃。若每星期都被这么操作一次,我的财力精力耐力都得经受考验,头发也将不再为人发。从此死了这条心。

有时实在驾驭不住爱美之心,也想解散一下日日紧束的辫子,喷上发胶,散了长发,骑上摩托车飘飘洒洒,像流行歌曲里唱的"黑头发飘起来"。可上一次街总有事办,不能总飘个不停。于是,一摘下头盔就现了本相。不小心被朋友们碰上,就瞪大了眼睛,好像我刚从外星球来,然后问:"这是你吗?你把你的气质投到什么地方去了?"害我惭愧不已。又曾听过身后这样的一段对话:

"这人好像戴的假发,听说最近流行,就是很贵。"

"贵怕啥,说不定她是秃头,花多少都值得。"

垂头丧气之余,从此也就不再做飘逸之梦了。俗话说"风水轮流转""各领风骚数十年",我做梦也没想到本人有一天也能领导发型新潮流呢。20世纪80年代末,几乎是在一夜之间,大街上"广东名师主理"的发廊如雨后春笋般崛起,各种发式琳琅满目,让人们的眼睛时刻享有发现美的快感。什么"菊花式""山口百惠式"那已经是老土的过去式了,如今要冠以不大容易顾名思义的名称,比如:德步、浪板、拐子牙、超七彩、一片云、离子烫、玉米烫……让人联想到舞池、运动项目、琼瑶以及三维空间之外的一些事物,神秘地诱惑着所有有头发的女人。其中有一种"爆炸式",听起来很吓人,其实也就是把头发烫得蓬松野性,有你三个脑袋那么大就差不多了。与我正烦恼着的事物有异曲同工之妙。大喜之下，也让抑郁成疾的头发"风骚"它一下子。偶尔去逛商业城时装店，老被小老板缠住不放走，兴奋地跳来跳去推荐各式天文数字的高档服装，搞不清在哪里出了岔。后来才知道时下弄一个最普通的"爆炸式"已价格不菲，若"大爆炸"（原子弹、氢弹级？）更非人人所能企及，难怪小老板以为我腰缠万贯，而我自己还不知道一夜之间，脑袋已变得尊贵起来了。

我哥有一天若有所悟地说："我知道了，你一定是皮太厚，头发长出来太艰难，才这么弯弯曲曲勉勉强强。"怒归怒，但有一定道理，小草小树不也是这样，重压下求生存，以前怎么就没想到？

从此心安理得，把额头抹个干干净净，仍编一根紧紧的独辫或一只松松的发髻，非此二者，不做第三种想。虽是黔驴技穷，倒也心如止水，怡然自得。

后来又看了几本禅学方面的书，书上说："烦恼即菩提。"有烦恼才有开悟。

遂心想：我能有头发，就是一种福分，就该满足，人不可以太贪心；不是直发是卷发，这本身就是一种缘分，随缘就好；再说芸芸众生，并不是很多人能拥有这种独特的机会，就是造物主的恩宠，一切都是最好的安排，我更应心存感激才对。

于是，一笑。把一切都放下，放下就自在了。

千里怀人月在峰

烟雨遥

再没有哪部文学作品能让我像曾经读金庸武侠小说那样昼夜不分、半梦半醒、快意恩仇！记得当年师从古琴家李禹贤先生习古琴，总学传统古曲，心中郁郁。直到有一天他打了《笑傲江湖》主题曲《沧海一声笑》琴谱，并演绎得苍劲老辣、狂狷不羁，一腔江湖豪情，至今犹在眼前。岁月忽忽，"江山笑，烟雨遥"，恩师已驾鹤西去，金庸先生亦"豪情还剩一襟晚照"，斯人已去，背影渐行渐远。

雨夜怀旧，不胜唏嘘……这支琴曲始终都是我的最爱，没有之一！

船过水无痕

很多人很多场景看一眼，便是最后一眼！一周前 ICU 里与诗人昌政兄的最后一面、最后一握，还是握不住生命！终成永诀！也许与病痛相比，此刻体面而有尊严地离开，更适合一位纯粹的诗人，更能成全一个飞翔的灵魂。

夕阳的沉浮，一如那人的一生。他来过，他辉煌过，然后，某一天他静静地走了。船过水无痕，人过亦然。

我们的人生就是一次次送别，送别一个个有去无回的人的过程，然后自己再把自己送走……

淡去的背影

您突然就不见了。

要给您的喜糖，仅仅耽搁了几日，您猝然驾鹤西去。我是怎样抖着手在名单上轻轻划去这个名字。在无人的地方悄悄焚香，一祭，供一包糖，错觉中又听您一如往日，用土腔土调的山东口音喊我"小楚"，亲切地跟我说话，伸手来握，我下意识地伸出手去，终是疼痛地收回。

一种发自生命深处的痛惜与遗憾，以雪崩的速度埋葬我。那实实在在是一种不舍啊！

使劲使劲搜索，关于您的记忆依然少而又少。一些淡忘了，一些随您脚下手工厚底布鞋，渐行渐远，成我心中朦胧的远景，只剩下那双病后不停痉挛的手。每次握它，都怀疑您是倾注了全部的生命与热情在上面。

最早见您还是六年前的中秋节，受编辑部之托为身为我刊顾问的您送去月饼和问候，您什么也没说，就这么抖抖地紧握着我的手，很久没松开。此后，年年如此。今年中秋还远，而我纵是寻遍世间最精美的月饼，却再也握不到您温暖的手。生死之间是多么间不容发，更何况是一双手啊。

不论您曾有着怎样的地位、名望与劳绩，在我心目中，仍是我外祖父一样平平实实的老人，不仅仅是用来尊敬与拥戴的，而是让人感受亲切与慈爱的。

人生在世不过是客旅，这位老人，已在凡尘结实而顶真地活过了，如今搬回心灵的故乡去居住了吧。

我知道，您太累了，那就让疲倦的躯体躺下来吧。

檐滴与泪意
——一位老归侨写意

是酩酊的时刻,所有的意识都在醉中。

小醉不够,我要醉死一次。谁知道,是明日?还是后天?我又是漂泊的游子、天涯的旅人……

那一滴噙着六十年的泪,就让它:落——下——来——

谁能测量乡愁的深度?

诗人说:不忍登高临远,望故乡渺邈,归思难收。

另一位诗人说:血一样的海棠红,沸血的烧痛,是乡愁的烧痛。还有一位诗人干脆就直直白白地写下:一夜归心五处痒。

可是,我的乡愁却永远无法言简意赅,那些个在异乡苦茗中怔忡的长夜,是多么地不能提及。

爱你太多,所以怕痛。不敢提及,偏要提及。我该怎样在这岛外之岛、海外之海把你说给人听?我说:故乡是一些模糊的面容和淡忘的名字;是午夜木屐笃笃踏过石板路的声音;是油纸伞霉湿在门后的气味;是雨后黄昏,依稀听到檐滴就会鼻酸的感觉……

多少次把酒喝成哭着要回家的月光。

多少次把空瓶误作我乡我家的老屋。

多少次从夕阳丝丝的纹路上,望乡。

多少次从地平线远远迢迢的彼端,还是望乡……

却总是不能成行不能成行啊!岁月已结我一头化不了的霜,纵是魂牵梦萦,你仍是我不及的梦,而归处仍在——云那头。未解忆长安的儿女说,说我的乡思已成沉疴,药石无效。冉也耽搁不得了,海大纵然不老,我却会老。使我苍老的,并非年龄之增长,而是执着之失落,异乡正想要潜移默化地偷换概念成我的故乡。

即使远不可触,我的故乡在远方。唯一的心念在日夜刺痛我——我要回家!抛却所有牵绊,跋涉千山万水,我的眼睛就一直这样湿着。

含泪看山不是山,含泪看水不是水,不知含泪看我故乡的小巷,是否依旧是那长长瘦瘦的窄巷?

再一想,还是低眉的好。一襟春风夏雨,两袖秋月雪,故乡,是否还记得我?还是已忘了我?是否乡音未改,有人将隐隐猜测我的身世?是否"儿童相见不相识,笑问客从何处来"?是否乡情已淡、人情已薄?

近乡情更怯,我步履迟疑。

当我实实在在地踏上我的故土,有一些什么直逼我心。我睁开双眼的第一瞬,鲜花和天使占据了我。这长着翅膀的小天使,用她唇间软软的丝绒鞋,践踏过我沧桑的脸庞。她小巧的嘴唇是粉红色的小剪刀,轻轻剪开我的灵魂,疏通了我体内迟滞已久的脉搏,使我那么强烈地感受到一种心的熨帖、灵的窒息和生命终极的颤动。似乎我已用了整整一生等她这轻轻一啄,而她仅用了一秒钟,就使我完成了从肌肤到心灵的展颜。

我的故乡啊,你竟是以这样一种远较我的言辞所不能形容的具体来接纳我,有时人与人心灵的契合,不需要任何言语。

我贪婪地渴饮祖国赠予我的第一滴甘泉,我是早得太久太久了。我将这圣洁的小天使紧紧拥向胸口,挤进血脉最烫的地方。我怎能不抛开矜持,恣肆地任自己老泪纵横!我以为我在开怀大笑,我以为我在放声大哭,事实却是没有任何声息,一切都那么宁静,时间屏息、世界定格、宇宙空白,唯我心中的松涛如坊间的箫音,此后再难平息。

已有多久,激情不再;已有多久,感动不再。冷漠从盛唐之后开始,而暮年的此刻,却一阵阵柔情四起。

是血在烧!

让我一次爱个够。我是匆匆过客,我还得背上行囊再度远游。当我将这幅摄影悬于海外的居室，几乎每位朋友都这样问我：当时你怎么可以笑到如此忘情？据说昙花又名"忘情"，开谢只在瞬间。但那种忘情之美，刹那已是永恒。这使我很久很久以前直到很久很久以后，一直只会唱那几句歌：

    总是要历经百转和千回，才知情深意浓
    总是要走遍千山和万水，才知何去何从
    为何等到错过多年以后，才明白自己最真的梦……

一半在凡尘， 一半在仙界

——"这一个"装帧艺术家张守义

很怕写你。

因为这世上有一种人，简直无法用任何实的或虚的事物来增加他，他自己已是一个完整的宇宙。张守义就是。

1991年第一次见你，信心很足地对你说：我要写你！回来后却始终无从下笔。1992年见你第二次，这才知道你不是可以用笔墨来写的。你是要让人穿过眼帘，用心去感受，用感受去触摸的那种只可意会、不可言传的存在。就像我能感觉到风的力量，却永远无法描绘风本身。我的承诺为难了我自己。我真的不知该怎样说你给别人听。但握笔的冲动，又在分分秒秒地扎痛我的心。从来没有一个题材像你这样使我有创作冲动而又怯于提笔。断然忽略了关于中国美术家协会理事、中国美协书籍装帧艺术委员会主任委员、人民文学出版社编审的那个张守义的所有资料，我只想"破釜沉舟，背水一战"，仅以短短两次会面的了解，描画出感觉中的"这一个"张守义。

相遇自是有缘

曾有过这样的经验：某个地方，明明从未去过，有一天去了，竟像是曾见过般眼熟。说不清是梦中抑或是前世有过相遇。其实那不是眼熟，是心熟，当属第六感觉之外的一种心灵感应。我管它叫"缘分"。

那年在北京开会。与会者众，其中有一枯瘦清癯的老人，触目十分眼熟，但在此之前，确实从未谋面。会后晚宴，这老人不言不语，只顾埋头喝他的啤酒。突然没头没脑地冲我说："我可以给你《行走的风景》设计封面。"我心中"咯噔"一下。《行走的风景》乃是《台港文学选刊》封底我的配画散文诗系列，他知道倒也不足为怪，只是将之结集还只在我心里酝酿，被他猝然点破，着实有些措手不及，连我自己都未曾定夺的事，他如何竟肯定得连个"假如"都不用？尔后我被告知这就是著名的……著名的……张守义。据说，他主动提出给人设计封面，算是稀罕事。但我依然找不出多少受宠若惊的感觉，我不迷信名字前面定语的多少与轻重，尤其是当我阅读过他纵横恣肆的乱发、漫不经心的属于艺术家的"邋遢"之后，就很让人替他的封面设计没多少信心。

第二天兜里很揣了一些钱，预备去做京城时装市场的"巡礼"。但同仁们要去拜访"著名书籍装帧美术家"张守义，立时，精神追求与物质追逐，境界高下立判。只好忍痛藏起小女人的尾巴，尾随而去。事后我想：假如那次会上未遇张守义，假如宴会时不在同桌，假如第二天坚持去逛街，再假如……

也不需要懂，只保留感觉

一路使劲酝酿"慕名已久"之类的情绪，却在瞥到你画作的第一眼，便被兜头砍去，关在了你的屋门外。我只觉眼前狠狠一亮，似有一线缘分扎扎实实地、一寸一寸地穿入我的胸怀。我就这样忘乎所以地立在你小屋中间，对着每一幅画发呆，而每幅画都伸出一只手，紧紧捏住了我心头最酸最软的那部分。心底有一千个小声音在喊：我懂你的画，我完全读懂了你的作品。

说来惭愧，直到今天我还习惯于把美术叫作"画图画"，直到前不久才刚刚弄清书籍环衬与彩色插页之间的区别，我有什么资格鉴赏你的画？但我是那样有把握，我已经在你艺术的磁场中找到了一把感觉的椅子，我坐下来，坐下来欣赏的不是画的艺术技巧，而是画境，是画外之画、味外之味，正如音乐的弦外之音，更是一种境中之境。前者之境是布局，对外界现象的叙述，而后者之境则是一种隐喻的手法，它是超出可见的范围，诉求深层知性的交会与融合。换个角度表述，则是你的画窥探了我的潜意识，准确地诠释了我感觉到却无法表达的某个精神层面。我与它们，像是与一个知己间动人的邂逅。

赏读你为外国文学名著的装帧设计与插图，最能使我感受到你艺术的独特个性。并不着意于人物形象的临摹，而是注重情境的塑造、墨染的布设和笔意的情绪语言，渐渐呈现主题的色调厚度，而不同主题又有各自不同的情境依融关系。留白处既为整幅画的构图，焕发出空畅的呼吸度，又自成意境。大胆写意的简笔线描丝毫不见单薄，那种精神线条既加深画面穿透力，也使整个意念语汇不显得累赘。寥寥数笔，潜藏的人性空间以及空间中的生命力源源而出，人物也随之立起来，以一张张看不见的脸去哭去笑去活生生地生存在这个烟尘滚滚的世界里。

据说你为《神曲》装帧设计的时候，在长白山天池曾出现过一次地狱的幻觉，因此很成功地完成了关于但丁的创作。八年之后你再上天池，虔诚跪拜着将当时创作的镇纸石和但丁像锌版一起投入天池，以创作心血答谢艺术大师的在天之灵。

这究竟是你对艺术执着追求已达如痴如狂的程度，还是你的艺术造诣的确已臻通灵之境？

你为外国文学作品的插图似有一种缺憾之美。因为追求写意与神似，许多细节刻画，你只以简洁的符号、线条表示。甚至连人物的脸都略去不画，这就增强了画的弹性与张力，留出了想象的余地。使观赏者不得不调动自己的美感经验和对原著的理解，用想象去体会、补充。填满那没有语言的语言，境界以外的境界。这就在不经意间完成了一个共同创作的过程。同时，作家、画家、赏画者之间就有了一段神交。这种参与感则使画面更臻妙境。

再品你的花鸟水墨，如品禅画。纤纤几笔、淡淡着墨，意在笔内而境在墨外。无论是《企鹅》还是《雪中鸟》，都脉络清淡，秀拙相蕴，圆融出一份温柔的心境。你借企鹅翅膀、鸟雀纤足这样的轻灵点来传神惹眼。画面立时洋溢着灵动的乐谱情调。画面并无玄虚意象，但其轻浅适意之间所惹发的空灵气息却是不尽的。这种简洁而动人的空灵之美，删尽了世俗间一切繁杂的表象，只适合放在世界静寂下来的时候独自品味。

最获我心的是你的自画像《酒仙》系列，它不是画，是境。不能赏，不能品，只能在悟的层境。它已完全超越了美术原控的范畴，率性出奇笔墨恣纵犹如梦境。没有时空的限制，没有笔意的束缚；既在理中又出于常理；既有法度又无法度；在似与不似之间，有意与无意之中，特殊的水墨晕染，倾力渲染着画家微醺的心绪，展现着动静、虚实两极情绪的张力。功力之深，已达心手两忘之境。我相信此刻你必已进入幻觉状态，有了某种顿悟，并从入境中超越而出，跃向一个空无之境。

墨香、酒香、心香已融为一体；

画境、酒境、禅境已揉成一片。

乃构成一个清绝之境。你并不祈求人人都能了然于心，只留给有缘人浅尝。如是解人，自当有会心一笑。

想起明代文人李卓吾的话："画不徒写形，正要形神在；诗不在画外，正写画中态。"你的《酒仙图》不仅诠释了此话真意，更提升到一个更高的层面：不徒写形—形神俱在—形神浮离。即超越于画面之上，并反射出一种宗教意蕴和神性之美。

这使我再次肯定：艺术创造者是超越于语言文字与知识架构的。他们是远远超前于我们的。

红尘与仙界的夹缝间

但我知道聊张守义就不能不提他的收藏。这都是些什么收藏哦：旧书、碎石、破瓦、酒瓶标贴、瓶开……他管这叫"收藏"？他开心地一件件点数诉说，每一件分明都悬结着一个故事、一段情缘。这无法鉴定的收藏，既不追求观赏价值，也不期望经济价值，寻索的只是文化意趣和创作灵感的触媒。但我以为这只是你能说得出的直接理由，另有一种说不出的、间接的、下意识的支配，那是——爱。是佛家所说的"仁人爱物"，正如我所料，你的收藏是那样随缘。有便好，没有也不刻意强求；既爱物，又不为物所累；心无牵挂，得失自如。因此你这些无法鉴定的收藏，它的精神价值已远远超越了它本身的价值，乃至收藏行为本身的价值。

我不能断定你是否信奉宗教，但我能肯定，无论是你画作的禅思之美，还是你行为轨迹的脱俗之姿，无不在呈现着你的宗教心灵。我认为，任何人都需要宗教意识的洗涤和艺术的熏陶。因为艺术能给人创造力的培育与梦想的空间，宗教给人博爱的心灵和无限广大的时空。

我相信许多人和我一样以为你已七十岁或者还要更老一些，但你只有六十岁。你的画比你年轻。你在用生命创作，你将你的血脉注入你的艺术。

我以为你既已从事书籍装帧艺术的创作和理论研究四十余年，又多次在国外展出，获全国大奖，如今创作当是轻车熟道，易如反掌。却不知你依然要把自己反锁屋中，瞪眼歪嘴、东躺西卧地自演自画，每个设计、每幅插图都要几易几易其稿，直至最佳方案。

我以为你该有一间敞亮的工作室，至少有一张像样的大画台。却不知这像是正在搬家或刚搬完家尚未整理就绪的十平方米就是你的画室，挪开成堆的书籍、画稿，这三尺见方的茶几就是你的画台。至于大幅的作品，你只能趴在地上创作。我想象，我不敢想象：冰凉的水泥地面、瘦弱的你、优秀的作品……思及此，不容我不泪目啊！

我甚至以为，你既如此嗜酒，又有"酒仙""酒神"美称，当也钟爱美食佳肴。却不知由于患胃肠功能衰竭症，你每天仅靠四瓶啤酒和几把花生仁维持生命已整整二十年了……我的心被一把揪紧了！

但识琴中趣，何劳弦上音

坐得越久，越感觉到有一种灵醒的说不清的气息与色彩，在我周围流动。尘污俗垢一层层蜕去，而心静静地……静静地空出来。

张守义依然一副茫茫然然的模样：人就在面前，神情却已在尘世之外，握着酒瓶，有一口或者无一口。又不肯坐下，瘦瘦的身躯像一个影子，在地中间摇摇晃晃、忽忽悠悠。耳闻屋外红尘起起落落的声势，你好想听见，又好像没听见……

我想：所谓"酒仙"不过借喻而已。你不是酒醉，是神醉、是心醉。说穿了，根本就不是醉，是一种大醒，是"众人皆醉我独醒"的那种高高地立在一切忧喜之上的生命态势。

谁说过："一个艺术家不是疯子就是孩童。"因为但凡有成就的艺术家，无不对他所从事的艺术如痴如狂，强烈的角色意识，使他们自觉就只是为了艺术才来到这个世间。他们的行为便常常不再适合世俗的规范。同时又必定像孩童一样拥有一个纯粹的世界。张守义不只像疯子、像孩童，更像一个仙风道骨的——艺术家。

我有要写点什么的冲动。会不会写书法有什么关系？在画家书法家面前丢丑又有什么要紧？我只想从心灵到笔端，一笔一画地告诉你，我在读懂你画境的同时，也进入了你的内心世界，我歪七扭八地写下：一半在凡尘，一半在仙界！

世界暂时空白、静止，但我清清楚楚地感应到我写完最后一画的那刻，你的心震动了一下。待了几分钟之后，你很重地拍了一下茶几，并没说出任何一个字。够了，但识琴中趣，何劳弦上音？我们握住的是彼此心灵的手。

下一个春天再访你，你交给我《行走的风景》一书的封面设计：银白底上一个很有质感的精雕细镂、高贵典雅的空白画框，再加一行黑字书名。书中整整六十二幅精美摄影，你却给读者一个最广阔的空间。那种空灵之气、脱俗之姿、暗示之韵深得《行走的风景》神髓，正是大味必淡、淡中求腴的没有设计的最佳设计。

我不能再置一词。一切先有默契，不必多言。

原来当你在一篇篇收藏《行走的风景》时，早已读透了它，达成一种默契，才愿为设计封面。而我却迟了好几步，才从你画境中找到彼此心灵的共通点。

尔后你拿出你的日记"本"，那是一张四尺宣纸，从中一画两半，左边是"一半在凡尘"，专记红尘烦恼，原来你时常也不免迁就世俗。右边是"一半在仙界"，则多是与至情知己的酬酢或是读到一本好书，画了一张满意的画等等。其中有：收到楚楚贴马蹄莲干燥花的自制贺卡，入境……画一只醉鸡给楚楚，入境……我心中大乐。尽管你比我到这世上早了近四十年，但，我懂你。这就像我无论怎样努力也只画得出你的形却画不出你的神一样毋庸置疑。

无疑，这老人是个使人一见难忘的人。但闭上眼睛想一想，我甚至不能够说出你的模样。你这画人不画脸的画家，我该如何来画你的脸？

依稀是这样的线条：

基督般忧郁的双眉……视域没有焦点……

说话很慢，没有中气，若有若无，如诵经的音韵……

很少笑，笑容很淡，淡得很悠远……

时而化童，时而老迈，时而为人，时而为仙……

第五辑

人乱想

出尘之想

微　月

月亮的居处便是我的居处——

我以七尾月光砌一间屋，以星子引火，把夜雾烹煮成一盏茶。不饮，却禅坐于云烟之中，无所思亦无所不思，然后不再感觉。

有雨不约而至，把小屋搬得更空。我即破窗而出，解去心头衫褙，赤裸如雪，飘飘然悬自己于虚空之间。又在身旁稍远，画些许天籁禽音做伴，不即不离，无挂无碍。

及至归来，也无风雨也无晴。只有虹是湿了的小路，引你自尘世一路寻来。久候不遇，你独自饮干那盏冷茶，又翩翩如鹤归去。我深深了解你的来意。只是梦醒时我已无头可回、无岸可望。

我本是三生石上的旧精魂，单薄的形骸早已脱胎为云、换骨为雨……

疏　雨

在梦与醒的边缘，焚一炷香，听雨。

千间瓦屋，千般曲调。有微尘不染的感动自后襟丝丝渗入，我眉睫泪水盈盈。

　　那茎洞箫细碎的长廊，那片绝望相思的冰雪情怀，已淡作忽风飘尘，遥不可辨。小情小爱很远，大割大舍大离大弃，两袖一甩，便是清风明月。

　　以泪洗心心空皎若琉璃，心性清明就是找到了自己的明月，让它在心灵的视野升起。隔着泪意雨湿，触探超凡的气息，解悟身外之身。若能处烟尘而内心恒常清净如月，便是自在的人。

　　禅偈如是说：净土不必远，就在你心里。

　　从玄想中抬起头，触目是心光。但觉人远天涯近。无欲无求。

浅　雪

　　天说，你是蒙娜丽莎身后那一抹婉约的衬景。

　　雪说，你是《天鹅湖》里四小天鹅起舞的幻影。

　　风说，你是莫扎特 C 小调钢琴幻想曲中通灵走失的音符。

　　有人低声耳语，传言你是削发入庵的小尼，在一个蔷薇的黎明，不慎坠入俗人的视域。

　　既已到天涯，不如什么都让它朦胧。我只想拂去你衣上的霜，只想轻握你冰凉的手，只想牵你到我暖暖的小屋，以丝帕一点一点，拭你眼角眉梢敛着的幽怨与潮湿……

　　可我去哪儿，寻一双柔柔软软的奶油鞋，才能踏上这样娇弱的肌肤？要怎样踏足，才能不伤到雪下孕着的嫩芽？

　　我知道：你只能是雪萌出的芽。雪的芽，雪融的时候，你会不会痛，雪融之后你就死去？只要闭一闭眼，天空和雪野就空着了。你，卧在我心间，近得比什么都远，远得比什么都近，这就够了。

　　宁可你静含地美在尘世的对岸，宁可我永远都握不到你的手。

薄　雾

山以雾洗梦。

雾把整个山林白成桑拿浴室——山色有无中。

隔雾看山不是山，隔雾看水不是水，隔雾看那躲闪而来的小径，也婉约着《诗经》的风情。

苍茫中山鸟的对话越来越含糊，苍茫中走兽的步履越来越飘忽，苍茫中漫山的野花变作漫山款舞的手指，在雾与花的指间，我濯足漱心，洗却红尘，脱胎换骨。

然后，毋庸置疑地找到自己在这幅水墨中的位置，并自命为点睛之笔。

因风唏嘘的竹林私下里闲言碎语，说我不可救药的重量，必将导致这空灵山水的陷落。又说我本不属这幅淡墨山水，充其量算是一处败笔，宁可留白。

点睛也好，败笔也罢，随它说去。不是水墨，而是风景；也非风景，是：一段心情。

玄　水

天界、人界、灵界三者交叠的方寸之地，被摆着——一块水。

在一切之内又在一切之外。

传说：曾有一叶有人或无人的独木舟，穿过很古代的时候，把回眸掳上，一心一意"向无寒暑处去"，便再也没见它出来过……又传说：神，也曾来过，从超自然的地方来，轻轻握住一些横空的声音，投下森然的一瞥之后，又往超自然的灵界走了……

甚至松针，在鸟叫声中，铿然一声落下，因困惑于何去何从，终于也还是飘到土地之外去了……唯水中老鱼，立在三界的背面，冷眼旁观，似已不耐于长久的沉默。而庄子不在，谁又能知晓一尾深水鱼的忧乐？

此后，就再也没有谁到过这里。

于是，它变成一处留白。一处摇摇无主的境域。千古又千古，流光流不来谁。它，只能在大地的箫声所能波及的时空里，静坐与静观。以空白，为固守三世的盟约而童贞着。

在似与不似之中，有意与无意之间，来者未来而去者未去。

幻 云

云有时不叫作云。

当很亮的一朵云走过来，它就是天空里乍开的昙花，一现即凋。

当来自南方的小块云，一簇一簇在虚空间十面埋伏，那是天堂里的神羊，不嚼草、不喘息，不知谁是那幸运的牧者。

当一片乌云郁郁而来，它是天国的游子，无根的一代。它把黑黑的流浪人的袜，臭臭的流浪人的鞋，搭在最北的山峰上晾晒。我们不知它的来处，但确知它的去处：巫山有云有雨，它哭着要回故乡去。

当天空虚蓝成某种可望而不可即的境界，一缕极飘逸的云，翩翩行来，则是天界的田园隐士，去留恣意，随兴卷舒。

当一个云被翻译成另一个雨，那分明就是刚刚投生又匆忙死去的云的魂魄。云的世界，一样也有生死轮回。

云还使人产生幻觉，以为自己就是那万仞之上的卷云，那么轻、那么薄、那么起伏从容、那么一派回首叫云飞起的洒脱。

当云自天上拖到地下，带雨云埋一半山的时候，我总有着带上箩筐和剪刀，上山去的冲动。云使我不安于室。也让我突然想起两句诗——水因有月方知静，天为无云始觉高。

幽　光

风薄薄的、光轻轻的、沙浅浅的……

浑浊的红尘不过一坡之隔，而你在——除感觉之外，什么也看不到的地方。

那种经验，是第一次握有一团丝绵，疑惑是握着一片云絮，轻柔得令人心怯。不自觉中生出柔软心。

那种体悟，是刚看完一幅禅画，纤纤几笔，淡淡着墨，意在笔内而境在墨外。心扉突然洞开，尘思俗虑洗出去，让心静静空出来。

沙如小浪，缥缈你细微几至不可辨识的灵性之波；光似佛眼，透视你血脉从容的流动之姿；风若远年的回音，步履过处，你灿笑如雨，飘逝成烟。

你的耳语渐渐幽浮起来，我的襟前也沾染了灵光的纤末，抖也抖不落。恰此刻，隐约有羯鼓之声，一步一履，从很远的地方走近，又走远了……

空　屋

或远或近。住着一间比天空更空的空屋——出夕阳代管。

但夕阳只明朗在另边墙上，这一面，含糊得令人发晕。凡是关照过它的眼睛，都会产生某种不可言说的迷惘。然后，起雾。

雾，自窗口成群进入或是出来。一阕瘦弱的叫不出词牌的词，溅到无韵的韵脚上。很大声，却很静。尽管，这世界到处都是门，但空屋主观地坚持它的——无门。

就有多事的人传言：里面住着一个自知不明的人，还有一个穿袜行走的女子，却不知是否有血有肉……

静静的没有故事的空屋，终于被推测出一桩婉约的故事，那故事沁着水痕，并带着珠灰色低调的阴润。它的暧昧身世，窗口说了一半，不存在的门藏了另一半。

最终人人都走进都市深处的繁华里去了，又留下它，仿如一个永远的隐喻，悬立于虚实之间。让人在无聊的尽头想起——

小　塘

这么着就下午了。

下午的印象乐派德彪西，以"牧神的午后"暗示我们自无涯返回有涯。

前世的嚣嚷被沉淀到土壤之下，今世的喧哗全加起来，不过是一口空塘。泥细的、水浅的，小鱼茫茫然走着。

怎能任它恣意蔓生孤蒲？细看不是孤蒲，是谁写在水上的书法。落笔素净，敷色单纯，疑是魏碑宋帖，却又是不行不草的怪体，再看也不是字，分明是凄凄残荷，正梗着四分音符的长颈，远眺长安。而莲花，抛下一句"留得残荷听雨声"，径自往西方净上化生去了。

唯我身不由己，枯成一茎独木舟，把满塘隐藏的魂魄一一点醒，遂赶这一群仙界的灵物，在云泥间放牧。

印象派很远，云的故乡很近。

醒也不到彼岸，梦也不到彼岸。

淡　菊

总想在山水都穷尽的地方结庐而居。

让我着一袭玄色唐衫，宽衣大袖，幻化作一身的仙风傲骨；让我了断尘缘，皈依山水禅境，松下读经，与鹤为友；让我钓山岚、雾濯足，直箫横笛，随兴所至，逍遥着甲骨文的步子。

何不在房前屋后栽遍黄菊？会晤陶渊明，悠然之间见到另一个世界的南山？何不以落英残露酿几坛花雕，邀夕阳对饮，大醉方休？何不拥有一张铺满菊花的眠床，而我竟是庄周梦中的蝴蝶，穿走了菊花的衣裳。从战国时代的篱前，缓缓回过头来。触目十分眼熟，却不识谁是那一幅逸笔水墨里拈花扫云的闲人。

行云流水一孤僧，清晨入山，妄自断言：出世者就是大寂寞过的人。

正是：落花无言，人淡如菊。

窄　桥

走任何想走的路，就到了那里。

借口要留下听取樵夫过桥的鞋声，一时神移目眩，吊桥踏我而过。再旋身，桥已流失，来处是一片烟，无岸无渡非山非水。

左边是风，右边是雨——纵横绵密的怅然。

身前有雪，身后有雾——弥漫无声的沉落。

有橘色灵光斜削而过，留一丝清渺的回音，淡到无痕。足下苔封如锁，院落寂如一张白纸，已非人间所有。

从此披一领昙花色的长袍，展千朵水仙样的浅笑，含幽兰的气息，倚门于出入之间，欲语还休。耕云种月餐风饮露，网流云飞絮植一株菩提，一树超然在胸中，花也不开花也不落。系你赠的长笛于屋顶的风中，百孔的啜泣，错觉中我仍在——远人的眉睫。

这里永远是冰季，让我的血也结冰，我渴望就此归宿，玉洁冰清。

烟　云

在断肠人的天涯——更外。

本来是一种死，踩响了就叫苍凉。

有一只诡异的绿眼瞳在施催眠术，让人幻觉，辨识出介于动物与植物之间的某种存在。它，无形无色无声无味，有丝绒的触感，若隐若现。断续履痕如刃，雕它成百孔之笛，音道幽深如雾中的佛寺，醒时不见。

有人，把一滴冷泪由襟前抛向无穷远之后，挥却最后一段烟云，款款而去。

去，去，去，去向没有过足印的地方⋯⋯

此去，庐结在哪儿？菊栽在哪儿？鹤栖在哪儿？

有一些什么只可意会？有一些什么早已了然于心？

大雨将至，那人，可有一件蓑衣？

孤　塔

我问，

你不语。

只冷然一笑。

林间的朦胧，非云非雾非雨，是一袭僧衣披着。圣殿的檐上，有看不见的声息悬挂，所有的木耳都张着，一朵追着一朵聆听。前夜的钟声，恍若隔世的心跳，要赤足踏上去，才能渐悟那份千载古意？

为什么，无论远近，我都无法看清你。你是只可意会的远景，总在对岸，与我隔着整整一个凡世。无法企及的距离之美，使你与尘俗去来的路，化成非路。你已不复存在其身，你站在你之外，听风说话。在这里，唯有捉不住的空灵是真实。

渺渺回眸，在上一句佛唱与下一句佛唱的断续之间，你，淡出⋯⋯淡入⋯⋯最后淡作一幅画境里的留白——白在汉代。

此　去

焦渴，如涸泽之鱼。

掬三月绒绒鬼雨，到天最低的地方用太阳烧。烧出一天涛影、一池云声、一腔滋润。多续一把晚霞，竟把水烧老了。

天空灰烬的脸，正刮玻璃般地冷笑。这笑声，比猫轻、比蛇冷。笑音间歇，有木鱼依稀——莫非"只疑云雾里，犹有六朝僧"？犹有骈四俪六的大道？犹有小街小巷小胡同、犹有山川田园鸟兽虫鱼？

那看走了眼的"灰烬"，原是宋人梁楷的减笔泼墨。

墨意留白处，三闾大夫策杖而行，正吟哦《天问》续篇？

那些天街上的商贾游人，最割舍不下的，想必也还是那一缕情缘。不很强烈，却是永不死心。

天空不空。生命之外果然还有生命！

在非回头不可的地方，我不再回头。赤足而去，弃一双鞋在人间，它带着那一池老水在走，像两只小迷信，蛊惑世人。

我由此而去……此去……去……

彼　岸

千峰顶上一间屋，老僧半间云半间。

怎么数得完上山的石阶？如何断定茅屋的所在？

洪荒的纪事已远，是什么将我的回眸捂上？所有下山的路径都渐渐消失。

梵唱声中，苍白的老僧合十趺坐在世界的心里，枯瘠成一炷烟香，以一串沉香木念珠的触抚将隔世诉说。

一岸是夜晚，一岸是白昼，第三岸上，他垂下一根长绳，把我从今生钓到前世。我的灵魂开了一扇门，他悄然出入，不被觉察。借山为孕，借水为胎，他重新塑造了我的无形。

至于下次投胎留待下次再说，他始终未曾走漏任何风声。而山外红尘起落的声势，他好像在听，又好像不在听……

有　梦

那是一个夏季长得不能再长的下午。

想不起自己在唐朝还是宋代。

在魂断蓝桥的布景中，失足于神经疲惫的深坑。有个声音在穿越我宽松的襟带之后，又到很远很远的地方喊我的名字。一个古灵精怪的字住在一间书里，据说认出它便找到了通往潜意识的捷径，但我睁大的双眸没有焦点。又有人对我暗授机宜：夏天渡过去就是仙界，穿上纱衣便将欲仙欲死。可我怎么走都走不出自己一步，只好选择飞，一直飞到自己看不见自己的时刻，突然踩空了一格楼梯，碰巧醒在错误的黄昏，所谓仙界，还在夕阳的那一边，而我未仙未死。除了梦在无梦的梦中，扯破了一张白床单之外，仍无所逃于天地之间。

梦幻不易把握，有梦幻把握我。

虚　空

不是残烛掩卷，那是凄凉；不是雨打芭蕉，那叫寂寞。

心头的虚空只是一个方向，不是某个地方或某种意象。它比宇宙重、比思想轻，比人生长、比死亡短，比永恒大、比微尘小，具有类似宿命的意味。

虚空像什么？

也许是一口没有回声近乎真空的古井。

也许是一个发呆成风中枯树的异乡人。

也许是一页纸的展开，一页纸的又折起。

楼高不胜空，摩天楼呼喊一堆本就不存在的白色名字——虚空在这里。雨落着，有一滴、没一滴，沉淀之后不过是一串沉香木的念珠——还是虚空。

然后，人就被自己放逐了。人类的自我模糊、人间蒸发、找寻自我的游戏于是开始。

既然人生就是一张以无数虚空缀补的破网，当然，无聊作家笔下无聊爱情故事中无聊的情人，就不得不重复地死着。生死之间正好梗塞着一小截尴尬的虚空。

其实，一切存在于不存在之间。包括人人心间那块不知何时就存在的虚空。

感之则在，忘之则无。于静中动，于无中有。

夹　　缝

那一页，正是四季之外的第五季。

一种不寒不暑不春不秋的气候。

在深山里总是被露水喊醒，林间的清风穿在身上像水洗丝。赤足涉过涧水，就穿上了一双清凉的拖鞋。至于心情，早在进入此地之后，化为山岚。

心清如镜，渴望绝缘，这时候不需要爱情。

黎明，一棵杏树蜡黄着脸，一次怀了千个孩子；

清晨，一只飞鸟自异代而来又弃天空而去；

正午，一头裸兽行过，阐述最空无的原始；

黄昏，一座荒坟被夕阳盖上一方印戳，偷渡成一幅佚名氏的赝品；

夜半，一个来历不明的樵夫在山谷合拢的刹那向我打听天堂之门；

植物的生、动物的死；禽兽的动、人类的静，一一在此登场。

花用开谢行走，兽用动静行走，人用生死行走——怎么走都会有路。

在静坐与静观中，我听到抽芽的青草血液流动的声音，我深心的直觉与之呼应。我看到了自己与世界之间的空隙。

深　瓮

午寐时分，被一种注视惊醒。

这是一只观照世间的眼睛，你惊醒的并非只是睡眠。

不必猜测你神秘的身世，不必辨识你周身镌刻的经文偈语，也不必在意能否开启心窗，了悟你妙藏的玄机。人智所不及的宇宙睿智，不可言传。

……暗香……浮动……雾状光圈在你四周流转，反射出那种高高地立在一切忧喜之上的神性之美。强烈的自省心油然而生，我挣脱肉身完成幽体的脱离，在远距离观望自己肉身的静寂。意识溶解于无边的白光体之中。某种意念诱引着我，深一脚浅一脚，独行于山与海之间的空无之境。倘若人间与灵界的两岸之外，还有第三岸，你诡秘的天地，就是。

再以平常心相望，仍旧是一只陶瓮，我依然两手空空，物空而心不空。

荒　冢

脱釉的阴天本身就充满祭悼气息。

上山。站在下风的地方，就能嗅到荒山散播的冥气。满地枯叶都是遗书，青草上还有泪痕。

没有谁比死者更懂得享受安静。但，当来历不明的烟从所有墓碑后升起的时候,这些碑碣就会塞给你一些东西:一些谜、一些故事、一些死结。

特别是面对一座年代久远的荒冢,模糊的碑文会把传奇猛然推到你眼前。因为再没有人知道他的姓氏与身世,无名无姓正所以天长地久。

是在哪一个不知名的年代去世?

在世时,可曾有白衣为他鸣琴断笛?

弥留之际,想说而没说出的话,是什么?

是被爱还是被恨所杀?又为谁孤注一掷?

形销骨蚀之后,是否还藏有一颗流着血的心?

墓中的牙齿不能回答,仍留下浅浅深深的悬念,给从前的从前和今后的今后。

长　阶

正是一幅雅逸的国画布局。

月光自月季花的肩胛上升起,以乐章的层次,恣意延长的颤音,坐在一垛古城堞的石阶上。不愠不火,透明有琉璃的质感。

望之则近,触之则远,一种透明的距离。

上前一步,即抵达你十指柔曼的旋律。

退后一步,是一万光年之外,冉也回不来的望眼。

连错觉也是温婉的,温婉如一支挽歌。空气里长出许多悲剧的音符,需要若干伤感的情节,有人,在你的瞳孔中看到自己的微末之后,便不安于心室,不断分泌肇事的窗口,想要给自己制造出一个受伤的入口。

正当他迟疑于上前一步与退后一步之间,不经意摸到自己站立的位置:粗糙的石阶在月光中温润如玉,突然,他有了顿悟的刹那。

月光不再是月光——

于凡夫,是欲望;于智者,是包容;

于佛，那是一笑；于自身，平常心罢了。

这有缘人淡淡一笑。本已冷然的脸更冷，比天河的水声更冷。

薄　意

谁能画下一笔空气？谁能握住一个影子？

忘记一个梦，竟然是这么不容易。但记住的也不过是一双燃烛添香后犹在微颤的素手。

天是大虚。地是大虚。人是大虚。

寒鹭色的衣衫唯有你能虚虚地披着……

静，静得气如游丝。若让雨三点两点地打着，会是哪个有缘人在凡间的小名？

薄，薄到让人心尖微疼，正适合浅浅地忆起，又淡淡地搁下。

薄意——薄意一笑，就显得云太重水太老情太浊。

你简洁的寂寞印在正面。你出窍的心神禅坐在叶子的反面。

残　叶

秋风的衣带渐紧，再紧一点就入冬了。

蜂蝶俱已归去。谁知今年的霜有多重？修好了篱笆，就回暖暖的被窝。至于夜是矜持还是肆虐，谁还在乎。秋天的故事，构思不构思，都只剩下尾声，且随它去。

悲剧，发生在清晨推窗的刹那——一个小生命被画上句号。

蜻蜓家中最小的女儿，那个爱穿红衫的小人儿，就在昨夜，一个骤冷的降霜之夜，拥抱红叶长眠而去……

或许你走了远远的路来访我，有话要对我说。而我紧闭的门窗是你失望的心？你为什么不敲门？一门之隔就是温暖的世界。

或者你只是打这儿经过，坐在叶上小憩，是灯光的错觉杀了你——这儿真暖，你想。且喜能得小睡，然后再赶路。露轻轻地落下来，湿了你的红纱衣，骤冷的气流让它结霜，你醒时再也挪不开步，就这样被冷酷的夜匆匆折入黑格子的墓地。

所有的梦坠毁，歌断裂，你轻盈的舞步不再。

凄凄是你拥抱的红叶，湿湿是你微合的眼帘。

假如你也会冬眠，春天一到，还会醒来？

初冬的这场霜，我想单独陪葬给一个你呀。

也许，如此完整的凄美，能使我少一些遗憾。

舌　尖

没有谁说出它们的名字，它是写在天堂里的。即使深夜里的一切，不容人信得太深，我仍深信不疑，有一群小天使来过我垂钓月光的窗口。

这些小精灵以它们的小舌尖，贴上梧桐的枝丫，于是，每根都化作一支长笛，吹奏起来。那声音是天籁唯在心灵毫端感受。

吹着吹着就倦了，平仄分明地趴在枝上小寐。它们没有醒，天就不敢亮。是哪一个鲁莽人的鼾声穿过回廊，在它们中间兴起小小的惊蛰，一扇翅，全都无影无踪。最弱小的那一个，跌倒在我的石阶前，无人扶起。

你的纯洁让我心疼地出血，我不敢以我污浊的手触碰你透明的魂魄。而你已娇嗔立起，伸一伸舌头就不见了。

忘了叮咛一句，明夜也许有雨。若是执意要来，别忘了，带伞。

心　床

横笛与竖笛的午间，氛围是一杯冲淡的茶。

秋叶以纤巧的芭蕾鞋尖，点上藤萝的秋千架。

有人，这样拈花，这样面壁，这样背深渊而临虚无。

不必猜测眉宇间是忧是喜，人也是可以美在意境的，只要肯给自己一个亮丽的心情。

何须戚戚于小院的阴晴？何须回首来路的褴褛？何须在意夕阳是不是来信的方向？没有什么欢欣与悲哀必须执着一世。如果拒绝放松自己，最爱你的人也爱莫能助。人不是老死的，是被自己累死的。

若不能达到"脱衣悬石上，散发卧林中"的境界，也应在心中腾出一方空间。安一张小床，时常让疲倦的躯体躺下来，以恬淡而从容的心情漫步于忘我之境，得失随缘，把缺憾还给天地。

古人说得好：细算浮生千万绪，何妨常置闲适情。

去　路

从何处我们来，向何处我们去？

来是偶然，去是必然，生命的路途总要步入终结。

但生命是不是有限的知觉？人除了肉体生命之外，是否还有一个灵的故乡？垂死的人或许看见某种空地，可惜再也无法说出，使活着的人始终无从断定。

面对死亡时，那一种虚无的怖栗感，使我们不自觉被引领到人生的宗教境界。

其实，只要我们有足够宁静的心境，就能非常清晰地觉察出每一秒钟，自己的某些地方正在死着，不声不响、平平淡淡、毫无悲壮可言地死着。生命就是如此脆弱。

活亿万年与一瞬，结果并没区别。不同的是过程，是否从容不迫地活出自己的样式来。倘若能恒久保有对人间有情的胸怀，对生活从容的步履，也算没有空到人间一回。

何必让忧虑与短暂一生结伴而行？有千年树木，没有千岁人瑞。

我宁愿清醒地咀嚼自己的每一分疼痛与快乐，并且承受它，算是充分活过。然后起伏从容，来去自如，在死神结束我之前先迎上去结束它。

凉　秋

也许采薇——在《诗经》。

也许画眉——在汉宫。

再也许，就是从《钗头凤》里，以温柔的节奏，款款伸过来的那一只——红酥手？

错、错、错！莫。莫。莫！秋天是薄得只有一层的季节，一猜就破。

怎么低头？落叶满空山，遍地是蘸血的凋零，每一踏步都会足下牵情。只好挨着秋天的衣袖坐下，想象自己是姓云的人，在羽扇纶中的风中，坠落成一件白衣；想象自己是刚从欧阳修残卷中走失的秋声，轻灵如白色羽毛体，只能斜着身子，表达一些柔软的、最柔软的概念。

宋人刚刚写下"何处合成愁，离人心上秋"，墨迹未干，秋露就成霜了，总让人惦着风霜中那一只也许的手。

只为寄出一张带萧瑟意味的红叶，就必须写十四行诗吗？其实三行就够了：

"也许我会忘记/也许会更想你/也许已没有也许。"

深　寂

不是静，是荒芜与空漠。

时间蹑着猫步，轻轻蹭过耳膜，蹭过去又蹭回来。纱窗把太阳蚕食成一把散沙，夏季正午的温度在一只歇斯底里的知了嘴里。

　　山在山那里高着，每茎狗尾草都在无风中自作多情地摇滚；海在海那里蓝着，每只贝壳都用聋了的耳朵自欺欺人地聆听；天在天那里空着；无所事事的云，唤之不来，驱之不去。

　　一本经书，翻翻它它就死了。

　　一片落叶，堪堪落在墙外那补锅修伞的过路人肩上。

　　许多门打开又相继关闭，泄漏出一缕抓心的音乐，恰恰掐在一个少年纤细的神经上，维特的烦恼应声走下书架。

　　雨的到来只是一层更深的寂寞，把易安居士溅到绿肥红瘦的宋词上。

　　还有什么比在日斜时看着自己的影子，被逐渐拉长，横过河岸，直印上对面从未走近过的寺庙斜顶更乏味的事。而我是一尾感冒的鱼，被逼进荒凉的草原。一滴清泪滴下去，指望多少砸出一个涸辙，孰料，"滋"的一声，渗出的是无边无垠的空白。

　　反正你来不来都一样。

　　远处有歌声走来：摸不到的颜色，是否叫"彩虹"；看不到的拥抱，是否叫"微风"；一个人想着一个人，是否就叫"寂寞"……

　　寂寞是一种心境，全然和单身或双身或群居无关，双身也许是双重的寂寞。

　　寂寞到顶点，心居然会痛。

　　寂寞像口渴，越想它越厉害。

　　寂寞如湿衣，穿着难受，脱又脱不下来。

　　寂寞像无目的蝙蝠，自暗中飞出，又投身另一个黑暗。

自此归去，素履之往

2024年的劳动节，我想谈谈——不劳动。今日得以恢复出厂设置（光荣退休），解锁新的人生模式，成功过上不劳而获的寄生虫生活，从各个维度上生成一个刚满六十岁的孩子。

向左进化为植物系，将身心倾向自己觉得最舒适的方向；向右退化成动物系，食草嚼肉，散养的乃至野生的。回望，坠入文学深坑久矣，无论写作或编辑，皆为心之所向，爱我所爱。三十九年的文字操作，已成肌肉记忆，哪怕公交车上一闪而过的广告文案，都贱嗖嗖地想按下修改键。我知道这是着相了，或者说是中了木猫病毒，必须连根拔掉，不能顽抗到底。

总之，一个龙人，今日龙含量很高，高到可以腾云驾雾；又总之，一个i人，今日突然就想活出e人的姿态。"从明（今）天起，做个幸福的人，喂马（猫）、劈柴、周游世界。"

自此归去、素履之往，坐望春山、人间欢喜……

我就是清闲本闲、逍遥本楚。

把自己还给自己

生命中有一种轻,比重还难负荷。

那是——失落自我,为别人活着。

人很少是为自己活着,不是为所爱的人就是为所恨的人或其他无关紧要的人活着。

人的一生就是生去散灭。无奈之感常逼使我们在意旁人、疏忽自己。有很多时候,我们下意识地在一隅用旁人的目光与口型来束缚自己,以至踌躇不前,以至无法执着于自己的方向。若大事小事都要顾虑到旁人的看法,这不啻是揽绳自缚,最终受苦的还是自己,弄得自己神经不能松弛,使我们无端受到许多纷至沓来的烦恼践踏。

人生苦短,为什么要在活着的有限时光中自我折磨?为什么要患得患失,活得像一只惊弓之鸟,痛苦莫名?谁有办法成天处心积虑地去讨好别人、适应别人?

受约束的是心情,没有约束的是生命。

生命是自己的,生活也是自己的,不是为负担别人的目光而生存。

可见,不是世界不给我们轻松,是我们自己亲手扼杀了轻松。是思想、是物质、是种种欲望的因素,使我们失去了品尝生活乐趣的兴致与品位。

这个世界最缺的是两样东西:从容与有情。由于缺少从容,我们很难见到步履雍容、乾坤朗朗的人;因为缺少有情,难得遇到品格高旷、情趣盎然的人。

这世间，只有一个人能够跑到你背后，去追寻你身影里落寞与痛苦——是你自己。想着依赖什么是很惊险的想法，自己才是自己的归依处——那是你内在的空明状态。

是自己的囚徒，还得自己去释放。当意识到不自在的时候，你便有了自在。

希腊特菲尔神庙门上有一句名言：认识你自己！

让我们以生命之火点燃自己，去找回失落已久的自我。重新认识之后，在人生的大旷野中，确立属于自己的品质与风格，施予合体的心理引导，卧则高枕无忧，立则挺拔伟岸，行则昂头走自己的路，随别人怎么说。

没听说："芭蕉叶上无愁雨，只是听时人断肠？"

没听说："若无闲事挂心头，便是人间好时节？"

古诗也这样说："半亩方塘一鉴开，天光云影共徘徊。问渠那得清如许，为有源头活水来。"

什么才是我们生存方塘的源头活水？

懂得被爱、爱人、自爱的心，就是那半亩方塘。

敢爱、敢恨、从容淡定的真性情就是那源头活水。

把自己还给自己，这才是正确的生存姿态。

这样的人生才算是痛快人生。

给灵魂开一扇天窗

气质就是这样一种东西：人人都有，但并非人人满意。

我们自小接受的气质训练往往是：要善于发现自身的缺点，并纠正它。于是，好像人的一生都在被动地弥补、修正和对自己永远不满意的惴惴不安中度过。而自信也便在这不断重复的挖掘与改正的过程中磨蚀殆尽，自卑心态却渐渐萌芽。

这如同面对一盘水果，从最小最坏的吃起，希望在下一颗，但吃过的每一颗都是盘里最坏的，那就彻头彻尾吃了一盘坏水果；反过来挑最好最大的吃，每下一颗还是盘中的佼佼者，美好始终结伴同行。吃完后，感觉中这是实实在在的一盘好水果。

前者是把希望留在前头，一步步渐入佳境，这是懂得生活。

后者是与希望结伴同行，让美好相随左右，这是懂得生活的艺术。

而自信与自卑，正如享用这一盘水果，充满心理错觉和心理暗示，主动与被动仅一线之隔，而生命情调也便神情悬隔。

所有寺庙中的佛像，无论是坐姿立姿，都不向天仰望，而是反观自我。若我们也能如此自省自我、相信自我、肯定自我、回归自我，就能发现所需要的一切都在我们的心里，只是我们通常并不了解自己是多么富有，潜藏着多大的能量，而成了自己的盲点。

一个自信的人，并非浑身都是优点，只是他在灵魂上开了一扇天窗，让阳光照进来。即使阴雨天气，他也学会了自己创造太阳。他的太阳就是对自己充满信心。于是，他的外表也像太阳，抬首挺胸、目光灼灼、精力充沛、神采飞扬。即使貌不惊人，甚至外表极其平凡，他在人堆里照样亮眼抢眼，感染周围的人也有了精神。而对任何事物都是不粘不滞、干脆果决的肯定答案：我能做，并且能做得比别人好。这种人总给人很性格的感觉，他们有的是小康心情，生活的乐趣，一抓就是一大把。

一个自卑的人也并非浑身缺点，但他从来拒绝看到自己闪光的地方，而以放大镜对付自己的短处。于是，在大街上，像泄了气的皮球，松松垮垮、双眼无神、心灰意懒。从头到脚，暗淡无光。纵是置身辉煌宫殿，也会被畏缩的心态逼向阴暗一隅。纵是置身人群，也会被自己逼向孤寂。遇事多用疑问句，不是向别人质疑，是对自己产生疑问。人好像灰色得活不下去，好像下一刻就是世界末日。他像一片乌云，走到哪里就把阴霾、沮丧与绝望带到哪里。一个人，若时常处于这种自卑状态，自己也会成为自己的地狱。

做人，不但需要被爱，还要去爱人，更重要别忘了爱自己。懂得爱自己的人才真正领悟天地间无处不是有情。学会爱自己，是走向自信的第一步。多一些爱，多一些信心，你会找到一条比旁人更美丽、更宽广、离成功更近的路。

一个没学会爱自己的人，如何指望他会爱别人？

一个连自己都不信任的人，别人又如何信任他？

但自信不是骄傲，不是自负，不是莫名其妙的优越感，不等于唯我独尊不向别人求教，而是站在一个相对的平台上肯定自我，不断给自己肯定的心理暗示。一个真正自信的人才更有勇气袒露自己的缺陷，以虚心求教当作自信不可分割的一部分。

在骄傲与自卑之间一定有一条窄窄的通道，只有自信的人才能走过去。

自信最美，不必存心讨好别人，也不刻意扭曲自己。这不是心高气傲，是相当执着地保留自我，也是出自真心地顾及他人（因为与一个自卑的人相处是很累的，你不得不小心翼翼，唯恐言行不当触人敏感之处，而自卑的人似乎全身的毛孔都在呼痛）。

自信就是魅力！

自信是个性的松绑、自我的凸现、对生命的看重。

它有可能让你赢得整个世界至少——你已经赢得了自己的精神世界。

小憾何妨

这一生，说短不短；说长，一下就到了尾声。

这一生，说忧不忧；说喜，一下就到了结论。

酸甜苦辣都只匆匆一生，沧也罢，桑也罢，无非那一副血肉之躯。

粗糙的人生固然可悲，但非要把人生推敲成一首精致的诗，又太刻意。

受不了自己是个不够好的人，说明你还活得带劲。若硬要把自己雕琢到挑不出缺点也没什么特点的四平八稳的分上，又嫌乏味得很。

人的心那么小，要装那么多的喜怒哀乐，已超容量，如再加上对自己的不满与苛刻，对生命就不公平了。

其实，一个人只要用心在生活，建树自己的秩序与价值，在一方心灵中常驻真诚与爱，少怨点自己，少恨点旁人，做真性情的人，就是生命的大享受了。

当然，真性情并非随心所欲、为所欲为，是在不逾越道德规范的前提下，让个性充分伸展。真性情的人，见面时吸引人，分开后还让人回味。没有个性的人最吃亏，一转身，谁也不会再记住他。但也许正委屈了他，他才是个名副其实的好人。

太伟大的人几乎只是留给人去尊重与爱戴的。

太完美的人则是让人高山仰止、敬而远之的。

但是，比伟大更伟大的是人类对伟大已感到茫然。

比完美更完美的是人们对完美已经疲倦。"人无癖不可与交，以其无真情也；人无疵不可与交，以其无真气也。"

更高的云上是更稀薄的快乐，不要太难为自己。

既然美玉还有微瑕，太阳还有黑子，人还有对自己的盲点，人就没有理由执着于一副无可挑剔的躯壳，重要的是你是否结实而顶真地活着。

小别，使相聚可贵；小恙，使健康被珍视；小颦，使西施更妩媚。

演戏，要带几分生才好。生，便意味着仍可揣摩，仍未滞泥，不会熟极而烂。

插花，最忌双数。太圆满那叫"死花"，单数花是有希望的花，叫"生花"，因为留有一些缺憾、一丝丝的不足，才是最美。

人呢？小错小过，凡人如你我，焉能避免？若老为这点小错忧着心，人还活个什么劲头。

大坏不可，小坏何妨？小坏人往往有小坏人的真实性情，自己活得轻松实在，别人相处也不必戒备设防。大圆满很难，但小遗憾何妨。

有时缺憾比圆满更美，人、物、兽皆是如此。

这或者就是中国古代的残缺哲学？

君子和而不同

我们常常孤独地立在一个需要朋友的荒岛上。

我们常常手足无措地迷失在暗夜里,渴望一盏友情的灯照过来。

我以为,朋友有三种。

一种是一起喝咖啡、陪吃饭、逛街、侃大山的。当你遇到困难时,你不一定会去求助于他,因为你知道他不会给你什么帮助。即使你迷惑于他曾许下的慷慨重诺,真去找他时,他不是影踪杳然,就是推三托四,爱莫能助。这样的朋友,只是一起玩的,就像西餐盘边点缀的青瓜柠檬片,有了不嫌多,没有照样吃。

再有一种是义气朋友,不一定要时常往来,也未必友情深浓。但他在乎你以前是否帮助过他。有,那好,一诺千金,义不容辞,两肋插刀也不在话下。没有,也罢,照样帮你,但你得记住欠他一份情,下次归还他。这种朋友,如金银珠宝,虽是等价交换,但也难能可贵。

还有一种是很不像朋友的朋友,平时淡淡然然,逢年过节生日,也就是一张小贺卡问候几句,偶尔小聚闲聊。就是在人群里突然眼睛一亮,看见一双熟悉的眼睛,互相闪动下,确认过眼神,一切就都了然于心,不打招呼也自有默契。但当你需帮助时,你会下意识地拨通他的电话,鬼使神差地走到他门口,而他总像料定了你的来访一样。听你诉说完了,他会在心里许下无言之诺,尽心尽力地帮了你,而你还未必知道。他不计回报不念前嫌,只因为你们是真意义上的朋友。这时你才发觉,原来一直是与他携手同行的，只是过坎跨涧的时候，才能感觉到他手臂的力量。他是以行动为你诠释"患难见真情"的人生哲理。这样的朋友如海市蜃楼，可遇不可求，一旦遇上，是你的大造化。

交友有两忌。

一忌过从甚密，近则不逊。互相同化，谋杀"自我"，左右个性。各自呼吸的天地、活动的空间便嫌局促。真正的友谊需要距离，有距离才有尊重；有尊重，友谊才可能地久天长。再亲密的两个人也不可能融为一体，只有心智成熟度不足的人，才盲目追求不分你我的交情，结果乐极生悲，残局难收。"君子合而不同，小人同而不合"，不合群只是表面的孤独，合群了却是内心的孤独。君子之交淡如水，细水才能长流，容长补短之余，你是什么就是什么，只要殊途同归就好。

二忌贪得无厌。像个给惯坏的孩子，视别人的恩情为理所当然。你在这头付出，他在那头索取，好像别人永远欠着他一笔债，可以任他尽情挥霍。

我很赞同一位作家的话：人对人的要求，就像银行的存款，要求一次，存款就少一点；不要求人，不动存款，你永远是个富人。

生存在人世间，不折腰不求人是不可能的，在于尽量少求人。实在不得已，就面对它。只要记着那几句古话："滴水之恩当涌泉相报""投之以木桃，报之以琼瑶"。还得在平时尽自己所能乐于助人，这是在储存友情的资本，有了雄厚的资本，当你贫困的时候，才有资格向朋友伸出求援之手。

好的友情是温暖的床席、柔软的旧被。山退水远、花不开花不落云不卷云不舒之后，依然绵软舒适。

好的友情是青铜器，数量不多却精致坚实。

好的友情是伯牙子期高山流水、绝琴断弦的相知。

倘若以画笔画友情，我将这样着墨：朋友，是一条林荫的红砖路，适合用散步的心情想起；友情，恰是只适合散步一刻钟的雨，少了不够润，多了又嫌湿。而"世事静方见，人情淡始长"正是这幅画的留白之处。

柔 软 心

人生说到底就是一场轰轰烈烈的大爱。

爱之所以能大,就因为它由一连串小恋串成。

但是,在缠绵悱恻的儿女情长之外,在小我的徘徊和个人的悲喜之外,还应该对人我有更多的关怀,对生活心存更多的感激,进而庄严而深情地面对所有生命。便是欧阳修所说的:"人生自是有情痴,此事不关风与月。"

大喜大悲大起大落,最能跌宕出心理张力,强制性的无情反而使我们顿悟有情,从而找到自我真实的性灵。

看来人先得有情,才能达到忘情的层次。

先得有心,才能培养出容清纳浊的包容之心。

只有经过大痛苦的人,才能达到大解脱。

只有了悟大快乐的人,才能达到超越小我的大爱境界。

于是,我们的情爱不再拘泥于某一人某一物,不再狭窄地囿限于某一特定的对象,不再睁眼看世界,而是以心眼静观世界。这才能感受到万事万物皆有所待,与人同在。

不知从几时起,就渐渐生出一种叫作"柔软心"的东西。有了柔软心,细腻敏感的情怀将无所不在。

看见石头上长出小草,感受到石之柔软。

看见滴水日久击穿石头,感受到水之坚硬。

即使面对微末如草木，也能体察它血脉的奔流、生命的热度。

即使面对微尘细土，也能将心比心，与之至诚相待。

我想：若每个人都能给别人一份大爱的滋润，这个世界将没有杀戮、争端与仇恨，人与人之间将变得单纯、和谐，相互间慈悲的包容，成为必然。

这便是《易经》所说：至柔而动也刚。

欧洲的教堂有一个传统，进入时人人点一支蜡烛，祈求愿望实现。中国的佛教则是点光明灯，祈愿以自我的心灵照亮世界。宗教总是给人博爱的心灵和广大的时空。它让我们醒悟：每个人都有舒展大爱的责任，每个人都有一个完整待倾的自己。

我很喜欢诗人周梦蝶的那首《蓝蝴蝶》，其中有这样的句子："我是一只小蝴蝶/世界老时/我最后老/世界小时/我最先小。"

蝴蝶与世界密不可分，人与世界更不可分。

在人群中要有独处的心，在独处时要有对人群的爱。

至情只可酬知己

友情厚薄深浅不一，逢年过节、久疏问候，怎么可以一视同仁，以不变应万变，都用市面上买来的规范贺词、统一印刷字体、千篇一式的贺卡来应对？尽管如今贺卡的世界琳琅满目，可供选择的余地越来越大，但要称心如意就难了。

固然友情的质量不必拘泥于形式的经营，但形式过于敷衍，先就坏了自己的感觉。

假如我把这个朋友这份友情放在心上，我宁可放弃方便，也要很用心地专为他制一张贺卡。

平素最爱大自然。花开欣喜，花落虽心疼，但明知兴衰之事，只能顺其自然，谁也拗不过的，不如坦然接受的好。却总是不忍心让落花飘叶枯草就这样孤单单、静悄悄地死去。总是一一拾起来夹进书页。小花夹整朵，大花夹单瓣，树叶、草叶的美也不逊于花。散步、踏青、上下班路上、出差外地，总会有许多收获。这样，落花飘叶只是形体的死，灵魂得到再生。每每翻书，就有这些小生灵，或它或你地飘然落下，当时拾花掇叶的情境也如蝴蝶，翩然来我腕底。简直就像一捧浓缩的符号或是一本配画的日记。那一份意外的惊喜，真是无可比拟。拥有多了，就生出与朋友分享的心。只是无端无由巴巴地寄了去，嫌突兀也委屈了这份浪漫。好不容易熬到新年，总算逮到机会。一张很有天然质感的厚卡对折，贴几瓣干燥花，管它楷宋行草，歪歪斜斜写几句话，就寄给朋友。相信不会是他们收到的最精美贺卡，但必定是最有特色的。至少，它是孤本；至少，我用心了。

也曾在市面上见到过自然植物卡，可惜不是上了色彩，就是压上硬塑。前者脂粉气太浓，后者是让陶渊明穿上西装，把原有自然的美都破坏了。字也还是端整的贺词，终于没有逃脱千卡一式的绳索。

自制贺卡不是一件轻松的事，里面有很多看不见的"设计"。选纸、选花、选词、选调子，都颇费思量。像在故意为难自己的审美经验。因此，制作的过程，也是美感磨炼的过程，很有情趣。

先要确定氛围基调，是典雅还是古朴。纸最好是生涩粗糙的环保再生纸（据说制作3000张贺卡，就得砍掉一棵大树，代价太大），这样的质感才衬托得起花叶的清灵。光亮滑腻压过膜的纸，就显得轻薄而缺乏质感。对折后的卡形不必符合黄金比例，可长可扁，可方可圆，可三角可异形。写的贺词，应该力求语法独特，不流模式，口语化最好。一本正经"恭贺""祝愿"之类要坏了这意境。

构图布局最忌对称或整齐划一、画面死板。面对一张白纸，全凭美感经验下手。这里置花，是单瓣还是数朵；这里放叶，是一茎还是多片；这里留言，该横写还是竖排。主客轻重都要顾及，还得关照花的品性。桃花瓣不妨贴得零零散散，让收到的人一翻开就拥有了春天桃花软软飘落不绝的柔情。桉树叶子纤长秀丽，黄色的边缘镶了圈朱红，意象色彩已够缤纷，一叶尽够了。切不可贪多求全，让方寸之间百花齐放或是花叶草样样俱全、宾主尽欢，喧闹得紧，整个卡片的风格无迹可寻。

我以为自制卡应以简约之美为宗旨，以清灵点来传神惹眼，透过图文，淡中有味地品到感情，才是上品。我曾经嫌干燥花不够香，洒上几滴精油，试着装进信封再启封取出，异香袭人，像给儿童化了新浓妆一样做作，才知亵渎玷污了自然原有的暗香与纯朴。

再说选花，也很有讲究。选花应有嫁女儿的心情，要把她许配给最合适的人家，才能适得其所，双方满意。

比如：把玫瑰、含羞草贴给爱人，把萱草、康乃馨贴给父母，把松针、万寿菊贴给师长老人，把水仙、美人蕉贴给闺中密友，把文竹、君子兰贴给男性朋友，把枫叶、鹤望兰贴给远行的友人……

至情只可酬知己！

坐望春山，人间欢喜

我要几瓣落花为香茗。

我要一朵百合做杯盏。

我要唐诗里那只红泥小炭炉。

我要入深山拾一裙松针燃火。

再钓一壶人迹未至幽谷中的——晨露。

还要三分易安的婉约、三分稼轩的豪放、三分老庄的淡泊、一段放浪于形骸之外的板桥心情，凑成十分的惬意之后，且来品茶！

矿泉水太浅淡，果汁太甜腻，咖啡太香浓。唯有茶若有若无的幽香，是深藏不露的，是恬淡隽永的。那种玄奥的喉韵与舌感，好像低音号或萨克斯管，微微在胸腔中流动，有着玄远而沉实的魅力。

传说菩提达摩在少林寺面壁九年时，求悟心切，夜不合眼。由于过度疲倦，沉重的眼皮撑不开，他毅然把眼皮撕下来，扔在地上，地上立刻长出一株矮树，叶形如眼，边缘锯齿如睫。弟子困顿，便采一叶咀嚼，顿时精神百倍。这便是茶的来源。

绿茶是淡雅的，须得淡雅的喝法才能品出它的真味。红茶是深沉的，应该浅斟慢啜，才能渐悟其中一点一滴的蕴蓄。

碧螺春于淡泊中有幽远的神韵。

荔枝红汁液如血，是红尘中的凡思。

茉莉香片只能是十六岁少女初恋的芳醇。

乌龙茶以色泽笑傲同济，金黄里带点蜜绿，是其他茶所不及的。

普洱茶纯粹是粤港茶楼的情调，人情味浓，又不喧闹恣肆。

铁观音自有它的历史感，好像绕了一大圈时空之后才入人腹中，是一种在沧桑中冶炼过的从容风味。

明前毛尖最言情，先是清香温热，继而粘口滑润，最后缠绵于心。骤然入口，仿如伸进一个香软而温润的小舌尖，让人有销魂的迷惘。

据说，还有一种松子茶。烹茶时加入几粒松子，会浮出淡淡油脂，松香氤氲，使一壶茶顿时生了灵气，有高山流水、云雾缭绕之势。

好茶、好水、好火，还要有好品位、好境界来消受，否则便是暴殄天物了。日本茶道鼻祖绍鸥，曾经说过一句很动人的话："放茶具的手，要有和爱人分离的心情。"这种心情在茶道里叫"残心"。就是在品茶的行为上应绵绵密密，即使简单如放茶具的动作，也要有深沉的心思与情感，才算是懂茶的人。

不过，不识茶道也无妨。道非道，非常道，最高深玄奥的道行往往就在平常心里。日本茶道大师千利休的一首诗深获我心："先把水烧开，再加进茶叶，然后用适当的方式喝下去。那就是你所需要知道的一切，除此之外茶一无所有。"什么都没说，又什么都说了。

茶的最高境界就是一种简单的动作，虽然含有许多知识学问，但在喝的动作上，它却还原到非常单纯的风格，超越了知识与学问。茶道不是一成不变的，随各人的个性与喜好，用自己"适当的方式"才是茶的本质与精神。

中国人不叫"茶道"，叫"茶艺"，因而使饮茶成为中国的一种大众文化，可以不辨品类、不溯渊源、不论技巧。

私下以为喝茶的境界可分六个层次：

最坏的饮茶是车水马龙、众声喧哗、道人短长。

其次是九嘴十舌、喋喋不休、废话连篇。

未好的是五言八句、高谈阔论、言不及义。

较好的是两语三言、大音稀声、茶逢知己。

最好的是两人相对、不置一词、心有灵犀。

最佳境界是遁入冷肃的冬夜，坐在自己影子的边缘，一小杯在手，独自品茗，有一口或者无一口，想什么或者不想什么，等待着或者不等待着，悠然自得，渐渐就超越了时空。或香茗一盅，单邀庄子；或清茶两盏，请来东坡，清论高谈。茶至三泡，已是三人对坐，劳冰心传译，和泰戈尔聊一聊《吉檀迦利》和《园丁集》。

倏忽四更，谈兴犹浓，若枕边尚有一本《苦茶随笔》未曾掩卷，则周作人就是谈笑风生的密友。这时才算接近了陆羽的《茶经》、黄儒的《品茶要录》、宋徽宗的《大观茶论》中"致清达和"的境界，才算是初初领略了茶中雅趣也便有了八分茶意了。再点一支香，茶禅一味，清一清尘污俗垢的心，暂去尘世之念，暂了虚妄之心，暂生出尘之想。进入神思所能触摸的最阳刚与最阴柔的空间。而手中的那杯茶早已饮尽，空杯在握，还能感觉到茶在杯中的热度，<u>丝丝缕缕渗入心底</u>。茶香、檀香、心香揉成一片，而人已浮在香气之上，这时候超越了"雅趣"的境界已是醉茶了。觉得世上万物无不可以饮：山可以饮，风可以饮，夜色可以饮，心情可以饮，万物是茶叶，感觉是水，境界是茶香。

酒属感性，茶属知性。

酒是诗，茶近乎哲学。

酒是越醉越糊涂，茶是越醉越清醒。

只有这种清醒才能够使我们品评苏轼"人间有味是清欢"的精神境界。

何谓"清欢"？

静品一盏茶，感觉比参加一席喧闹的晚宴更有情趣，是清欢；咀嚼一颗青橄榄，吮吸美人蕉尾部的清甜，是清欢；放一只误入居室的蝴蝶回家，是清欢；拾落花枯叶自制圣诞贺卡，感觉比精品屋千人一式的贺卡更有人情味，是清欢；戴一串野果，或一串原木项链，认为比金银珠宝更有品位，也是清欢。

　　清欢之所以好，是它不讲求物质条件，只讲究心灵品位。清欢不是一个名词或形容词，它是动词，配合行动才能体现。正如人们可以告诉我们喝茶的方法、技巧、思想，但别人不能代替我们感觉与品尝。是甜是苦、是冷是暖、是清是浊，全在自己心中。

　　遗憾的是我们清淡的欢愉已日渐失去，追求清欢的心也愈来愈淡薄了。五官要清欢，总遭遇油腻、噪音、污染；心情要清欢，找不到可供散步的绿野田园；有时想找三五知己去饮一盏热茶、一杯咖啡，可惜心情也有了，朋友也有了，只是有茶有咖啡的地方，总在都市中心，人声最嘈杂的所在。连假日里走在街上，都很难不碰到人身上。清欢已被拥挤出尘世，人间也就越来越无味，越来越逼人以浊为欢、以清为苦，而忘失生命清明的滋味。

　　花会谢是我知道的事，人爱美是我知道的事，但在居室开满绢花、纸花、塑料花，在身上堆满假珠宝假首饰，则是我不能理解的事。

　　不理解就不理解吧。清朝大画家盛大士在《鸡山卧游录》中写道："凡人多熟一分世故，即多一分机智；多一分机智，即少一分高雅。"

　　容我少一分这样的机智，多一分如此的高雅。

　　容我在清欢里体会人间有味。

　　容我细品人生之茶，且自在亦如　　　壶冰心！

坐望春山，人间欢喜

237

大味必淡， 真水无香

沧桑之美

沧桑不是视觉，是感觉。

它是一本玄异深奥的书，要想翻阅它，自己先得有点底子。

一块破旧斑驳的古墓碑。

一堵朱红剥落的残垣断壁。

一口在荒烟中被弃置的老井。

一条海岸边被风霜侵蚀的废船。

一个历尽了悲欢离合的老者……

这一切岁月层层结痂的痕迹，都隐含着不言自喻的沧桑情节。岁月正是以这只无声却残酷的软蹄，践踏着人所创造的事物和人本身。使我们不能一劳永逸地常住于美丽新鲜的情境。而人，又该以怎样的理解力、认知力以及从不同的角度、形态与层面来承受这种无奈？

这时，沧桑不只是一本书，它还是一处人文景观，需要高品位的审美心境。

沧桑的确很不惹眼，它陈旧、晦涩、黯淡无光，容易忽略也不讨好，但它传神。它的内蕴极端沉实、清寂、冷肃，像古赋像史诗像中国红茶，耐人细品，回味无穷。

被岁月侵蚀过的事物，自有一种缠绵、凄怆与悲壮之美，最令我们心动。因为有情有欲有悲有喜，才会不断改变外在形貌。沧桑，在某一层次上是值得感恩的。

太好的东西有如天赐，拥有时小心翼翼，累了自己。一旦失去，又抱憾不已，无法自宽。而沧桑既已经历过美好，不会再因患得患失而自苦，反而得到一份坦然、从容、无欲则刚、得失随缘的果决。

事实上每个人与生俱来就隐藏着莫可奈何的悲观天性。

喜剧之美在结局，悲剧之美在过程。喜剧的平淡使我们不满足而怀想悲剧的深刻。如果说喜剧触动我们，悲剧则是撼动。鲜美触动的是我们表层的美感经验，沧桑撼动我们的心灵。这正好满足我们不可告人，甚至连自身都不曾意识到的生命的悲剧意识。

有时人的潜意识渴望大喜大悲的沧桑、亦快亦痛的跌宕。

生活中的美总是出其不意，从不以单一或模式的面孔出现。

我们需要的是发现美的眼睛和敏感的心灵。

抽象之美

水若不醒，看水的人就会恍恍惚惚。

它每一秒钟的肌理，都有不同的排列与构图，都是不同的符号与象征。

在这里——美学家看到至美与极丑；

剧作家看到悲剧因素与喜剧色彩；

灵学家看到初死的空地与灵魂的故乡；

预言家看到过去的过去与未来的未来；

哲学家看到不可及的智兼更不可及的愚……

大自然总是以毫无心机的形式呈现抽象概念，诱惑人们不知不觉中渗入了主观情绪。灵思的流转使抽象有了各不相同的光彩。是人与自然共同创造了抽象之美。而人类却误以为这一域朦胧、一片声响在心之外。正如那句古诗"芭蕉叶上无愁雨，只是听时人断肠"，这种虚实易位的错觉，再为抽象增添了一层不可捉摸的美感。

但是，一个抽象概念，不是从虚空中突然萌生的，一定有一种自然可寻的逻辑。

这就留下一些可供回旋的余地，让任何人都有参与的可能。

灵魂之美

灵魂的裸体是心理学，不是生理学。

既然让肉体赤裸，最容易使我们了解人与动物之间的区别，躯体与灵魂之间的关系。那我们就让灵魂也赤裸，脱尽虚荣的衫裙，拆除世俗的包装，这样最便于触及心灵之幽微，最容易量出心与世界的距离。

穿过肉身，逼视自己，与自己的灵魂对话，窥探自己的潜意识，审视自己人格深处的土壤条件，掌握灵魂的弹性、密度与承受能力。然后我们发现，灵魂的风景并不像自然风景那样完美，而是漏洞百出。需要剪裁与取舍。而灵魂的澄明、心的磨炼却比任何自然风景都更能提升我们。

学会让灵魂裸体，是一种生命的再出发，灵魂的重新认识，需要坚实的心理锻炼。不断审视灵魂这幻形之门，使我们更加了解了生命之美，超越了一切烦恼与悲哀。使我们发现美与丑、雅与俗、温柔与野蛮只在一线之间。那一线正是悲悯与残暴的分界点，人与禽兽的分界点，文明与堕落的分界点。这时才算真正完成了至高无上的心灵超脱。

气质与气韵

古人说："才华外现，形成气质；才华内敛，形成气韵。"这种气质、气韵，就是男人的美。

但"气质""气韵"并非一朝一夕可得，"梅花香自苦寒来"；也不是生硬地"做"出来的，是丝丝缕缕从骨子里渗透出来的。

有一类男人，不用靠近就能闻到他飘袂之间、襟袍过处的阵阵墨香，那是芭蕉窗前端砚边、经史子集、诗书琴画里经年浸润，才可能养出的书卷气息。这种沉稳、蕴藉、儒雅、博学的男人，"腹有诗书气自华"，即使外貌平平照样魅力无穷。因为他耐品，如茶。这就是"气韵"。私下以为："气韵"或许是男性美的最高境界。尽管《菜根谭》说过："君子之才华，玉韫珠藏，不可使人易知。"但确是藏不住。

第二类是阳刚、坦荡、从容、自信、幽默、有智慧、有涵养的男人，如酒，醇香袭人，光彩夺目。这就是"气质"。

还有一类男人，浮躁、浅薄、猥琐、无知又无畏，既无气质，更无气韵，满是负能量。即使貌若潘安，也当鄙而远之。

为大自然请命

1

燕子的双腿被一个孩子"咔嚓"一声剪断；

奄奄一息的小猫被"扑"的一声抛向疾驰的车轮；

正在河岸上蜕壳的蜻蜓，被一双散步的脚有意识地踩扁；

鲜花被两个谈情说爱的人漫不经心地一瓣瓣撕碎、揉烂、碾成泥……

树上鸟窝里的幼鸟成了人类幼儿的玩物，它的母亲绕树嘶叫，直至心力交瘁，坠地而死。

顽童们兴奋地往返奔跑，享受踩过虫尸所发出的脆响。

目睹这触目惊心的一幕幕，不能不令人心寒，感受到最深刻的悲哀。

也许，与浩瀚人世相比，这些只不过一出出不足挂齿的小小杂乱的悲剧而已，但不知几时开始，人类潜意识里有座冰山，人性变得麻木、冷漠。甚至残忍，以肆虐他族之苦，养己欢颜，并引为闲适雅趣。

生灵何罪之有？

就因为看不见它流泪流血。

就因为听不到它呼痛呼救。

就因为人类比它强大，我们就可以任意践踏、蹂躏、摧残？

再微末也是生命，是比人类更加脆弱的生命。

人对世界总是不满意，却从不愿反躬自省，自己为这个世界做了些什么？

我们只有一个地球，地球村的生态环境已被破坏殆尽，生存环境的死亡，最终将使人类走上一条死满自己的路。我们该去哪里找回失落的爱心和对大自然的阅读情趣？

静静体察造物者的安排，一草一木一鸟一兽，处处都美丽得令人心存感激，叫人不知该如何倾心相爱才好，倘若不能感念，不能爱惜，至少不加以伤害。

人一插手大自然，就弄脏了它。

只有进过深山，到过自然保护区的人，才能区别得出来：山中的鸟叫得多么尽情尽性，山中的花开得多么恣意坦荡，山中的昆虫活得多么自在舒适。因为在这里，无虞杀身之祸。

英国诗人布雷克有一首短诗："被猎的兔子每叫一声/就撕掉脑袋里的一根神经/云雀被伤在翅膀上/一个天使就止住了歌唱。"这是怎样温柔而细腻的情怀。当我们认识到自己与世界无异的时候，我们就会为能奉献给世界一点爱而欢欣，我们就能不丝毫地伤害世界，我们才能温和地呼吸、柔软地关怀、广大地慈悲、用心地生活。

生存的观念是扩大的宇宙观。除了自私自利的人类生存所需之外，我们还应该关怀其他物种。文明与生活的高品位，有时只来自一滴水、一棵草、一只小虫的对待。如何对待万物的心，才是文明的根源。若能把世界山川放在个人的情感观照里，就是性情所致。中国佛教所说的"仁人爱物"就是这种境界。佛制有"结夏安居"的传统，重要意义在于夏天蛇虫出没频繁，外出走动易伤及生命。且僧侣也避免夜间外出，也是担心无意中伤害了无辜的生物。佛陀经典里有"践地唯恐地痛"的公案，其中蕴含多少慈悲与承担。

人类有些时候确实需要一些宗教洗涤，以提升心灵的层次，保持一颗柔软之心。这种心，在儒家叫"仁心"，在基督教叫"爱心"，在佛家叫"菩提心"。

2

我睡时你还绿着，我醒来你已死去——一棵千年古树。

像是午夜惊起的一个梦魇——屠杀现场不留蛛丝马迹。

临终前你屈过膝吗？受刑时你呼过痛吗？流尽的血渗入大地？咬碎的牙咽回腹中？是被一柄锋利而执着的斧头顷刻砍杀？是被一把生锈而愚钝的锯子慢慢凌迟？生长了千百年的庞大身躯，是轰然倒地，啸声四起？还是渐渐仆倒，轻微喘息……

你有很多种死法，却没有一种活法。

你曾经很高很辉煌，现在很矮，但我依然仰望你。因为你倒下之后，灵魂却站着，如一冷肃的孤峰，我仰望你的悲壮与凄美，痛惜你的无辜与无奈。看不见的血泊中，你还在不像活着地活着，还在酝酿着来年春季的英雄梦？

泥土睡了，而树根醒着。躯体碎了，而魂魄醒着。

这座城，那些人

粘　雨

这一场奸雨，不是春天的做派，也不是福州的气质。它用一层厚厚的湿先把这座城市包裹起来，再用一脚狠狠的湿把我踹了出来。一切变得陌生而寒凉。只能隔街隔窗揣测这座城市的"莫测高深"。莫非一座城亦如一个人，行走坐卧总有那么顷刻间的寂然寥落？想起《易经》所言："感而遂通天下。"想来便是了。

冰　雹

冰雹只是不速之客，雨，才是这个城市真正的气质：湿、粘、平和、婉约。人与树、树与屋、屋与世界、世界与人，都因为雨，成就了一段疏离和陌生的欣悦。雨固执地坚持着它春天的坚持，把暮春的意象填涂得阔大起来、干赡起来 喧哗的雨让人心安静下来。一如里尔克所言：在少数的事物里，绵延着我们所爱的永恒，和我们轻轻分担着的寂寞……

夕　阳

周梦蝶写诗说："山有多高，月就有多小／云有多重，愁就有多深／而夕阳，夕阳只有一寸。"今日黄昏的夕阳该是三尺宣，云在上面画故事。这个故事让我呆看了六分之一个下午……

脖　子

北京人说北京的"春脖子短"，冬天刚过去，夏天就来到眼前了。在作家林斤澜看来，那哪里只是"春脖子短"，简直是"头连肩膀"。

那是他没来过福州，这座城市是春脖子和秋脖子都短，福州的秋天，一如刚出生的婴儿，冬季的大脑袋直接装在夏季的肩膀上，脱下棉衣，敷衍草率地穿几天衬衫，短袖T恤就上场了；而春天甚至压根就没有脖子，只有落叶。路上铺着厚厚的黄绿相间的大叶榕的落叶。它们已经坚持了一个冬天，只等花们都开了，才放心离去。

仰　视

痛。痛。痛。

人在意外面前是如此脆弱。

广场、街道、车声、人语像落潮的海水退去，远远退去。所有的声音消失，所有的光亮熄灭，昏迷中所有的感觉只剩下——无助。

是你奔向他，你扶起受伤的他，你坚实有力的臂弯和警车给了他安全的肯定。

此刻，他仰视着你，也许你的个子并不高，但你精神的高度让他仰视。

即使隔着警服,他也能感受到你血的热度。四周很喧闹,但又很静。因为在时空之外,在刹那、在永恒,众弦俱寂,你年轻的心跳才是唯一的高音。

此刻,路边的行人仰视你,他们仰视的是你心灵的高度。没有人会以为你是他的儿子、亲戚或朋友,因为这座城市里的人们早已习惯了这些穿警服的人为市民分担着自己分内以及分外、很大甚至很小的事情。你们给城市安全感,同时打开了一扇精神光辉的窗口。他们真的不认识你,但他们又确定认识你:

你是一个尊重生命的人,你的名字叫"110"。

用绿色取暖

最早懂得城市的颜色,是在很小的时候。

每一座城市都有属于它自己的色彩。

我所在的这个城市,曾经是一个春天很长的地方,春天之后还是春天。因为绿色,就是它的颜色。但经历过一次次自然或非自然的雨雪风霜、刀锋斧刃之后,它便远离了绿色。

不要说曾经,说起来更痛!

不知几时起,人类潜意识里冻起了一座冰山,人性变得麻木、冷漠甚至残忍。以肆虐他族之苦,引为闲适雅趣。好像谁都是大自然的主人,谁都可以有挥霍不完的大自然。谁说草木无情?只要我们仔细观察那些在阳光雨露中快乐舒展开叶子的植物,感觉高大树木的精神,正含苞待放的花朵的血脉,甚至在原野上随风摆动的小草的呼吸,都可以让一个有血有肉的有情人动容。

谁说草木无心?草木的心最脆弱,可惜这种脆弱常常被人类忽视,小小的心被我们践踏蹂躏在脚下而不知道。只因听不见它呼痛呼救,只因为看不到它流泪流血。

当一个人刚刚在家中掸净假花上的污垢,吸去地毯上的尘埃,转身面对街心环岛上的鲜花。公园里新植的草坪,他怎么能够伸出他残忍的手,又怎么忍心踏下他肮脏的脚?

文明与生活的高品位,有时只来自对一滴水、一棵草、一只小虫的看待。如何对待万物的心,才是文明的根源。只有拥有柔软的大爱之心,只有训练出心灵上的拥有,才是真正热爱生活,并真正懂得享受生活的人。

所幸,还有许许多多不曾灰心的人们!

把绿色还给城市,这种努力是极其艰辛的,毕竟我们已经灰色得太久太久了。

红尘依旧有爱,人间依然有情。这些有情有爱的人们,我叫他们是——生活诗人。因为不仅仅是被写在纸上的文学作品才叫诗,更广泛的应该是一种心灵的感觉,一种能把生活及心灵留些空间去容纳对花对草对山对水对大自然甚至对生命存在的感受。只有这种能用心灵去感受生活中的诗情画意的人,才是真正的诗人,才是这座城市真正的主人。

有了这样的主人,我想,这座城市离"掬水月在手,弄花香满衣"的佳境就不会太远了。

人类给自然一个天堂,自然也必定会还给人类一个天堂。

这个世界已经够寒冷了,让我们用绿色取暖!

挽断罗衣留不住

一不小心，就住到城市的最中心。

想到装修时的千般辛苦、万种烦恼，就认定该狠狠地享受它一段日子。新房子处处都称心如意，也就处处都是慵懒的诱惑。几乎婉拒了所有稿约、电台采访、电视专题以及形形色色的讲座，大半年写了屈指可数的几篇短文。唉，人是经不起宠的，一宠就宠出了一身懒骨。再坐到书桌前，我竟是握不住这支笔了。脑子里一片空虚，原来心都生锈了。

回回头，这之前的日子渺如云烟。就像刚刚伏在书桌上打了盹，忽然雨就来了，雨珠敲打玻璃窗，也敲醒了梦境。幸好书页湿得不重，只卷了点毛脚。刚刚画过的红线晕染在铅字下面。"我的筑梦屋依山而卧"，其中的一句这么写着。看着眼熟，我又怎会在自己的文章里批注？红线也就牵到这里，像是用一条红丝带来展开一卷线装书，就这一页吧……

我的筑梦屋依山而卧。我不用种花，小山就是我的花园；我不用点灯，敞开窗萤火虫就是我的千盏灯火；我不用动烟火，满山野果、野菜享用不尽；我不怕写不出文章，满满一怀的山情野趣使我文思泉涌，我成了精神上的百万富翁。

还记得那些个午后，薄云小雨天气，漫步屋后的小山。这山静得多好，叫人心尖上带点湿湿的微疼。不知深浅的昆虫小兽被惊醒了午睡，小的使小性子，大的发大脾气，还有一些装睡的或没醒的正打着绿呼噜。在山上看云，脚下又有雾，看着看着，人就痴了过去，千骸俗骨已在虚无中化去。那一刻，我只想一朵花一朵花地采集露水，用松果烹煮，会是什么滋味？我想用那片薄薄的夕阳和野菊花酿酒，是不是叫作花雕？我想筑一间不用叫"筑梦屋"也照样可以筑梦的小草屋，梅夫鹤子，餐风饮露；我想养一群羊，让它们满山遍野地疯跑；我想……那真是一段云淡风轻、人淡如菊的日子。

合上书，它便像是千年的老事，还泛着樟脑味。只可叹一句"坐花醉月，挽断罗衣留不住"。又岂是留不住？人，一到了得失面前就俗了，与大自然一起"结庐在人境"成了一句空话。

如今的筑梦屋已无梦可筑，屋主如一尾失水的鱼，在精神上苟延残喘。

抬头是一幢幢钢筋水泥丛林，厚而僵硬长久没有使用过表情的那种脸；胸怀如塞满了留也不是，扔又不舍的杂物，在生活中闲挂着。朋友吗？那是隔着电话说些阴晴圆缺的话；对大自然的牵挂只好浓缩成一盆盆花木、几茎精致加工不再会满天飞絮的管芒花、一大堆各式草编竹编藤编篮筐和一双草鞋。人间的是非太多，再去哪里找一份从容与高雅。摸一摸案头积卷都是凉的，让我如何妙笔生花？

我从前的家很小，但心灵的空间无限大。

我如今的家很大，却被世俗喧嚣逼仄成瘦瘦窄窄的一条。

上山，那已经是很奢侈的享受，总有这样那样的牵牵绊绊让人无法成行。但总得拿一点自然给自己看，滋润一下枯焦的心灵吧？那就每周跑一趟花鸟市场，看着摸着，心立刻就激动起来，恨不得把所有的花鸟虫鱼、小猫小狗都搬回家中。

人有两种，我想，一种适合豢养，一种适合放牧。我属于后者，但我弄丢了我的牧场。

情淡了，日子也就过淡了，但日子总还是要过下去的。且关紧了门窗，持有一颗素心。小碟，点线香，夜雨，案头一本好书，手边一杯好茶，把五内浊气逼走。

第六辑

书乱翻

一路走一路爱一路欢喜

——楚儿散文随笔集《时间的侧面》序

真切地感受到时间的不经用。

那个我含在嘴里捧在心口的刚发芽的小人儿,忽然就来到了十七岁的花季。她不止自己开花,还想让笔下的文字——结果。

记得楚儿人生的第一篇作文,那是三年级的看图写话,硬是把房顶上的斜风细雨看成瓦片,燕子认作麻雀,老师预设的"春天"于是无法生成。又因为她无话可说,麻雀在屋瓦上无所作为,她沮丧地领取到一篇零分作文。所幸此番出师不利,似乎并没影响到她此后倒腾文字的兴致。

我一直相信文学有能力温暖这个世界,并且温润孩子的生命。从小学四年级开始,因为功课轻松,我让楚儿把大部分时间和精力用于课外阅读,每周总有几个下午借故请假在家看课外书,读文学经典,因为读经典就是节省生命,就是少走弯路抄近道。想想小学六年十二本薄薄的语文书,就算读烂了全消化掉,又能有多少营养?毕业时,楚儿的阅读量已经比较可观了,阅读效率迅速提升,几天啃掉一本书,堪称饕餮。等到了"无书不如厕"阶段,阅读终于成了楚儿娱乐的一部分,而不是学习的一部分,我心甚慰。我相信,一个浸润在书香里长大的孩子,内心或许可以多出一双轻盈的翅膀,或许可以为自己的一生创造一个心灵的天堂。

可惜一上初中功课重了,课余时间七零八落所剩寥寥,阅读成了奢侈。

话说生命总有出口，关上一扇门，正好打开另一扇窗，碎片化的时间也许更适合碎片化的阅读。而00后本是移动互联网的"原住民"，没有理由剥夺掉他们使用网络的权利。钱钟书先生说得好："不受教育的人，因为不识字，上人的当；受教育的人，因为识了字，上印刷品的当。"一头栽在书本里的孩子有太多的知识、太少的见识。况且因为年龄、因为知识结构、因为生长环境时代背景等等因素，我这网络"移民"正不知不觉地被时代移出轨道，谁不会输给岁月、败给时代呢？我这就知趣地提前退场，把孩子交给互联网。我当我的甩手掌柜，她做她的逍遥伙计。

自此，不习惯午睡的楚儿同学每天中午的近两小时不再做功课，固定用来上网，有电脑处用电脑，没电脑处用手机，我给她最好的智能手机，浏览什么随她选择。我相信有一定阅读量打底的孩子，口味一定不会太差。然后她把这珍贵的时间用于刷"微博"、读"知乎"、上"豆瓣"、看"奇葩说"，当然也不排斥娱乐八卦，这些平台上多的是高人神人大咖大V，满腹经纶的饱学之士、意见领袖给她不一样的视角和思维方式，而眼界决定境界，这一切正是我和书籍所给不了她的另一种精神滋养。也曾惴惴不安地自我反省，假如这些时间都让她用于功课，考试分数也许会更高一些吧？然而，学习成绩跟学习时长成正比吗？答案显然是否定的。

我笃信儒家"取宏用精"的思想，相信庄子"无用之用方为大用"。再说了，就算一无所用，人生苦短，就让孩子把生命的一部分浪费在毫无意义的事物上，又有何不可呢？

回望初中，写作文对楚儿来说是一段灰暗的记忆，又想应试高分，又想随心所欲，她显得手足无措、无所适从。苍蝇一样东撞一头西撞一头，屡屡撞上南墙头破血流。不是说好的书中自有"颜如玉""黄金屋""千钟粟"吗？她问得我一时语塞。坚硬的现实告诉我们，阅读积累与应试作文有一定关系，但关系不大。面朝大海，不一定都能看见春暖花开。而"万用开头""万用素材"的模板式"新八股作文"，在短时间内完全有可能斩获更高的作文分数，但我不希望孩子为了中考分数走上这条路，写坏了笔，磨损了鉴赏品位，这是底线。总之，无论初中记叙文还是高中议论文，我都帮不上她，教一次错一次，指导一次"砸锅"一次，只能灰溜溜地败下阵来。古人早就说了："可授受者规矩方圆，不可授者心营意造。"我唯一能做的就是告诉孩子——阅读！无论厚重阅读还是碎片化阅读，无论纸质还是新媒体，阅读都是灵魂栖居的永远的精神家园，这是一种真实稳妥的幸福。

上了高中，这所号称"敢给学生别的学校不敢给的青春"而声名远播的拥有五十个课外社团、下午4点多就敢放学的百年情怀老校，有太多"骚"操作，课外作业居然有一个环节叫"自由写作"，想写什么就写什么，想怎么写就怎么写，孩子们一时间如脱缰的野马一去九万里，诗词歌赋散文小说戏剧，百舸争流，全民狂欢。楚儿也趁乱放飞自我，在文学创作的旷野里东奔西突，泥沙俱下地快速制造出一堆所谓"精神产品"，其中不乏让我眼前一亮的文字，这些文字里藏着楚儿读过的书、旅过的游、上过的网、追过的歌手……一个热爱阅读、享受阅读的孩子，终会拿起笔来，追随她所读到的花开花落，去记录自己眼中的云卷云舒。

这才开始留意她的文字，之前说真心话，既看不上眼，也不希望她过早涉足创作，以免误入歧途。更屏蔽了她看我任何一篇文章的可能，避免不必要的渗透和误导，这个孩子从我的内部走到外部，她应该想她所想，写她所写。来人间一趟，要做唯一的自己。

果然不出所料，楚儿走上了一条与我背道而驰的路。对于我所喜欢的"饱暖无事，又值心闲，不免伸纸弄笔，寻个题目，写出自家许多锦心绣口"（金圣叹）的爱写不写的慵懒态度，她表示不以为然。据说文学既指认生命的寂寥，也拥抱着生活的壮阔，我就只愿涉笔生命的寂寥，她却想拥抱生活的壮阔。都说"少女情怀总是诗"，这个十七岁的少女不诗也不远方只有近处，不静观花落，也不笑看云起只关心人间烟火，不唯美、不造作，更不小情小趣。她不如我所愿，像每个叫采薇或蒹葭的女孩，痴迷唐诗宋词，有一本漂亮的"采蜜本"，随时摘抄红红绿绿花花草草的好词好句，写些不温不火不咸不淡的风轻云淡；她又如我所愿，刚刚长成的小身体里住着那么多对这个世界的善意与温情，以及出乎我意料的与年龄不相称的悲悯情怀。她和她的同龄人，才是真正爱这个世界的人啊！她默默地笨拙地摸索着自己与世界相处的姿态，既愿意体验亲身参与时代的"现场感"，探寻生活的本真，又不时抽出身来跟她的文字一起站在时间的侧面、世界的彼岸，隔山隔水地凝望。相比于感性的散文，她似乎更偏爱冷静的议论文的理性思辨，但鉴于阅历、胸襟与思想的局限，胸中纵有万千感慨，腕力却明显力不从心。她排斥语词的雕琢，遣词造句爽净自然、饱含汁液，颇有灵气，读来倒也让人心生欢喜。

这本书里，收入楚儿初一至高三上学期的作文、周记、读书笔记、自由写作，以及灵光一闪的随手纸片，孕育六年拉拉杂杂八十八篇八万字六个小辑，以她最喜欢的"苏打绿""五月天"乐队的歌名为小辑名。她生出了这样一颗果子，又甜又酸，其中十七岁的青涩是必需的，十七岁的稚拙也是必需的，这才是青春该有的样子。好在原汁原味，因为唯一而弥足珍贵。这是楚儿版本的"致青春"，也是她对青春最大的尊重。

谁说为母则刚，我是为母则怂。有了楚儿，就变成一个贪生怕死的人。我得活得毫发无伤，才能给孩子撑起一小片天空，陪她走得更远一些、更多一天；又因为我输不起，愿意对整个世界俯首称臣，唯恐自己的哪怕一点点疏忽与轻慢，妈妈失火，殃及孩子。上苍给我一个楚儿，这一定是我前世修来的福报，是我生命中最美好的遇见，即便"低到尘埃里，心中也是欢喜的，从尘埃里开出花来"，于是，此生无憾，此心已足，再无所求。

"富润屋，德润身"，文学润的是灵魂，学识情趣润容颜。

阅读把这个孩子带到了文学的门口，此生，她会不会顺势走上一条文学之路？且随她去吧，自在随缘便好。佛陀说："不一定要开花结果才会芬芳，一个透过内在展开戒、定、慧品质的人，即使在逆境里也可以飘送人格的芬芳，内心永远保持喜悦的花香。"唯愿"小荷才露尖尖角"的十七岁的楚儿，内心永远保持喜悦的花香。

愿孩子"一生温暖纯良，不舍爱与自由"，愿她一路走一路爱一路欢喜。

此中有真意，欲辩已忘言

——《作文精华——福州一中优秀习作选》序

每一年的冬季，就多出了一个期盼。

那是风雪夜红泥小炭炉正暖，上面温着米酒炖着枣，而你等着的那个人，不，是那本书还在路上，未曾抵达。有一天如约而至，"梆"的一声落在案头，心中一宽。

这是一本有体重的书！很薄但很重——厚重。里面是近百位青春少年的"诗与远方"。或许生活是永远都读不懂的诗，即便远方还在远方之外，至少此刻，少年的情怀在这本书里开着花，而每一朵花下都有一片绿叶，那是近百位老师在陪衬着托举着，只为这些花能开出一个春天，春天之后还是春天！

面对书架上这十二本《作文精华——福州一中优秀习作选》和案头2016—2017年度优秀习作书稿，心中真正有海阔天空的喜悦。十三年，时移事往多少花开花落云卷云舒，而这所中学自2005年起就这么持之以恒地执着地郑重地还很仪式感地出版着这么一本优秀习作选。作为"理科男"的李迅校长，是这本书的发起人加"忠粉"。一如他时常得意地显摆"没有艺术特长生，我们一样组建起交响乐团""我们不招体育特长生，但我们有实力雄厚的足球队"……此外，还有诗社、电影社、音乐社、话剧社、模拟联合国社等等各种社团。学校不惜切出大块时间，把孩子们从繁重干燥的课业中挖出来掏出来拽出来，放进另外一个完全不一样的水灵温润的时空里，我想，这是要给孩子们的青葱岁月编织出一段一段能在校园里采菊的东篱，是想让每个孩子为自己的心灵创作出一篇一篇的《桃花源记》。多年以后某个清晨或某个黄昏，当人到中年的他或她像普鲁斯特一样追忆似水年华，回眸这一段东篱，会不会因"寻常一样窗前月，才有梅花便不同"而心生暖意……

坦率地说，我曾反对女儿阅读同龄人作文，理由是同龄人作文本来就有局限性，又箍上了应试作文"新八股"的模式与套路。就像在桌子底下跳高，再跳也还是桌子那么高。说来心虚，之前的几本《作文精华》我也曾以轻慢的态度信手一翻即束之高阁，随后几期渐渐看进去了，不得不修正自己的观点，这才有了一份期待。主编王兆芳老师深厚的文艺评论功底，在文学江湖以及朋友圈中早有传说，他独到的鉴赏品位、审美眼光与遴选标准，使得这个习作选本有了它独特的风格与质感。已经不仅仅局限于作文范文，似乎更多的是作品——精致坚实的散文和锋芒犀利的评论。可读可诵入脑入心，可圈可点暖眼暖心。

八股作文与优秀作品，套路与情深之间只隔着一层薄薄的——眼光。

如果只站位在个人立场，不考虑应试因素，私下里最偏爱《白粥》《寺梅》《豆腐》《思粉榆》这样的性灵之作。以不俗的笔写俗世，不凡的心写凡尘。虽多为小情小趣，但能写得不小不薄不琐碎不矫情，就得有人量的阅读打底，肚子里有干货才会有这样信手拈来、行走自如的乾坤朗朗、淡定从容。

古人说："味淡声稀处识心体之本然。"一个"淡"字，才能将人生最终滤成宁静与优雅。品品这碗"人味必淡，淡中求腴"的《白粥》，文笔老到纯熟，叙述风格平和冲淡、自然澄澈，展示了书面语言的绵密、灵动与纯粹。因为有细腻的感悟、情绪的张力和字词的弹性做支撑，可以说这个小篇章抵达了"幅短神遥，墨稀旨永"之境。小小年纪笔端已然有了可贵的蕴藉与宽容。《豆腐》的确是一块可以把玩再三的豆腐，不太嫩也不老，有嚼劲又不费牙口，一种内在的节奏使它有了恰到好处的韧性，颇具情趣和意味。《思枌榆》走的是沉实、向内、走心的路径。初读之下是漫不经心的闲逸，不刻意也不用力。再读，对故乡深深的眷恋，便从语言整体的肌质和纹理上渐渐呈现出来，迹浅而意深，言近而旨远。读的人透过文字笔画的舒展心中也为之舒展，浑身都清寒朗润起来。再读《寺梅》，心中不禁叫一声好！它营造出空灵旷朗的意境，捕捉的是水墨留白的韵致。世外的清透逸气氤氲悠远，梅开梅落、风起风过、僧去僧来，我几乎是屏住气悬起心来读，觉得后面总该搞点事，但没有。连世外高人扫地僧的存在都存疑，这一笔太意外，称得上神来之笔。其实很多时候，文章不见得要掰开来精剖细解，只要读的人有一种获得感。比如，此刻，我明明面对的是一篇作文，读到的却是一篇散文，而得到的则是一首诗。

关于亲情乡情，一向是孩子们最擅长也是最难写出新意的题材。但书稿中不少篇章仍令我动容。《多想再来一场雨》又外婆又细雨又伞，一堆从小学到中学写滥了的意象，但一样的外婆一样的伞一样的爱一样的回望，却能写出不一样的感觉。意蕴深长的结尾看得我心很湿……《怀恋那碗鼎边糊》通篇素素淡淡的耳语，没有花巧机心，情绪转角处，煮鼎边糊那人已经不在，一个巨大的断裂，以为顺势大痛之情将一泻千里，但作者把千言万语只化作一句"心仿佛漏了一般"，这一个"漏"字，节制敛约却能力拔千钧，深得"哀而不伤"的诗旨。

对一位作家而言，想象力的大小决定其作品张力的大小，思考力的深浅决定其作品实力的深浅。写作文又何尝不是如此？读孩子们的文字，让我更多地想到亮亮的眼睛和上扬的嘴角，但对于一本中学生作文选萃来说，只有"少年情怀总是诗"的婉约是远远不够的，还得有睿智的额头。如果说记叙文是这部书稿的血肉，那么议论文则是筋骨。《跨界的"生活圈"》《不聪明的老实人和他的大智慧》《不好意思，你"刻奇"了》等诸多精彩言论时评的加入，使这本书有了挺拔的骨骼和硬度。

是做一个精致的利己主义者"胸中无丘壑，眼底无性情，虽读尽天下书，不能道一句"，还是直面现实，做一个生活在"此时此刻"的人？在这个板块里我们欣慰地看到社会关怀、独立的道德立场和批判精神。青春少年骨子里就有一种天然的清醒，已经有了洞察生活、渴望担当的敏锐和智慧。90后是真正的"网络一代"，他们的感悟是现代式的，属于他们这个时代的审美意趣。甚至使用的语言、词汇，都非常有开合度和自由度。

当然，这部书稿还有一些遗憾之作。为求细节感人，落下明显设计的痕迹，以及刻意埋头直奔主题，辞藻铺排堆砌等等。可是，这些缺失我们不妨看作一朵花含苞欲放，一只鸟方展羽翼，一个婴儿初试啼声，难免有些不知所措和力不从心。只要同样一阵风吹来，每一棵树每一片叶都表达了对风的态度，每一朵花里都住着属于他的那只蝴蝶。这就够了！他们在自己青涩的青春里，他们在自己质朴的墨香里，已经成就了这么一部骨肉亭匀的作品。

一本书就是一间屋子，序便是屋门。我这笨拙的木匠用许多废话的榫头和碎木条拼凑出了这扇门。来吧，让我们一起推开它，看屋内满满的锦绣文章正在开花展叶。

"清夜焚香生远心，空斋对雪独鸣琴。数日雪消寒已过，一壶花里听春禽"，这个冬季有花有香、有琴有禽，春风十里，满心欢喜。

砚边碎墨

让灵魂轻身飞翔

这样阴冷乱雨的小寒天，适合读这篇文章：《临终，是一个怎样的过程？》。有生之年，幸好读到。

因为生命如此脆弱，我们更加热爱生命；又因为热爱，当此行终点来临，而让人执念不放，那个时刻，给亲人最恰当的关怀，是他们轻轻放下肉身，让灵魂轻身飞翔。

这是个不讨喜的话题，也可能是有争议的问题。其实，灵学，也是一门知识。孔子说："不知生焉知死。"《西藏生死书》说的是：不知死焉知生。《埃及生死书》和《西藏生死书》还是可以表达出一些终极关怀的意旨。

走　心

知道不能错过但还是错过了侯孝贤的《刺客聂隐娘》，所幸昨夜有朋友包场补课。仙气、侠气和淡淡伤感编织出一幅幅写意水墨，留白处得脑洞大开才能应对。今早起来闭目再回放一遍。有的电影是养眼的，另一些电影是走心的。后者有些劳心伤神,但留给记忆的也深远一些。喜欢这种稍稍踮起脚尖才能触摸到的感觉——

燃　香

时值躁世,人心粗劣。饱暖无事,晨起心手俱闲,且净手燃香,伸纸弄墨,抄经看闲书,想起宋人《梦粱录》说:"焚香点茶、挂画插花,四般闲事,不宜累家。"好个"不适累家",如此雅事,自然自己细细消受,不分与旁人。

又突发乱想:"宋",这个字,感觉中正平和。具清雅之姿,朗然之气,如玉树临风的书生衣袂飘然,翩翩而去。"辽"字身体有些前倾,慌乱鲁莽;"隋"字笔画密而多,显得琐碎凌乱;"唐"字头小,上下身都太满,显笨重;"明"字左右适中,相互照应,如人施施然漫步,有从容之态。

春不上秋树

陪跑多年的村上春树已成秋树。看来诺贝尔文学奖之春,注定上不了这棵村树了。只看过一本《挪威的森林》,不喜欢。比伍佰满口瓜腔口齿不清语焉不详中气不足气息局促唱的《挪威的森林》还要不喜欢。

静好与真切

十八岁那年读到郭风先生的《叶笛集》,这些饱含汁液的散文诗,是另一种静好与真切。自此也生出胆子:怀揣的文学小梦或许踮起脚尖也能触摸得到?一路行来,得郭老勉励赐序指教,恩重如山!适逢先生百岁诞辰,回望感怀,永不敢忘!

清透入心

读完散文的朱以撒，怎能不去赏书法朱以撒？我这朱粉以粉撒粉，每每读其文字读到连案都忘了拍，只剩叹气再叹气。有一句话叫：别人家的散文！别人家的字！

多年前妄想拜师门下习字，他几乎当场晕倒。明知竖子不可教，朽木不可雕，还是布置了第一次作业给我：楚楚，二字，让依他设计帖回家临写。我写了三十余年，废了无数报纸宣纸，正应了差生文具多，还买了鸡翅木大板书写台、各式毛毡镇纸水滴笔洗花样砚台铺排开来，但就这一大一小两个一样的字，无论软笔硬笔，都还是没写好，遂死心。

改求以撒师墨宝，小羊毫、花笺生宣、风雅吟和自赏之，别有幽怀。点画峻逸，圆转畅达，一如这春日午后意外的斜阳，清透入心。

清澈朗然

昨夜再睹越剧名家尹桂芳第五代传人王君安演绎《柳永》，全剧唱做如行云流水，仙气氤氲，有摄人心魄之美。若有小憾，便是柳永之气韵塑造，儒雅端庄有余，放浪不羁不足。但作为原创剧目，已是可圈可点。

君安的美无论扮相还是素颜都清澈朗然。台上小生，玉树临风、俊朗出尘，那是世间女子的梦中情郎；台下近观素净剔透、明眸皓齿、眼波摄骨——雌雄同体之极致。

节省眼球

买书如山倒，读书如抽丝，眼睛越来越干越来越模糊越来越不给力了，必须节俭地用。增加一种阅读方式：喜马拉雅FM听书或博客。开车上下班路上、做家务时、午后小憩、餐后散步、健身跳操、夜寝前这些边角时间碎片，都可与书相伴。

生命，就应该浪费在美好的事物上。

诗和远方

一个小伙伴这几天正在德国参加一个国际数学大会，我这当年被数学弃之如敝屣的人，隔洋被分享着花絮。

那是一位教授投影了一张照片，摄于1995年，一个五六岁的小女孩在很认真地按着计算器，兴味盎然地观察数据变化的美妙。十几年过去了，这个女孩是不是在从事着与数学密切相关的工作呢？教授试着在脸书上登出这张照片，寻找这个小女孩，直至不久前才找到，教授告诉她为她当年幼小的心灵在热爱着数学而感动云云。

接下来的桥段该是女孩果然不负众望，成长为一个颇有建树的青年数学家吧？当然，这只是鸡汤文里的脑补桥段。情节至此急转直下，女孩云淡风轻地回答："当时上课累了，只是下课想放松放松，刚巧看到这计算器，随便按几下玩玩而已，对数学没有丝毫兴趣！就为这找我？你是不是疯了！"这位有情怀的教授以此讲述数学是什么。

数学是什么，我肯定不知道，但现在中小学数学的难度不断下沉，难度系数越来越高，真的很有意义吗？

其实数学是什么我也是知道的，那是年少时的蒙圈与屈辱和永远的噩梦与惊魂！由此可见：生活不仅是眼前的苟且，还有你永远都读不懂的诗（数学）和你永远都到不了的远方（及格线）。

秋风起，蟹脚痒

今日秋分，"秋风起，蟹脚痒"，让秋多分给螃蟹一些痒，少分给我一些痛回望，与立秋俱立的是我的腰椎，这货在疯狂地刷着存在感，虽暂未膨未突未脱，但很浮夸地僵硬酸痛。

书和电脑把我持之以恒地按在椅子上，几十年如一日，能坐着绝不躺着，遂把这枚也曾是舞蹈队的杨柳腰和武术队的花拳绣腰，渐变成了上排骨和里脊肉。内心崩溃之余强制学习每半小时把自己从椅子里拔起来，每天断续倒退着走一万步，渐觉舒展。又想：总这么倒行逆施，会不会像西毒欧阳锋练倒了《九阴真经》逆了经脉吧。

给梦一把梯子

几十年前，有个小女孩写了一方"豆腐块"，贴上八分钱邮票，不知天高地厚地寄往《福建日报》，随后就忘得一干二净。直到有一天，学校传达室老头交给她一个邮件，里面是一张样报和一本柳青的《创业史》（第一部，代稿酬），那个小女孩，是我。

这篇名副其实的"处女作"，像一记"重掌"，让我一个趔趄，从此栽在文学的手上。多年以后，我成了《福建日报》文艺副刊"武夷山下"这块一亩三分地的耕耘者，这缘分纠葛缠绕转眼已近十年。孔子云："知之者不如好之者，好之者不如乐之者。"我便是——乐之者。

翻着一本本被岁月沉淀成赭黄色的留报合订本，字里行间报业先辈对新人的扶持一以贯之，几十载矢志不渝。我辈哪敢稍有轻忽？在电子邮箱中展读隔山隔水的来稿，一次一次的发现和惊喜，一如掘到珍宝。为他们涂涂改改，为他们搭建平台，为他们摇旗呐喊，为他们做——我们所能做的。扶植本地青年作者，本来就是我们义不容辞的责任和义务。

近十年来，"新人新作"专栏每月固定一人每周一篇的强势推介，每季度一专版的集束式新人展示以及常规性编发。专栏开设至今，已推出了一大批确有潜力的未名作者，刊出了四十多个专版，有一百多名文学新人从这块田地上出发。如今，他们中间，有的已经是成熟作家，频频出书获奖；有的成了文坛新锐，炙手可热；更多的人，还在摸索跋涉途中……这时候他们需要的，是有人能在他们艰难攀缘的空间，搭一把梯子，垫一块砖石；再或者只是需要一双温暖的手，哪怕轻轻扶一把，哪怕只是告诉他们不要半路折回头；当然，也有些正当创作黄金期的青年作者淡出文坛，下桥之后，选择了另外的路径。但只要心中有笔墨，也是一种欢喜。

令人欣喜的是，当全国大多数报纸副刊"被瘦身""被萎缩""被广告补丁"之际，《福建日报》2010年改版后不仅保留了文艺副刊，甚至再增加一个版，至此，每周有了两个纯粹的文艺副刊作品平台！但我们深知副刊所体现的人文关怀与文化担当，决定了它应该承载一张报纸的"灵魂"，而不单是一张停留在表层的、孤芳自赏、稍纵即逝的寂寞的文学"面孔"。新闻招客，副刊留客，而传统和新锐的对接以及传承责任，使腕力稍嫌青涩稚嫩，但却鲜活灵动的文学新生代，被推到了前台位置。

"春日迟迟，采蘩祁祁。"一些花开在高高的树上，一些果结在深深的地下。

叶叶心心，舒卷有余情
——《席慕蓉散文珍品集》序

曾读到清代有一位女伶楚生，描绘她是"深情在睫，孤意在眉"。心下怅憾不已，认定必是一位冰雪聪明的感性女子。然而就隔了三百年厚厚的时空，料是今世见她不着。竟是有一日遇上了，正是前世盼望里那样的深情与孤意，她是席慕蓉。

融诗、音乐、绘画于一体，集诗人、画家、散文家于一身的台湾的席慕蓉，是真正深情于这个世界的。

读席慕蓉的作品，是一种感情上的奢侈。

读席慕蓉的作品，最爱的就是那一份至情至性。

读她的诗，赏她的画儿，一页一页翻过去，心也不知不觉融化了，心中老有一种紧紧的感觉。这才发现，她原是用心用生命在爱这个世界，并把这挚爱深沉而绵密地渗透在她的作品中了。

日前又读她散文集，捧读竟日不忍释卷。果然是写诗意浓，为文亦情深，心里就有一种说不出的感动。正如作家所言："真正震撼人心的作品，必然是直指本心，写出人性的共相，触及人性的本然，使读者会其心而同其心。席慕蓉的散文，便是了。

她的散文最突出主题，就是用爱的感受，敏感细腻的文字，充满感性的抒情音韵，田园式的牧歌情调，来写尽亲情友情爱情、国愁乡愁家愁。而对生命和人生意义的探索则是她散文的另一重要内容。多样化的题材都统摄在一个充满温情与爱的基调之中，来述说许许多多人生的缘分。在些缘分里竟蕴藏着如此繁复而又如此美丽，兼具喜怒哀乐的人生情境和准确动人的知识内省。

席慕蓉散文集畅销量之所以一路遥遥领先，维持台湾畅销书排行榜不坠，也正在于她散文最突出的艺术特色：抒情风格。她的抒情，总爱用一种感情回流的方式。用她自己的话是："在恋恋回首的一刹那，昨日、今日与明日就能聚在一起，重新再活那么一次。"这种不胜今昔的感受，最为动人，这就形成了一种特别吸引人的婉转而清丽的格调。

如她所说的她的散文是"对生命的一种惊叹"，于是，她抒情，她是那样浅白地，那样毫不隐瞒、毫不做作地把自己一生中的深深浅浅的悲欢，这些本该对自己说的话，娓娓道来地说给了读者，使读者也借此得到抒发，触动心弦，产生共鸣。因此，我们要说，席慕蓉的散文吸引读者、感动读者的，往往不是作品叙述事件的本身，而是作者的真情。是她酿造的至情至性、自然澄澈、空灵出尘的艺术境界予人以温馨的艺术享受，恰好与现代人多样性的审美需求和恬适高雅的鉴赏品位相吻合。

于是，读者在有意无意之间，已不得不思她所思、感她所感、悟她所悟。只有答应了自己随了她的思路行去，并以心灵的颤动，呼应那无法抗拒的接引，至此，读者的心灵与作者的心灵相亲近。

每个人曾经有过而已忘记，或是没忘记却永无实现可能的梦想与神往，席慕蓉的一支笔替我们都实现了。

有人说：从席慕蓉的作品里，仿佛看到羞怯的自己；有人说：席慕蓉的作品能把人交回单纯的年龄，找回已消失的东西；有人说：席慕蓉的作品是多愁年岁的安慰，重寻美丽旧梦的触媒；也有异议认为，席慕蓉作品受欢迎是因为她的画，说她的作品风格过于甜美，易于讨好。谁去管旁人怎么说，"她的作品这么受人喜爱。表示有人肯定她，接受她。诗人作家能被接受，应该不是一件坏事"（《台湾"七十三"年诗选》编者按语）。而读者最相信的是自己的感觉。

一读再读，每读一次总有一次新鲜的感动。一如席慕蓉的诗句"生命里最不舍的那一页，藏得总是最深"。她的作品确是我最珍爱的一页，却是不肯藏起。老惦着古人"山中何所有，岭上多白云。只可自怡悦，不堪持赠君"的憾失。欣幸海峡文艺出版社给了我借花献佛"持赠君"的良机，能和众多朋友分享美文，大乐，莫过于此！

本书收入席慕蓉所有已出版散文集中的精华之作，是她把握了自我艺术信仰之后最成熟最完美的情感世界。私下里认为：一支妙笔该有的，她已有了。

台湾诗人痖弦说得好："诗之所以感人，文之所以感人，乃至万事万物之所以感人，除了诗文事物本质的动人，最重要的还是那被感动的你。你是不是能敞开心扉，用最细腻灵明的心情去感受一切呢？"

千里同行，为跋涉者喝彩
——《台港文学选刊十年精选·散文卷》编后记

读港台散文，于我，是一种享受。

把《台港文学选刊》十年来转载的台港散文精选结集、奉献给广大读者，正是我求之不得的事。

与其他文类相比，台湾在散文方面的成就最高。因此我们的努力不仅是要检视十年来经营的《选刊》散文园地，也是想使创作者、研究者、鉴赏者手边能有一幅随时可用的台港散文创作的心灵地图，借以瞰视散文世界多姿多彩的全貌。即使只能以有限展示无限，我们仍为能将一本好书呈献于读者案头而欣慰。

台湾作家郑清文如是说："一个作家与其他艺术家一样是孤独的。真正的艺术家是永远一个人走在前面的，群众的喝彩和掌声，往往是他们走过之后才发出的，所以他们永远听不到。"

那我们何不乘这些孤独的跋涉者走得还不太远的时候，大声为他们喝彩，让他们还听得到掌声，并多揣上一份走下去的勇气与信心。让他们知道，有千千万万的读者在关注他，在与他相期相勉，千里同行。

我们敬重这些作家。

我们很愿意为他们做我们所能做的事。

从编辑一本选刊、一本选集做起。得知这本选集可以以纯文学艺术的衡量，作选文标准，而其他因素几乎可以毫无挂虑，心中真正有海阔天空的喜悦。

但又限于篇幅，则编选过程变成一个既愉悦又痛苦的过程。愉悦是一再感动于作家投影在笔端的高贵而热烈的灵魂与文采，痛苦则在筛选与裁决。由于《选刊》上本来就是从台港散文中选了又选、择了又择的精品，再要从中择一漏百地删删减减，心中真有太多的不忍与不舍，再不是一句"遗珠之憾"可以轻易带过的一笔。

最终选定七十位作家的九十四篇作品。原则上是一人一篇，但少数作家如梁实秋、张爱玲、王鼎钧、余光中、董桥、张晓风、简媜等，一支妙笔确已抵达炉火纯青之境，是断断没有理由不多选几篇的。若说此中没有加入编者有意识或无意识的主观偏爱是不可能的，好在已将自己放在普通读者的角度，相信能够得到理解与赞同。又因此不得不割舍部分作家的作品，便是不得已了。

其实做"十年精选"这件事对我而言，总不免自觉僭越。一个脑袋、一双眼睛能装多少东西？能看多少事情？而偏偏文章往往不是一个脑袋一双眼睛可以一次完全解读的。真正高明的筛选者，他的名字叫"时间"，只有它才能沙中淘金，裁定最后的优胜者。

但毋庸置疑，这是一本很精彩的书。

编者太谦逊，等于轻慢了作者，也辜负了读者。

不妥当的谦卑就是不尊重，我们尊重人也自尊重。所以，不想浪费时间的人，请多利用这种真正的好书取暖。

书编出来了，就是这样。

红尘有爱，爱过方知情重
——《台湾爱情散文选》编后记

在编辑《台港文学选刊》散文栏目的过程中，有幸阅读到大量以爱情为主题的台湾散文，并每每为这些至情至性的美文久久感动着。

值得一提的是，散文在台湾文学中当属成就最高的文体，而爱情散文的分量与成就，又是散文中之佼佼者，几乎信手拈来皆是精品。

至于编选体例，原以质优为唯一考量，但为了容纳较多的篇目，所以除个别作品外，太长的散文都不得不忍痛割爱。有些擅写恋情散文的高手，几乎篇篇佳作，在此也只能取一漏万，实在是一件痛苦的事。用"沧海遗珠，势所难免"这样的套话形容，显得太轻浅了。就我个人感觉而言，仅用二十二万字的篇幅，来涵盖台湾爱情散文的风采，确确实实是种遗憾。只能勉强算作一次小小的遴选，一个精炼的选本再已。

文本有的激情如火，感人心怀；有的柔情似水，婉约缠绵；有的笔触细腻，娓娓道来。因为爱没有相同的模式可循，爱情的篇什，也就永远有着不同的激动。但篇篇都是精粹之作，把爱情刺入骨髓，写到极致，展现出爱的繁复面貌，并揭示了爱的真谛。在我看来，再没有哪一种文学主题会比爱情主题更能呈现作家的情感品位，更能使读者与作者的心灵相亲近，触及心灵之幽微，引起强烈共鸣，而在不知不觉中成就了一段神交。

因为你是有情人，所以邀你共赴这丰富多彩的爱与美的盛宴。说不定已有你有我的情绪在其中。让作者、读者、编者一起到人类的灵犀互动中，体贴生命最原始的感动。跟随名家的笔触，到真性情的世界中去，去更坚强地面对生命中不可抗拒之爱。

相信你读罢掩卷，将会感到纸太短、书太薄，而情——还正长。

我不能不知道的康桥

——夜读徐志摩《我所知道的康桥》

知道徐志摩，就不能不知道徐志摩的康桥。

一篇《我所知道的康桥》在案前，今夜，我就只有康桥了。此刻的我是康桥唯一的游客。

白　描

无论如何辗转迂回，志摩终是属于康桥的。钟情已是千年，相遇自是有缘。该在的，不论是前生还是今生，它是始终都等在那里的，就只这一个康桥，单等这一个志摩去迎面相撞，去结一段缘。不需要任何理由与契机。

一如禅诗所言："寻常一样窗前月，才有梅花便不同。"康桥，因为有了徐志摩，而成就了它的灵性，径自走入中国文学史灿烂的一页。徐志摩，又因为有了康桥而找到精神皈依与寄托。

第一段只用了一支碳素笔，就以线条勾勒出志摩与康桥之间几乎具有某种意味的互属关系。语言平浅、意象单纯，而志摩心中的意念却温和地随着文字的节拍，不疾不缓地淡淡点出。

版　画

上前一步，即抵达你营造的"单独"境界，这正是你智慧的灵光一闪，也需以敏锐的心灵去抚触。仅以平静客观的态度和三个"你要发现"的排比句、就完成了一个人生的大颖悟，这出自性灵的会心之见，悟透的人自有心领神会的一笑。而文中"不满意的生活大都是自取的""有幸福是永远不离母亲扶养的孩子，有健康是接近自然的人"，这种从眼前景物荡开去，通过冥想的途径，反映个人情思的哲理短句，文中俯拾皆是，可圈可点。恰如散置在夜空里的星星，让读的人眼前一亮又一亮。从中可窥志摩炼字炼句、想象比喻的功夫，已达圆熟之境。

若以版画技法相拟，一刀一刀是刻在画版上的，无法随意涂改，没有相当把握，怎敢轻易下刀？也是最见画家功力所在。

毋庸置疑，志摩是属于才华横溢的那一路作家。但临到面对至爱的康桥，我们一向自信的诗人忧心忡忡。你说："一个人要写他最心爱的对象，不论是人是地，是多么使他为难的一个工作。你怕，你怕描坏了它，你怕说过分恼了它，你怕说太谨慎辜负了它。"这是多么动人的忧虑，又何尝不是我们常人的经验？最神圣钟爱的事物，总是最不敢轻易提及，唯恐亵渎了它。

康桥，那是志摩心中千遍万遍唱不尽的爱宠，是断断不肯对它作骚人墨客式的清论高谈、评头论足。你甚至已经断言："这回是写不好的。"你的担忧至少让我读出了两层意思：爱是用血写的诗，其次是，我相信，志摩将要尽全部心力、笔力之所能，画一个心中的康桥给我们的。

国　画

随志摩踏时光而行，步步有声。

康河近了。我几乎能听到你的心跳。你的背影正一步一履朝自己心跳过的地方去，朝自己曾经的鞋声走去，朝自己哭过的哭和笑过的笑走去了。

你轻轻叹一口气，自言自语："这么快就离开那个春天这么远了？"可不是吗！一个特定的春天，成了你和康桥永恒的季节。那些个不能释怀的日子，成了你一生的感动。

你也是见过真山远水的人，但你竟毫不迟疑地断言："我敢说，康河是全世界最秀丽的一条水。"我纵有一百个质疑的理由，我也不忍心给自己一个质疑的自由。你此时此刻的心情我想我知道。

此时的康河，已被偷换概念成你心中理想的象征，你不是地理学家，你无须使用科学的精密与严谨。况且，谁又能不容许"情人眼里出西施"的偏颇？你的执着让每一个读到这的人不能不深深动容。不是为康河之美，而是你炙人的痴情。志摩是实实在在爱疯了康桥的。

随即，你以中国画常用的散点透视法，引导我从不同角度浏览康桥交给我们三幅传神写意的中国水墨：

淡泊悠远、田园情调的康河坝筑图；

堂皇典丽、气象高华的学院建筑群；

超凡脱俗、惟妙惟肖的克莱亚三环洞桥。

第一幅：拜伦潭——果子园——星光下的水声——近村晚钟声——河畔倦牛刍草声。神秘的层境尤需次第叠出，叠而不重。星光、波光、钟声、水声，人烟气、生灵气，笔性和墨气浑然大成。不仅想象瑰丽、色彩缤纷，而且感觉奇特，极富视听之美。没有玄奇的意象，却似有玄机伏笔，让人产生无边玄想。不知不觉中已被志摩所酿制的神秘悠远的气氛所覆盖。而志摩本身则完全进入物我合一、天人交感的浑然之境。

第二幅：志摩并不着意描绘学院建筑群，而以具有暗示性的墨意留白，提供给人想象的空间和回味不尽的意趣。以柯罗的田野画和肖邦的小夜曲这些具有暗示意味的形象与意境，唤起读者联想与共鸣。遥想志摩当年置身其间,才华横溢、青春正好,何等惬意潇洒,最是神采飞扬了。景、人、情交融,才成最美的画境。

第三幅:克莱亚三环洞桥,在志摩笔下,美得不夸张也不尖锐。但志摩最是善用隐词的高手,一个"怯伶伶",有声有色有味,立时给一个平凡的小桥注入了血脉与精气神儿。文字的高度妙用,被志摩童话般的魔手耍活了。小桥自有了她玲玲珑珑的风韵,正是那种"养在深闺人未识"的小家碧玉式的纯净与温润。初初入眼并不夺人,需得"凝神地看着、更凝神地看着",这才品出她的脱俗之美。如古人所说,"花好在颜色,颜色人可效;花妙在精神,精神在莫造"。这份"精神"是要人穿过眼帘,用心去感受的。志摩在问:"看还有一丝屑的俗念黏滞不?"当然没有了,也许真的没有了,也许单是冲着你那痴情,不容许自己再有了。

正如蓬头垢面的清晨不宜欣赏女人一般,志摩是不乐意我在不适当的天时与气候,去赏坏了他的康桥的。

志摩的天性是唯美的,唯美的志摩正是叔本华所说"即使明天是世界末日,今晚仍要在园中遍植玫瑰"的那种人。志摩受不了康桥不够完美。

在我有限的地理知识里,英国的冬天总是郁郁寡欢地雾看一张脸,而志摩则说是"走极端""荒谬的坏"。你用了一个长句"逢着连绵的雾盲天你一定不迟疑地甘愿进地狱本身去试试",把消化这句子的节奏放慢、时间拉长,感受力也加强了。没有人会再怀疑冬游康桥将是怎样愚蠢的选择。一个"盲"字用神了,语言在一瞬间活了过来,并扩大到无限,具有一种超现实的情趣。

总还是那个诗人的志摩。三幅画毕,方兴未艾,又信手拈来两节小诗。再次以乐器的层次,滋润着我们的听觉、视觉、嗅觉、触觉的通感,就像在人心胸铺展开两方好平的阳光,令人浸润其间,享受一种不可言诠的温柔的感动。

如果说"康桥的灵性全在一条河上",那么,康河的灵性则全在它脱俗的神性之美，康桥也因此而有了它最动人的质地。

油　　画

只是浮光掠影的写意水墨画，对于至爱康桥的志摩来说，是不尽兴的。如果说第三段是以中国画的散点透视法画了康桥的"线"，那么志摩在第四段则以油画的焦点透视法，浓墨重彩地画了康桥的"点"。这巨幅油画我叫它——康桥之春。

布局吗？当然也还是依你：

把"恣蔓"的草丛给牛马的"胫蹄"，把"新来的潮润"给"寂寞的柳条"，把"炊烟"给"佳荫里的村舍"，把仙姿给素裙纱帽、长篙轻点的女郎，把春的长袍披给康桥，把康桥——还给志摩。

康河水波依旧，你说，去租船吧，就那种别处不常有的长形撑篙船。在水一方，你手持长篙，盈盈而笑，轻吟一句："寻梦？撑一支长篙/向青草更青处漫溯。"仿佛从来就不曾离去。谁能知晓你这尾深水鱼的快乐？庄子负手不答，但，我想，我或许知道。

河身多曲折，时隐时现你单衫微寒的身影。我以为：一条河的走姿并不要，重要的是你的百转柔肠；船撑得好坏并不重要，重要的是那一叶扁舟，去尚由己的小情小趣；住惯都市不解季节变迁，还是远离尘嚣不食人间烟火也不重要，重要的是是否还保有一颗对自然的敏感之心。

志摩说得对，人类是"病"了，病在"入世深似一天，离自然就远似一天"。这使我想起清朝画家盛大士的一句话："凡人多熟一分世故，即多一分机智；多一分机智，即少一分高雅。"我们离苏东坡"人间有味是清欢"的境界是越来越遥远了，追求清欢的心念也越来越淡薄了。人间也越来越逼人以浊为欢、以清为苦，而忘失生命清明的滋味。

志摩给我们开了一帖药方——不完全遗忘自然。

岂止是不遗忘，你是完完全全把自己融入自然，也终于完成自己于无边的自然之中。

你看：志摩在"天然织锦"般的草坪上读书、看云、拥抱大地，你把这里描绘成草的天堂。人给自然一个天堂，自然也还给人类一个天堂。

志摩在"薄霜铺地"的林子里散步，听鸟语，盼朝阳，寻泥里苏醒的花香，体会最细微神妙的春信。你写景在字面上也还是历代诗词中常见的那种春之美，但以前只知道春天有多美，但这会儿才感到春天有多骚，像足了一个娇俏的、爱嗔闹着小姐脾气的小女人。她的呼吸、她的体温，近在咫尺、探手可触，那是让人忍不住要去相亲的生命。

志摩正顺着"水溶溶的大道"登上土埠，与康桥拉开些距离，再赏康桥，这也是全文中最能体现志摩艺术风格的一段。融拟人、排比、比喻、反复、欧化长句于一体。无论是语言的创新、意象的熔铸、节奏的掌握，以及某些难以言说的气氛之营造，都不是同时代一般的游记散文所堪比拟的，硬是一步步使读者从内心深处逼出一个鲜活水灵的春之康桥。

志摩又顺着草味和风，骑车"迎着天边扁大的日头"放轮远去了，去爱花去爱鸟，去爱人情，去偷尝晚景的温存，去绿草绵绵处寻梦。

尽管，我无法道出"带一卷书，走十里路，选一块清净地，看天、听鸟、读书，倦了时，和身在草绵绵处寻梦去"这样的消遣是怎样的况味，但怎能叫人立刻停止那玄幽的迷思？

只是你这一"寻梦"，怎么就不醒了？春已经走得很远了，秋露已重，你可有件御寒的夹袍？可有一只唐诗中焚着一把雪的红泥小火炉？

只是你这一"寻梦"，怎么就不归了？被风翻到三十四页便停住了，定格成文学史上的孤本，而康桥在你笔下也成了千古绝唱。你明明允诺我们"今夜只能极简的写些，等以后有兴会时再补"，却羽化登仙般地翩翩驾鹤而去，让我们空悬着一颗再读康桥的心，苦等至今。假知你能像凤凰，在火中涅槃重生，自无涯返回有涯，来看看你久别的康桥，而康桥前倾倒的已是他人,志摩会怎样?

您果然是个真性情的人,竟坦率地说"我这一辈子就只那一春,说也可怜,算是不曾虚度""我不曾知道过更大的愉快"。情必近于痴而始真。未料见过世界的志摩,你的欢愉竟是这样窄窄的、小小的,仅仅容纳得下一个康桥。我在想,若能给志摩多一年的康桥春天该有多好。再转念,其实在时间的流里,原没有什么绝对的长与短,只要能真正感受到生命的丰盈,瞬间即永恒。

篇末那两幅夕照图是无论如何,也无法一笔带过的。它不是描在纸上是刻在画版上,是一刀一刀镌刻在志摩血肉心壁上的。

也试着让自己隔着篱笆,顺着志摩的视线,看天风迎面赶一群羊过来,夕阳从它们的后背照过来,把它们照成金色的透明体,谁能怀疑它们不是一群仙界的灵物?谁又能不感到那种"神异性的压迫直逼过来"。人自然的美有时是会让人落泪的。而我们跪伏在大自然面前的诗人,正是这画幅中最传神惹眼的点睛之笔。只轻轻一点,就把自然景观提升到人文景观的层境。

斜阳下草原上的罂粟花,再次迷眩了我的视觉。究竟像什么?最善比喻的志摩竟"吝啬"地用省略号一点了之,成了画境中的留白。一百个读者就有一百种想象,想象的空间与深度顿时无限辽阔。

志摩在收笔了。一定还有一些什么,你是不肯说的;还有多少藏在口袋里的情怀,你也不再轻易向人说道。也许 4 月的黄昏知道,4 月黄昏里的康桥知道。

但志摩却给我们一个突兀的结尾:"谁知我这思乡的隐忧。"你怎能把乡愁说得如此轻易?康桥,它也许是别人的故乡,但必定是你的异乡。一读再读,才得悟的刹那。于躯壳,你是过客;但于灵魂,康桥正是你的归宿。康桥是志摩——心灵的故乡啊!

胡适在《追悼志摩》一文里曾经对志摩的理想做过这样的概括:"他的

人生观真是一种'单纯信仰'，这里面只有三个大字：一个是爱、一个是自由、一个是美。他梦想这三个理想能够会合于一个人生里。"而爱、自由、美正是康桥所有。

因此，康桥在志摩心中已不再是一群学院建筑的代名词，而是：一个美学观、一个博爱的载体、一个自由的象征，是一种理想中的生活方式和生活境界。

有人用画笔呈情，有人用眼眸承情，有人用文字陈情，志摩你是以对康桥第三度山水般的心契与领会，与读到它的人以心换心的。正如你自己的话："你要打开别人的心，先得打开你自己的心。"

我以为：一篇好文章全靠文气充沛。"文气"是文章的灵魂，也最见作品境界。《我所知道的康桥》之所以成为我国现代早期游记散文的代表作，徐志摩散文的巅峰之作而脍炙人口，首先在于它的感人，其次是它完美的艺术形式。

志摩描绘的是康桥的皮肉骨，我们得到的却是它的神；勾勒出的是康桥的点线面，我们进入的却是整个面廊。在有意无意之间，已不得不思志摩所思、感志摩所感、悟志摩所悟，只有答应了自己随了志摩的思路行去，并以心灵的颤动，呼应那无法抗拒的接引。康桥固然遥不可及，但我们的梦想与神往，借志摩的一文笔替我们都实现了。

文气也在回荡中饱满高涨，充沛于字里行间，让我们一次又一次震慑于志摩不凡的才情。而在此文完美的艺术形式中最为亮丽袭人的，是志摩的语言艺术。

写景时惯常使用长句，把读者"消化"一个句子的时间拉长、节奏放慢，恰似一种从容漫步山水的心情；而写感悟，则多用短句，以适合表达感情的急促与热烈。或用长句把一串短句轻轻托住，或长短句错综参差出现，使长短相间、错落有致、快慢相节，形成一种起伏摇曳的韵律美。

此外，反复、排比手法恰到好处的运用，使语言有了强烈的节奏感和音乐感，洋溢着灵动的乐谱情调，甚至写出了满纸的回音与乐声。

反复、排比手法恰到好处的运用，使语言有了强烈的节奏感和音乐感、洋溢着动的乐谱情调，甚至写出了满纸的回音与乐声。

志摩是这样自如地操作着语言，不仅使它精确，而且赋予它"活"的生命，寻老语言新关联的能力，选用机能性强的语字，使语言的内在世界丰盈而饱满、多姿多彩而富于表情。曲折而非直线，起伏而非平坦。时而开门见山，时而回廊九曲；时而腾达，时而沉落；既一针见血，又十面埋伏。功力之深已达心手两忘的境界。

这使我赏读的过程中一直有一个错觉：读到的明明是一篇散文，实际上得到的却是一首好诗。即使不分行也读得出是诗，是诗化了的意境，是诗歌的质感，给足我们"陌生的喜悦"。

每读一遍都有新鲜的感动。《我所知道的康桥》是一遍就可以读懂的，因为它——语近；但也许是好多遍也读不懂的，因为它——情遥。把清代诗评家沈德淋的"语近情遥、含吐不露"移来此处，是否最为贴切？

    悄悄的我走了
    正如我悄悄地来
    我挥一挥衣袖
    不带走一片云彩

志摩的确是悄悄地走远了，但挥不去带不走的是他的康桥。它作为学院建筑留在英国，它作为一篇具有生命质感的美文，留在中国文学史中。自然中的康桥会老，但文字中的康桥，将在所有爱志摩的读者心中永远年轻。

偶尔，在词语的空间里伸个懒腰

世界给我的空间太大，而我的心灵太小，我知道我走不了多远，而且压根儿也不想走得太远，因为怕累。

懒惰是我写作的硬伤，这就注定我不会是个好作家。当初选择文学创作，是有话要说；选择散文和散文诗作为唯二的发言方式，是因为它们是心灵最直接的倾诉、最自在状态的写作。其实私底下只是想在一篇文章或一个词语的空间里舒一口气、伸个懒腰。

但我对文学是虔诚的，散文是全身心的投入，那是从血液和骨头里流出来的，不可能多写。无论散文话语如何腾挪，我将始终坚持纯文学方式的写作。所以我必须坚守自己的创作原则——宁缺毋滥。也因此我必须在写作的速度上放慢，再慢一点，慢工才能出细活。况且从我们来到这世上就往一个方向去，人最远也只能走到自己的尽头，距离是相等的，终点都一样，太快毫无益处。

我希望我的文字是白茶白水不是鱼肉米饭，不能充饥，没有什么太实在的价值。但读来还纯粹、清透，即使不能帮上人什么忙，也不至于弄脏了人眼。读的人能感觉到它是安静的、凉快的、善意的，而且还是"低语"。这就好。

文学于我必不可少，已如顽疾，缠绵不去；但写作于我，可有可无，它只是我生活中微小的一部分，只是我若干爱好之一。没有文学，我的日子将枯涩寡味；但不当作家，我照样能活得诗情画意。一个人会写几笔文字，实在没什么大不了。不必太当回事。

"文学圈"或者"文坛"不是世外桃源，自然也难免名利是非媚俗虚伪的纠葛缠绕，原以为可以"入乡随俗"，但始终水土不服，终是心生厌倦。我希望成为"槛外人"，至少待在边缘。

看来能留住人最久的，依然是书籍和大自然。

没有人比我更知道我生错了朝代，包括我的母亲在内。我甚至一厢情愿地断定曾经历过唐朝或宋代。我越来越向往古代文人的单纯、悠闲与从容。尽管陶渊明说"心远地自偏"，但我的一位朋友说"真正的边缘并不在地理学上"，这使我释然。

活得比较精致，不是我的错。我至今没能给自己找到粗糙、浑浊和凌乱的理由。我想，我应该有坚持一些虚的东西的权利。

况且更加幸运的是，我花十年的时间完成了今生最优秀的作品，我的八部作品集中唯一会叫妈妈的作品，我的女儿——楚儿，她的一颦一笑带给我至高无上的快乐，此生已足，再无所求。对这之外的世界完全可以——漫不经心。